霊獣紀

獲麟《かくりん》の書（下）

篠原悠希

講談社

◎目次

主な登場人物

一角《いっかく》／一角麒（炎駒《えんく》）
霊獣・赤麒麟《あかきりん》の幼体。
百歳を迎え少年の姿に
変化《へんげ》して山を降り人界へ。
人獣の死や流血がなにより苦手。
守護獣として聖王たる
世龍を導く事を天命とする。

青鸞《せいらん》
美姫《びき》の姿となり
漢王・劉淵を
守護する霊獣（霊鳥）。

劉淵《りゅうえん》（元海）
河北の匈奴《きょうど》を支配する
王族。晋から自立し
漢王を名乗る。

世《せ》龍《りゅう》（石勒《せきろく》）／ベイラ

河北匈奴・羯《けつ》族の青年。
奴隷として囚われたが解放され挙兵。
漢王・劉淵から王爵と将軍の位を授けられる。

朱厭《しゅえん》

猿に似た妖獣。
一角を人界に
案内したのち
山へ戻る。

張賓《ちょうひん》

世龍の参謀役。
河北出身の漢人。

ナラン

劉淵側近の侍中の娘。
世龍の妻となる。

王浚《おうしゅん》・劉琨《りゅうこん》

晋の将軍・刺史。
世龍の宿敵たち。

ババル／季龍《きりゅう》

世龍の甥。世龍の
母親とともに生き別れに。

劉淵の漢皇帝即位(308年)

(平陽遷都は309年1月)

霊獣紀

獲麟《かくりん》の書

下

第一章　青鸞《せいらん》

永嘉《えいか》元年（西暦三〇七年）。

黄河《こうが》の北岸、并州《へいしゅう》の西部。

匈奴《きょうど》の大単于《だいぜんう》、劉淵《りゅうえん》に帰順し、匈奴の建国した漢の宮廷に快く迎えられた世龍《せりゅう》こと石勒《せきろく》は、平晋王《へいしんおう》の爵位と輔漢《ほかん》将軍の職を賜っただけではなく、匈奴の高官である侍中《じちゅう》劉閏《りゅうじゅん》の娘を妻に娶《めと》るように命じられた。

世龍はこの待遇の厚さと幸運が、すぐには実感できなかった。爵位や将軍職はともかく、匈奴の名門氏族の娘と縁組みなど、期待どころか想像もしていなかったからだ。

匈奴のなかでも別部とされる少数部族の羯族《けつぞく》、それもさらに末端の小胡部《しょうこぶ》の小帥《しょうすい》を父とする世龍と、神話の時代から今日に至るまで、常に単于以下の王侯と重臣の地位を独占してきた屠《と》各種《かくしゅ》の、それも劉淵と同じ攣鞮《れんてい》氏の流れを汲《く》む劉閏の娘ナランでは、あまりにも身分が違いすぎる。

しかも、ほんのひと瞬《またた》きの顔見せに、世龍の前に現れたナランは、まだ十六、七の美しい乙女であった。

「美しいっていっても、美人にもいろいろあるでしょう？　喩《たと》えるなら大輪の薔薇《ばら》、あるいは可憐《かれん》な菫《すみれ》の花とか」

平晋王の穹廬《きゅうろ》が完成した祝いの酒にかこつけて、騎将の桃豹《とうひょう》が気安い口調でナランの容貌について話を掘り下げる。一度だけちらりと見た、ナランの凛《りん》としたたたずまいを思い出そうとして、世龍は形容する言葉など思いつけずに頭を掻《か》く。身分ある婦人に対して、直視して話すことは礼に反すると思い、すぐに目を逸《そ》らしてしまったために、容貌をはっきりと思い描くほどには覚えていなかった。

ただ、気高さと意志の強さを帯びた声の響きは、何度でも耳の奥で蘇《よみがえ》り、その心地よさは容貌の美しさ以上に世龍の胸に刻まれている。

しかし、何に喩えればナランの美質を表現できるのか思いつけず、世龍は途方に暮れてつぶやき返した。

「可憐ではない。薔薇という感じでもなかった」

ナランを思い出そうとすると、出会った日の草原を染め上げる夕日と、茜色《あかねいろ》と紫の空に輝く宵の明星が脳裏に浮かび上がる。手に届かないものの象徴を思い起こしてしまったようで、世龍は慌てて首を横に振り、その光景を振り払おうとした。

若手の騎将シージュンが、得意の胡琴《こきん》を弾《ひ》きつつ、苦笑して口をはさむ。

「安歩《あんほ》兄は、女の容姿を喩えるのに花くらいしか思いつかないらしい」

シージュンは桃豹を字《あざな》の安歩と呼んで、控えめな態度でからかった。

世龍の配下には漢族もいれば異民族もいる。月氏《げっし》を祖とするシージュンは栗色《くりいろ》の髪と、羯族の世龍と同じように、漢族からは目深鼻高と評される、彫りの深い顔立ちをしている。

桃豹は即座に言い返す。

「シージュンの歌が、女を花に喩えるのばかりだからだ。むさくるしい上に厳《いか》つい顔で、恋歌しか持ち歌がないのも気持ち悪いぞ」

「持ち歌のひとつもない安歩兄にだけは、言われたくない」

親の代から西方で傭兵《ようへい》稼業を営んでいたというシージュンは、父親が護衛していた隊商の率いる駱駝《らくだ》の背で生まれたという逸話の持ち主だ。二十代の半ばで、西方からの隊商とともに東の国に流れ着いた。渤海《ぼっかい》の海辺で出会った娘と恋に落ち、青州《せいしゅう》に落ち着いて傭兵稼業を続けていた。

「こう、もっと威勢のいいやつは演奏できないのか」

シージュンは眉を寄せて弓を弾《ひ》いた。

「できないこともないと思うが、威勢のいい曲を知らない」

少年時代を共にした旅の楽士の遺品であるという、琵琶《びわ》に似た胡琴を奏でるのを趣味にしているシージュンだが、胡琴の旧《ふる》い持ち主から習ったという曲や歌は、あまり数がない。新しい曲を覚えようにも、同じ楽器が晋《しん》にはなく、習うべき師もおらず、譜面も手に入らないという。

「自分で作ればいいじゃないか」

胡琴のもともとの発祥地である天竺《てんじく》の出身でありながら、音楽の素養は皆無のクイアーンが言った。祝いの席には賑《にぎ》やかな曲が必要と考える同僚たちは、桃豹とクイアーンに賛同の声を上げ、手を叩《たた》く。

桃豹の矛先がシージュンに向いたことにほっとした世龍は、何気なく座を外して、馬のようすを見に行った。そこでは、頭巾ですっぽりと頭を包んだ十二、三歳の少年一角《いっかく》が、楽しげに軍馬の世話をしている。

世龍がまだ、胡名のベイラと呼ばれていた十四歳のときに、晋の首都洛陽《らくよう》で出会って別れた当時から、一角の外見はほとんど年を重ねていない。十余年後に并州で再会したとき、昔のままの年格好であった一角に、世龍は当然ながらひどく驚き、その正体について問い詰めた。一角は、自分は人間の形をしているが、人とは異なる資質を持ち、人よりもゆっくりと老い、長く生きる、そういう生き物なのだと説明した。ただ、自分と同じ種には出会ったことがないので、詳しいことは一角自身よくわからないのだとも語った。

中原《ちゅうげん》と四囲の人々は、胡人《こじん》漢人の別なく、また貴賤《きせん》のどの階層にあっても、呪術や死霊の祟《たた》り、鬼神の跳梁《ちょうりょう》をあたりまえに信じていた。深山の奥懐や四海の向こうには、人に似て人ならざる住人や獣がいることも、一般に信じられていた。

初めてそれらしき生き物に出会った世龍は、一角の話を信じた。

自身の拠《よ》ってきた常識から外れた事象に出会えば、否定し拒絶するか、受容するかの二択しかない。庇護《ひご》者もなく、童子の姿で人の世を生き抜かねばならない一角を拒絶するほど世龍は冷酷ではなかったし、洛陽では族弟のジュチを助けられた恩義もあった。一角がかつて連れていた、人語を解する大猿に似た妖獣朱厭《しゅえん》の記憶も、薄れていなかったせいもあっただろう。

馬をはじめ身近な獣を扱うことに長《た》けた一角は、牧畜も営む世龍の小胡部では重宝された。まもなく飢饉《ききん》のため胡部は解体、逃散《ちょうさん》し、部民ともども囚《とら》われて奴隷に落とされ、またも生き別れた。世龍が奴隷の身分から抜け出し、傭兵となって三度目の再会を果たしてからは、軍馬の管理にも並外れた才能を発揮した。

そして、とてもゆっくりではあるが、一角の身体《からだ》は成長しているようで、八年前に再会したときよりも背は少し伸びていた。以前は馬と並ぶと鞍《くら》に隠れてしまっていた一角の頭が、最近では拳ひとつ分ほど見えるようになった。洛陽で別れたあの日から、およそ二十年に近い時が過ぎたことを思えば、当時十から十一歳と見えた一角の外見は、いまは十二、三歳の少年に相当するのではと思われる。

条件がそろえば千里を一日で駆けることもできる一角ではあるが、不老不死かといえばそうでもなく、怪我《けが》もすれば、病で寝込むこともある。放っておけば、餓《う》えや衰弱で死んでいたかもしれないという事態は、世龍の知る限りでも幾度かあった。

さらに人獣の流血や死が何よりも苦手で、戦のたびに食は細り体は痩せて、笑顔を見ることも減っていく。

配下の将兵たちには、人並みに育たぬ病と曖昧な説明でごまかしてはいるが、桃豹らがそれを信じているかどうかは怪しい。ただ、戦のたびに憔悴《しょうすい》し、寝込むことを繰り返す一角の病弱さに、老いぬかわりに短命の宿業を負っているのでは、と推測する者はいた。

そういえば、背が伸びた分、体つきは上下に引き伸ばしたようにひょろりとしてきた。昔の一角を知っている世龍でなければ、気づかない程度ではあったが。

そのようにつらつらと考えつつ歩く世龍を見分けた一角は、馬の群れから抜け出して駆け寄ってきた。

「結婚式の日取りは決まった？　白い馬はもう用意できたよ」

一角がしきりに手入れをしていたのは、花嫁に贈る白馬であったらしい。一角が軽く口笛を吹くと、神馬《しんめ》もかくやという美しい白馬が悠然と歩いてくる。

一角が連れ帰ってきたときはくすんだ色合いの毛並みで、ここまで艶《つや》やかな白馬ではなかった。灰色がかった毛並みに、細かな斑紋を持つ葦毛《あしげ》の馬も白馬と見做《みな》して問題なかったので、世龍はそれはそれで気にしていなかった。

しかしいま、一角が丹念に手を入れて汚れを落とし、豚毛の刷子《ブラシ》で一日に何度も毛並みを整えられた白馬は、一点の汚れもなくつやつやとした白銀色に輝いていた。

鬣《たてがみ》と尾も、朝昼晩と梳《くしけず》っては毛先を切りそろえてあるので、さらさらと風に揺れるさまが、優雅なことこのうえない。花嫁衣裳《いしょう》をまとった、高貴な姫君ナランに相応《ふさわ》しい仕上がりだと世龍は満足し、一角の腕を褒めた。

「美しいな」

「婚礼らしく鬣に花綱《はなづな》を編み込みたいけど、花がもうどこにも咲いてないんだ」

一角はしんから残念そうに言う。北辺の冬は早い。洛陽あたりではまだ晩秋であろうが、幷《へい》州の北西部では、夜に降りた霜が、朝には雪のように白く大地を覆う。日中も吐く息は白く、毛皮の襟巻きと帽子が手放せない。霜にやられた草は黒く萎《しお》れ、野に一輪の花も見つけることはできなかった。

「単于から布や糸を賜っただろう？　明るい色の布で造花や組紐《くみひも》を作って編み込めばいい」

世龍がそう提案すれば、一角は「いいの？」と弾んだ声で応える。

帰順の報酬として単于の劉淵から下された食糧や財貨、絨毯《じゅうたん》に毛《け》織物《おりもの》、絹の反物や馬などは、当座に必要な量だけ残し、あとは気前良く配下の将兵と傘下の部民らに分配してしまったので、あまり色は豊富に残っていないかもしれない。

「赤い色が足りなかったら、ぼくの髪を混ぜていい？　ずいぶん伸びてしまって、頭巾におさまらなくなってきたから、切ろうと思っていたところ」

晋国では珍しい、燃えるような赤銅色の髪を、一角は常に頭巾で隠してきた。

胡人の明るい色の髪を赤髪《せきはつ》と呼びならわすが、そのほとんどはシージュンのような栗色や、匈奴人にときおり見られる赤みがかった鳶色《とびいろ》を指し、実際に炎や血のように赤い髪をした人間にはお目にかかったことはない。月氏人の国よりもさらに西へ行けば、黄金色の髪に青い目をした人間もいると聞くが、旅行記で知る巨人や小人、二頭人や羽翼人と同じくらい、伝説と実在の狭間《はざま》の伝聞でしかない。

ただ、天竺よりも西方を回ってきたシージュンによれば、一角ほどではなくても、赤茶色の髪と、黒でも茶色でもない青や灰色の瞳の人間は、西胡の国々では珍しくないという。妖瞳とされる一角の黄玉色の目も、赤銅色の髪も、それが平凡とされる場所が、この地上のどこかにあるのかもしれなかった。

「一角の好きにしろ。馬を飾らせると、一角の右に出る者はいないからな」

「そうする」

劉淵に帰順してから、しばらく流血を見ていないせいか、一角は顔色も表情も明るくなってきた。足取りも弾ませて、新しい穹廬に駆けてゆくうしろ姿を、世龍は安堵《あんど》の思いで見送った。

一角は自分の馬を駆って針葉樹の林に近い清流の岸辺へ行き、頭巾を解いた。馬体を洗うための把手《とって》のついた手桶《ておけ》で髪を濡《ぬ》らし、炊事場からもらってきた灰汁《あく》で汚れを落とす。ふたたび馬の背にまたがって、風で髪が乾くまであたりを駆け回った。

——乾く前に髪が凍ってしまうのではなくて——

笑いを含んだ柔らかな声が耳の奥に響き、一角は驚いてあたりを見回した。

ひゅん、と髪に突風を感じたかと思うと、青灰色を帯びた鳥の羽根がふわりと目の前を舞った。一角は空中で羽根を摑《つか》んで、改めて周囲へと視線を向けた。先ほど髪を洗った清流の対岸に林立する、針葉樹の幹の間に青い衣の人影が揺れた。一角はそちらへまっすぐに馬を走らせ、清流を跳び越える。

青い衣裳をまとってたたずんでいたのは、年の頃は二十代の後半と思われる女性であった。先の尖《とが》った背の高い帽子のつばには、銀狐《ぎんぎつね》の毛皮が張られ、青い毛織りの外《がい》套《とう》も白貂《しろてん》の縁取りがしてある。外套には隙間なく刺繡《ししゅう》が施され、帽子の下には横に張り出した髷《まげ》を無数の数珠で飾る、匈奴の貴婦人の装いをしている。

面長に切れ長の目、細く長い鼻と顎、白い頰には丹《に》を刷《は》いて血色を濃くし、微笑《ほほえ》みを湛《たた》えた唇も赤い。艶麗なたたずまいと微笑を向けられれば、並みの男なら圧倒され、目を逸らすこともできなかったであろう。

しかし、一角の瞳に映ったのは成熟した麗しい婦人ではなく、婦人の放つ、双翼の形をした青と銀の光彩であった。

話に聞く、鳳凰《ほうおう》の青き眷属《けんぞく》の霊気に違いない。

――青鸞《せいらん》?――

一角の心語による短い問いに、青衣の貴婦人は光彩を震わせて笑った。

――わたくしがここにいるのを、知っていました?――

光彩に揶揄《やゆ》の朱色が波打ち、少し尊大な響きが一角の耳奥に流れ込む。一角は、はっとして馬から下り、両手を胸の前で組んで礼をする。自分以外の霊獣――青鸞は獣というよりも、霊鳥の類《たぐ》いではあるが――と初めて会った興奮に、一角の声はうわずってしまう。

――青銀の瑞光《ずいこう》は単于の穹廬のあたりで見えていましたが、人の姿では単于の庭には近寄れず、また人の多いところで本性を現すこともならず、ご挨拶が遅れていました。漢王劉淵は、鳳凰の加護を受けていたのですね――

青鸞は艶然とうなずき、ゆっくりと歩を進めて林から出てきた。二歩ばかり離れて、一角と対峙《たいじ》する。身長は青鸞の方が少し高い。

赤い唇を開いて、心語と同様に柔らかく心をくすぐる響きの声で話しかける。

「あなたは、炎駒《えんく》ね。真紅の麒麟《きりん》。それにしても、またずいぶんと若いうちに山を降りたのね。苦労したでしょう。いかなる霊獣の仔《こ》も、人間の成体に変化《へんげ》できるまで人界とは関わらぬように定めては、と西王母《せいおうぼ》には申し上げていたのに、未《いま》だに天界の方々は、人界のありようが千年前と同じであると考えているのかしら」

　青鸞の口調には、同情が込められていた。

「千年前の人界を、ご存じなのですか」

　一角の驚きに満ちた問いに、青鸞はくすくすと笑う。

「わたくし、そんなおばあちゃんに見えるかしら。まだようやく瑞鳥《ずいちょう》になれるかどうかというところよ」

「あ、いえ、そのような」

　貴婦人に対して失礼なことを言ってしまったと、一角は恥じ入って顔を赤くする。

　まもなく瑞鳥の霊格に手が届くのなら、青鸞はまだ三百歳には達していないのであろう。人の形に写し取った姿から察するに、二百七十歳前後と推察できる。一角の二倍以上の時間を、下界で生きてきたということだ。

「天と地を行き来する霊獣は、どのような形態も望みのままに取れると聞いていましたので、美姫《びき》の姿で漢王を守護されているのかと――」

「仙界や天界の尺度で計れば、このわたくしとて、あなたと変わらぬ雛《ひな》も同然」

　成熟した女性の形態に変化できるのであれば、青鸞の本性は雛ではなく、すでに成体に達しているはずだ。しかし、年上には礼節を尽くすよう、育ての親である師父《しふ》の英招君《えいしょうくん》にしつけられた一角としては、返答に詰まる。

「それ以前に、霊獣ともなれば、人界のごたごたには関与しませんけどね」

「そうですか……」

一角の知らなかった事実である。青鸞は、小首をかしげて付け加えた。

「稀《まれ》に人界に降りてくることはあるそうだけど、ここ数百年はないと聞いているわ。真の聖王が地上に現れるのでなければ、いかなる霊獣も降りてこられないのではないかしら」

「青鸞さんは、霊獣を見たことがありますか」

「いいえ」

一角の素朴な好奇心に、青鸞は即座に答えた。一角は少しがっかりする。

「では、真の聖王とは、どのように見分け、本物であると判断するのですか。天命と信じて歩いてきた道が間違いであったとしたら、責めを負うのはわたしでしょうか」

青鸞は少し背をかがめて手を伸ばし、一角の頬に触れた。

「かわいそうに。まだ童形なのに、ずいぶんと痩せているのね。治めるべき民草の数と種類が、現在ほど多くはなかった太古の聖王の時代と違い、形質や信条の異なる無数の民族が、一握りの土地を求めて入り乱れ、相争ういまの時代に、仁慈の深い麒麟の性分で聖王を育てるのは難しいことでしょう。尭舜《ぎょうしゅん》の時代のように、君主が無欲恬淡《てんたん》としていれば、天地と民草が穏《おだ》やかに生きられる時代でもなくなってしまった。土地の広さは変わらぬのに、人の種は増え続けている。わたくしが生まれたときから、いえ、その前からそうなりつつあったのだけど。天界が人界に干渉できるのも、それほど長くはないのかもしれない」

見通しの暗い未来を語る青鸞に、一角はひどくがっかりしてうつむいた。

「青鸞さんの天命は、劉淵なのですよね。ならば、この地の聖王は世龍ではなく、漢王ということになりますか」

いまより十余年前、一角は西王母に授けられた天命に従い、聖王の光輝を帯びた人間を探すために玉山《ぎょくざん》を発《た》った。山を降り、最初に北の空に見いだした赤光の持ち主を求めて旅に出たものの、無力な童形のところを盗賊に見つかり、囚われてしまった。それでも、天候を読み、大気の流れに人々の動きを視《み》る力を使って盗賊を操り、じわじわと北を目指していたときに再会したのが、当時はまだ胡名のベイラを名乗っていた世龍であった。

盗賊団を蹴散らし、鎖に繋《つな》がれていた一角を救った世龍もまた、白い光輝を放つ人間であったことを、一角はこのときまで思い出さなかった。自分が炎のように赤い麒麟であるので、かれの聖王は赤い光輝を放つ人間であろうと、漠然と思っていたせいもあるだろう。

世龍と出会ってからは、空に届く赤い光輝は見えなくなってしまった。そのため、探し求める聖王はすでに亡い者となったか、あるいは世龍こそが一角が守護するよう定められた聖王であろうと心に定め、この日までが過ぎた。

しかし、劉淵の本拠地に来て一角が驚いたことに、劉淵のいる城や穹廬は赤い光輝に包まれていた。一角がはじめに探していた聖王は、劉淵であった。そしてすでに晋朝から独立し、漢王として起《た》っていた。

晋の朝廷は何年も続いた皇族同士の内乱のために人材は失われ、国民は疲弊の極に達している。群雄の割拠する時代となり、次に中原を統一するもっとも有力な王は、劉淵と誰もが考えていた。

生きて漢王となっていた劉淵の赤い光輝を見失った理由を、青鸞に訊《たず》ねようとして、一角はためらう。青鸞が一角よりも先に劉淵を見いだしたためか、あるいは一角が世龍を選んだために、聖王の器を持つ他の人間の光輝が、一角には見えなくなってしまったのか。

「ひとつの世代に二種の瑞獣《ずいじゅう》と聖王がふたり、というのもなんだか、その……」

胸の内に渦巻くさまざまな疑問を、一角はうまく言葉にできずに語尾を濁す。

青鸞はすっと背筋を伸ばして表情をあらため、年長者らしく窘《たしな》める口調で告げた。

「聖王の光輝をまとう者が、必ずしも聖王になれるとは限らないといいます。すべての霊獣の幼体が千年を生きて天界に昇れるわけではないように。資質を持つことと、天命を成すことができるということは、別の問題だから。だからこそ、その時代に生まれ合わせた瑞獣が、聖王を守り導くように天命を授かるのです」

青鸞はにこりと笑って、肩の力を抜くように一角を諭す。

「と、西王母に教えられたでしょう？」

「はい」

一角は神妙にうつむいた。下界は混沌《こんとん》としていて、どこに大乱のもつれを正す聖王がいるのか、天界から見下ろしても皆目見当がつかないのではないだろうか。天界の干渉なく下界の動乱が治まったことがあるのかどうかも、若すぎる一角は知るよしもない。

霊獣の仔は時を選ばずに生まれてくるという。多くの幼体は、他の獣と同じように病を得たり、猛獣や妖獣、そして人間に狩られたりして命を落とす。運良く三百年を生きれば老病に煩わされぬ瑞獣となり、五百年を生きれば神獣となって天空を翔《かけ》ることが叶《かな》う。八百年を生きれば仙獣となり、仙界に出入りすることを許され、千年で霊獣となって天界に迎え入れられる。

幼体の間はひたすら山野に隠れ住み、人間や霊力のある獣を喰《く》らう妖獣を避けて生きなければならない。ただひとつだけ、一足飛びに神獣になり、飛翔《ひしょう》する力を得る方法があった。百歳を超えて霊力を蓄え、人の姿に変化することができるようになった幼体は、西王母に目通りをして天命を得て、それを果たす機会を与えられる。

授けられた天命を果たして、自在に天地を翔る神獣となる道か、あるいは長い時を地上で恬淡と生きぬいて、千年ののちに自《おの》ずと天へ昇る霊獣となる道のどちらかを選ぶのだ。

一角は天命を求めて一足飛びに神獣になる道を選んだが、それが正しい選択であったのかはいまもってわからない。

人界に降りてから一角が学んだことは、幼い獣にとって、人の世とは野獣や妖獣の跋扈《ばっこ》する山野と同様に、恐ろしく危険な場所であったということだ。

兄弟が帝位を争い、叔父が甥《おい》を欺き、わずかな利を争って臣民が殺し合う時代であった。衆生や敵に対して、常に慈悲深くあれと世龍に強いるのは、早死にしろと要求するのと同義であることは一角にもわかっている。それに、今の世では、戦い奪って生き延びることは、世龍のように時に応じて傭兵にも群盗にも変じる流れ者だけではなく、地上に生きる人間すべてにとって道理に適《かな》ったことなのだ。

朝廷の権力に群がり、骨肉の争いを繰り広げる王侯だけではない。無辜《むこ》の民草でさえ、ひと握りの穀物のために、糧食を運ぶ兵士らへと餓えた狼《おおかみ》の群れのように集団で殺到するのを見たこともある。無力と見做される庶民の方が、飢餓の恐怖と、徴税と掠奪《りゃくだつ》によって踏み躙《にじ》られた恨みの深さに、いっそう残虐さを発揮して兵士らを追い詰め、なぶり殺す。

誰もが拭い去りようのない業に苦しむ人界のありさまを目《ま》の当たりにするたびに、天界が幼き霊獣を通して地上にもたらそうとする『聖王の世』というのは、それこそ絵に描いた仙郷のようなものではないかと、一角には思えてくるのだ。

「聖王の光輝を備えた者は、天子の卵のようなもの。必ずしも善人ではないし、才気に恵まれているわけではないといいます。前漢を建てた劉邦《りゅうほう》をして聖王だという者は、おそらく天にも地にもひとりとしていないでしょう。しかし、かれは至高の座につき、かれの開いた王朝は後漢を含めれば四百年あまり続いた。その偉業は認められるべきでしょうね」

一角は顔を上げて青鸞の顔を見つめた。

「劉邦を守護した瑞獣は、どうなったのですか」

漢の高祖、劉邦の享年は六十一であった。一角が生まれるよりも、三百年以上も前のことだ。

前漢の建国からすでに五百年以上が過ぎていた。劉邦を見いだした瑞獣は、天命を果たした時点で神獣に昇格し、その後は人界に干渉せずとも時とともに仙獣と成り得たはずだ。

その瑞獣が麒麟であったのかどうか、一角は知りたかった。

「気ままに天地を闊歩《かっぽ》しているのではないかしら。蛟の仔《みずち》であったといいます。運がよければいつか会えるでしょう。わたくしもまだ、会ったことはないけれど」

蛟の仔であれば、いまは角龍《かくりゅう》に成長してこの天地のどこかにいるはずである。しかし、かれの痕跡は漢書《かんじょ》のどこにもない。聖王を守護した瑞獣が、史書に刻まれることはないのだ。年を取らないことが周囲に漏れるのを恐れ、聖王が臣民を治めるころには人前に出ることも稀になる。

「角龍の痕跡は、伝承に残っていますよ。晩年に至って心の安まらぬ劉邦に膝枕をしていた宦官《かんがん》少年の逸話は知っている？」

一角はうなずいた。

「当時は少年の姿をしていたのなら、あなたと変わらない幼体の龍だったのでしょうね。劉邦に劣らず、よい仕事をしたのでしょう。だから劉邦は蛟の足跡を人史に残させたのだわ」

うっとりした目で、青鸞は虚空を見やった。

青鸞がどういう位置づけで劉淵の宮廷にいるのか、一角には知るよしもないが、おそらく妃《きさき》のひとりか、あるいは公主として後宮に潜んでいるのだろう。女性であるから、それが一番自然で、無理がない。ならば一角は、劉邦の守護獣のように、やがては宦官に扮《ふん》して世龍の後宮に潜むことになるのだろうか。

戸外を駆けることができない暮らしは、一角にとってはあまり嬉《うれ》しくない未来だ。難しい顔で考え込む一角へと手をのばし、青鸞は慈母の笑みを浮かべて肩を撫《な》でた。

「炎駒、ひとの命は短い。あなたの世龍が聖王として天子と成り得るかどうか、おそらく天帝すらも知り得てはいないでしょう。ですが、あなたと聖王との縁はただ一度だけ。大切になさい。世龍が逝った後も、あなたの命はずっと続くのですよ。よい記憶を残せるように、心がけなさい」

どこか悲哀を含んだ青鸞の言葉に、一角は湧き上がる疑問をぶつける。

「世龍が天子となったら、劉淵の漢はどうなるのですか。青鸞さんが劉淵を導いて築いた漢は滅ぶことになる。劉邦の漢の如《ごと》く、四百年の平安を保てないということですよ」

青鸞は深く息を吐いて、清流に目をやった。流れてゆく水の勢いとその音に、しばらく耳を傾ける。

「それもまた、天命なのだと、思います」

数呼吸の間、青鸞は言葉を探して水面《みなも》を見つめた。

「いまこのとき、あらゆる民の君主となる資質を備えた者が、聖王の光輝を帯びて生まれてくる。そのうちの誰が、中原の鹿を逐《お》い帝位を手にすることができるのか。いつか天帝に目通りが叶うならば、訊ねてみたい。下界に真に平安の訪れる日は、本当に約束されているのかと」

青鸞は一角へと視線を戻し、憂いを込めた眼差《まなざ》しで見つめた。

「劉淵はもはや齢《よわい》五十に達しました。あと十年の間に華北《かほく》を統一できなければ、天子へ至る道は難しい。かれには聖王の資質は充分にありましたが、時間がなかったようです」

青鸞は嘆息して、言葉を続ける。

「それでも、わたくしは最善を尽くして劉淵を守り、そして導くでしょう。かれを見送ったあとも、次の聖王を見いだせない限り、孤独に数百年を生きるかもしれないと思えば、劉淵との思い出に、何一つ悔いを残したくない」

一角は、流血の途絶えぬ人界に心身と魂魄《こんぱく》を削り続けてきたが、なぜ殺戮《さつりく》を続ける世龍との縁を切れずにここまできたのか、その理由を知ることができたような気がした。洛陽で初めて世龍に会ったとき、物乞いの子に優しさを示した世龍に感じた希望を、信じたかったからだ。

そして、潜在的に劉淵の敵となり得る世龍の守護獣に対して、このように真心を尽くした会談のときを持ってくれた青鸞に、感謝の気持ちを覚えた。

「角龍が劉邦を看取《みと》るまで付き従ったように、我らも聖王の命尽きるまで、見守らねばならないということでしょうか。それが天命だからではなく、己の良心のために」

青鸞は、異教の観音像のように、慈愛に満ちた笑みを返した。すべてを肯定し、すべてを赦《ゆる》す笑みであった。劉淵の偉業を石世龍《せきせりゆう》が呑《の》み込《こ》もうとも、一切咎《とが》めないという承認でもあった。それは、青鸞自身が感じていた己の限界であったのかもしれない。あるいはただ単に、劉淵ひとりに誠を捧《ささ》げた青鸞の思いの成就であったのかもしれない。

一角は、世龍に対して己の宿命や天命については、何一つ話してはこなかった。一角自身、ただ己の霊格を上げるために、ひとりの人間の宿命に関与していることを、世龍に知られたくはなかったからだ。

絶えず戦闘に身を置き、一族を取り戻して羯族の地盤を固めることを目指す世龍は、自分が聖王の器であるなどと夢にも思ったことはないだろう。心を定めて邁進《まいしん》すれば、中原を統一し、支配する天子にもなれるなどと説いても、きっと『寝言を言うな』と鼻で笑うだろう。

一角がかつて、漢族と五族の王たれとけしかけたときは、野望の芽をわずかに伸ばしたようであるが、劉淵に出会い、噂《うわさ》通りの英邁《えいまい》さと、懐の深さに打ちのめされてのちは、その第一の股肱《ここう》となることが、次の目標に置き換わったようであった。

まあ、でも。それでよいと一角は思った。

必ずしも、霊獣の守護が聖王を天子たらしめるわけではないという青鸞の言葉が、一角が心に抱え続けてきた不安を取り除いた。

青鸞は、霊獣から見れば残り少ない時間を、匈奴と漢族の融和と統一にかける劉淵を見守ることで、己の務めを果たそうとしている。

世龍に関わった己の時間を、一角もまた悔いなく務め上げればいいのだ。

「ただし、忘れてはなりません」

　青鸞は付け加える。

「決して、あなた自身の手を血で汚してはなりませんよ。一度は天界に迎えられた霊獣でさえ、殺生を犯した者は、永遠に天界から追放されてしまいます。蚩尤《しゆう》を殺《あや》めた応龍《おうりゆう》のように、永遠に地上をさまよう宿命を負わねばならなくなります」

　蚩尤とは、太古の時代に黄帝《こうてい》に対して謀反《むほん》を起こして捕らえられ、処刑された神あるいは妖怪である。地上の者では蚩尤を倒すことはできず、天界より遣わされた応龍によって滅ぼされた。黄帝に加勢し、天界の敵を殺したというのに、殺生によって穢《けが》れを帯び天界へ昇れなくなるのは、理不尽きわまりない。

　聖王が戦で敵を殺すのを黙認することは、己の手を汚すことと同義では、という疑問が一角の頭に浮かんだ。しかし、それについてはあまり深く考えない方がいいとも思った。

第二章　調略

ナランの父、劉閏《りゅうじゅん》から礼部の官吏が遣わされて、婚礼の手順、そして新郎側に必要な準備などについて説明していったものの、日取りについては言及せずに帰って行った。

花嫁の支度はいろいろと手間がかかるのであろうし、漢宮廷に仕える卜占《ぼくせん》師が婚礼の日取りを決めるのであろうと、世龍は気長に構えることにした。しかし、劉淵《りゅうえん》の単于庭《ぜんうてい》に落ち着いて五日が過ぎ、ナランとの新居となる平晋王の穹廬《きゅうろ》が完成したのちも、婚儀についての告知はなかった。

一角は落ち着かないようすで、世龍の穹廬と馬場を行き来しては、劉淵の豪壮な穹廬のある方角を仰ぎ見た。

この数日は、白馬の手入れに一日の大半を費やすばかりの一角は、世龍の配下に「それ以上馬に刷子をかけ続けると、毛が抜けて禿《は》げ馬になっちまうぞ」とからかわれている。

「吉日が定まらないのかな」

人間の暦について、多少は知識のある一角ではあったが、農耕に比重を置かない匈奴は、別の暦に従って吉凶を占うのかもしれない。

世龍は新築の穹廬の周囲に刈り残された枯れ草を引き抜いて、茎の青みの残った部分のかすかな甘みを嚙《か》みつつ、悲観的な展望を口にした。

「胡部の張部大《ちょうぶだい》や馮部大《ふうぶだい》の部民と、噂を聞いて帰参してきた羯《けつ》族を搔《か》き集《あつ》めても、平晋王の勢衆は五千に届かない。そのうち騎兵に使えるのは新兵を入れても千を超えるかどうかだ。鄴《ぎょう》城攻略から従ってきた直属の将兵を合わせても、平晋王の軍はせいぜい千五百。徴兵年齢の上限と下限を少し広げて募れば、二千に達するかもしれんが、婚儀には間に合わん。侍中の娘婿にはいまひとつ見劣りすると、婚儀を妨害する氏族長はいそうだな」

部民を受け入れるということは、兵士だけではなく、その家族をも養わねばならないということであった。しかも世龍が率いるのは、機動力を極限にまで高めた騎兵のみだ。何万という衆を傘下に置いても、歩兵や農民兵を採用しない石勒軍の兵数は多くない。

さらに、平晋王の爵位は名誉ばかりで、税収の見込める封土や、王府を置ける城があるわけでもないのだ。

近くで新調した武器を点検していた百騎長の桃豹《とうひょう》が、世龍と一角の話を小耳にはさんで、矢の束を整える手を止めた。近寄ってきて会話に加わる。

「数百人規模の傭兵隊長が、帰順しただけで攣鞮《れんてい》氏の高官の娘を賜って単于と親戚になれるとしたら、そりゃ幷州どころか、河北《かほく》の中立胡族や武装団が、我も我もとなだれ込んでくるでしょうな」

「やっぱり安歩もそう思うか」

世龍は、後漢の末から魏《ぎ》王朝の初期にかけて、黄河北岸の幷州に移住した羯族の、小胡部を束ねる小帥の長子として生まれた。

胡部を統率する地位は世襲ではないが、父の死後は部民たちに推されて、世龍は若いながらも小帥となった。しかし、服属民の弱小部族に割り当てられた農場からの収穫量は少ない。不作の年が続けば漢族に雇われ、小作や家僕同然の待遇で仕事にありつき、どうにか生きながらえることができた。そのようなぎりぎりの暮らしが常態化しているところへ、ついに飢饉が幷州全域を襲った。税を払えず、家族に食べさせる食糧もなくなり解体していった他の胡部のように、世龍もまた部民とともに逃散《ちょうさん》した。

　逃亡し、山野に隠れ住む暮らしも長くは続かず、幷州刺史を兼ねる皇族の東嬴公司《とうえいこうし》馬騰《ばとう》の軍資金稼ぎのための奴隷狩りに遭い、ついに囚われて遠く山東の茌平《しへい》へと売られていった。

　世龍の前半生でも最も辛酸を舐《な》めた日々ではあったが、幸運にも、その地の土豪であった汲桑《きゆうそう》に気に入られて、翌年には奴隷の身分から解放された。

　それからは汲桑傘下の傭兵として、晋国東部の山東と河北を荒らし回ったのち、汲桑とともに挙兵して東嬴公を破り、冀州《きしゆう》の州都、鄴《ぎよう》を陥落させた。東嬴公は、この当時は爵位を進め改封によって新蔡王《しんさいおう》となっていたが、汲桑も世龍も旧怨を忘れぬために東嬴公、もしくは爵位だけ上げて、東嬴王と呼び続けた。

　しかし、勝利を誇ったのもつかの間、東嬴公の兄、東海王《とうかいおう》司馬越《えつ》の反撃に遭って敗れた。汲桑とは道を別ち、世龍は幷州に舞い戻り、匈奴の王を頼って帰順を申し出て、受け入れられた。

　そうした過去を振り返れば、一度は卑賤《ひせん》の身分に落ちた少数部族の一牧人に、喜んで嫁ぎたがるうら若き姫君と、世龍と姻戚となりたい親族がいると信じるのは、楽観的に過ぎる。

悲観的な言葉を交わす世龍と桃豹の前に、一角は胸を反らして仁王立ちになった。

「漢王は世龍を一兵士とも、ただの傭兵隊長とも思ってないから、平晋王の爵位を授けて、将軍に任じたんだ。何度も東嬴公と東海王に立ち向かって、一度は鄴城を陥落させた実績は、きちんと伝わっている。生まれも身分も関係ない。漢王はちゃんと実績を評価して、大いに期待してナラン姫をくださるんだから、そんな風に言っちゃだめだよ」

世龍と桃豹は、顔を見合わせ苦笑して、はいはいと受け流した。

石世龍と配下の騎兵の実績と実力を、漢王劉淵が正しく認めていることは、言わずもがなのことである。ただ、新参が抜擢《ばってき》され注目を集めることを、快く思わない一派もいるということが、人間の心理により詳しい世龍と桃豹の言わんとするところであったのだ。

桃豹の推測が正しかったことは、すぐに証明された。

翌日、世龍は漢王劉淵に呼び出され、舅《しゅうと》となるべき侍中劉閏も同席のもと、婚儀の遅延を詫《わ》びられた。

「私も娘も、貴殿との婚姻に異存はない。ナランは婚礼の準備をすでに終え、私としても早く婚儀をすませたいと望んでいる」

　劉閏は慇懃《いんぎん》な面持ちでそう告げた。劉淵があとを引き取る。

「鄴城の陥落と、我が旧知の成都王《せいとおう》の仇《かたき》を討ってくれた貴殿に、我が股肱に加わってもらいたいわしの本心は変わっておらぬし、微塵《みじん》も動かぬ」

　だが、譜代の将軍や官吏には、成り上がりの世龍が同格の爵位を以《もっ》て重用されることに、苦言を呈する者が少なくないという。

「わしの建てる新しい漢では、出自にこだわらず、有能な者はその才を活《い》かせる地位につけ、おのおのの民族には隔てなく土地を与え、平穏に暮らしてもらいたいと考えている。石将軍の配下は、実に多彩な民を祖とする騎兵らによって構成されている。わしの目指す国家の志を、石将軍ほど理解できる武将もおらぬのではと思う」

　劉淵の過大な評価に、世龍は恐縮して頭《こうべ》を垂れた。

　流れ者を寄せ集めた結果が、世龍の騎兵隊に多民族部隊という特色を与えたわけであるが、世龍の隊では、出自や文化背景の違う兵士たちが対立することは滅多になかった。

　誰もが生まれつき所属していた社会からはみ出し、あるいは引き剝がされ、また世龍のように帰属すべき共同体そのものが解体して、傭兵や群盗に生きる道を求めたという共通点が、かれらをひとつにしていた。

言語や顔立ちの違いだけではなく、肌と髪の色からして珍しい天竺人のクイアーンや、月氏人のシージュン、さらに化外の民と思われる金瞳矮軀《きんどうわいく》の一角などが重用されているのだ。数を恃《たの》んで少数の異民族を疎外するような風潮が、世龍の傘下では生まれにくいのだろう。

「そこでだ」

劉淵は身を乗り出した。

「晋の東海王によって并州刺史に任じられた劉琨《りゅうこん》と結託して、我が軍を悩ますのが鮮《せん》卑《ぴ》拓跋《たくばつ》部であることは、石将軍も知っているであろう？」

知らないはずがない。

汲桑軍が成都王の仇として戦った東海王は、皇帝を手中に擁しておらぬ以上、逆賊として討伐されるべき朝敵であった。しかし、朝廷における政争を勝ち残ろうとする東海王、東嬴公の兄弟は、かつて長城《ちょうじょう》の北に存在した匈奴帝国と同等の版図を有する鮮卑と、同盟を結んでいたのだ。

いくつかに枝分かれした鮮卑族の中でも、広大な領土と兵力を持つ拓跋部は、劉淵が目指す漢の建国にとって、最大の障害であった。

まさか、婚礼の引き出物として、張部大を引き入れたように鮮卑の最大氏族の領《りょう》袖《しゅう》を懐柔しろということであろうか。

漢族の文化に親しみ、半農の暮らしに馴染《なじ》んだ匈奴と異なり、現在もなお北方遊牧民の暮らしを守る鮮卑族だ。匈奴がかつて有していた剽悍《ひょうかん》さと残忍さを、部族の誇りとして維持している騎馬民族であった。

かつて蒙古《もうこ》高原の覇権を争って戦い、匈奴に圧迫され続けた鮮卑である。匈奴が決して鮮卑の風下に立つことを肯《がえ》じないように、かれらを北の未開人と見下す晋と盟を交わしてでも、匈奴を叩くのを喜びとしている現状からしても、懐柔するよりはいっそ殲滅《せんめつ》する方が楽な相手であろう。

騎馬民族の敵は、騎馬民族ということであった。

難題を突きつけられたかと、困惑の面持ちになる世龍に、劉淵は赤毛交じりの豊かなあごひげをしごいて破顔する。

「鮮卑の懐柔など、無茶なことを貴殿に要求はせぬ。それに、鮮卑拓跋部と晋の結びつきは固い。いましばらくは、かれらの結盟に楔《くさび》を打ち込む隙はなさそうである」

鮮卑族は戦略的に晋に迎合することはあっても、その傘下に入ることはないであろうと劉淵は断言した。むしろ、弱体化しつつある晋の隙を、虎視《こし》眈々《たんたん》と狙っているのだと。

劉淵は、かれが漢国を興してから今日までの、鮮卑と晋の同盟軍を相手に戦ってきた日々について語り始めた。

「拓跋三部には何度も苦汁を舐めさせられた。だが先年、東部と中部の大人《たいじん》が立て続けに他界し、拓跋西部の大人イールーは三部の再統合に忙しく、当面はこちらに攻めてくる暇はない」

先代の拓跋部の首長には、夭折《ようせつ》した嫡子に三人の息子がいた。三人の兄弟は拓跋部を東部、中部、西部と三分割して相続した。それぞれに分割統治はしていても、兄弟の結束は固く、劉淵を攻めるよう晋の朝廷に要請されると并州に侵攻し、巧みに連携して劉淵の漢軍を翻弄してきた。

「この年、先代より三部に分かれていた拓跋部を、ふたたびひとつにまとめ上げた大人イールーの父シャモハーンは、魏朝《ぎちょう》のときに人質として洛陽へ送られ、少し遅れて洛陽入りしたわしとも面識があった。シャモハーンとわしは、晋の王朝となっても宮廷に留《とど》まり、ともに武帝《ぶてい》に仕えた。シャモハーンは背が高く、容姿に優れ、漢族の学問と文化を多く学んで拓跋部へと帰国した。だが、鮮卑の長老たちは、シャモハーンが身につけた漢族の服飾や学問、そして文化は、鮮卑族を堕落させ国を害するであろうと断じて、謀反の志ありとこれを誅殺《ちゅうさつ》した」

劉淵は言葉を切り、意図せずして小さく嘆息した。

祖国のために、八年に及ぶ歳月を人質として異国の宮廷に仕え、務めを果たしてようやく両親と妻子のもとへ帰国したというのに、謀反の徒と見做され殺されてしまった鮮卑の王子を哀悼するように、劉淵はしばし沈黙する。やがて、息を継いだ劉淵は、厳かに話を続ける。

「異国の宮廷にあってその文化を学び、学問を修めた人質同士として、シャモハーンとは言葉を交わし、時に歴史や治政について論ずることもあった。生きていれば、匈奴と鮮卑の間にわだかまる禍根を超えて、融和の可能性もあったかもしれぬと思うと、シャモハーンの早すぎた死は、まことに惜しまれる」

石世龍がこの世に生を享けた二年後に起きたことである。

そして、シャモハーンの死は、鮮卑を分裂させ、国力を弱体化させるための、晋の謀略によるものであったことが、後年の調査で判明したと語った。

「シャモハーンの息子イールーは、父の死にまつわる真相も知らずに、いまも晋の走《そう》狗《く》となって、我が単于庭を荒らし回っている」

シャモハーンを陥れた晋の高官は、晋の皇族同士が相争った『八王の乱』の初期に政争に巻き込まれ、すでに命を落としていた。天罰ここにありと劉淵が考えたとしても、世龍に異論はなかった。

「晋にすっかり丸め込まれている鮮卑拓跋部は、我らの手に余る。さらに、力のある鮮卑は拓跋部だけではない。北東の段部《だんぶ》と慕容部《ぼようぶ》、そして北部の宇文部《うぶんぶ》も少しずつ西進し、南下している。イールー大人がこのところ并州へ侵攻せぬのは、そのいずれかを牽制《けんせい》し、あるいは和睦を図る必要があるためであろう」

八王の乱からこちら、晋国の力は著しく衰えている。イールーに父親シャモハーンの半分の知性があれば、いつまでも晋に与《くみ》して戦い続けるのは得策でないと考えるだろう。そして、南北に断絶し、さらに漢族による王朝の政策のために五部に分裂していった南匈奴の轍《てつ》を踏むことなく、六部に分かれた鮮卑族を統一し、鮮卑人による鮮卑人の国を建て、独立独歩の道を目指すであろう。

「だが、并州から洛陽への道を平らにして、イールー軍が歩きやすくしてやる義理は、我らにはない」

劉淵は微笑を含んで付け加えた。

「わしが石将軍に成して欲しいことは、并州内にて中立を保つ諸勢力を、我が漢に帰順させることである」

世龍の説得によって、劉淵に帰順することを決めた張部大や羯族の諸胡部のように、晋と鮮卑と匈奴の三つ巴《みどもえ》の争いを静観している部族がいる。ひとつひとつは、幷州が統一されればひねり潰されるほどに小さいが、三つの勢力が互いに睨《にら》み合《あ》っている現在、ひとつでもいずれかの陣営に帰順すれば、戦局を大きく塗り替える要素を孕《はら》んでいる。そのため、どの陣営も手を出しあぐねているところであった。

「そのひとつが楽平《がくへい》で烏桓族《うがんぞく》の兵二千を率いる大人フリードだ」

「楽平の烏桓張氏《ちょうし》ですか」

世龍は相槌《あいづち》を打った。

烏桓族と鮮卑族は、もとは長城の北東に存在した東胡《とうこ》を祖とする同根の民族だ。長城の東端から中央アジアまでを版図とした、空前の匈奴大帝国を築き上げ、漢の高祖劉邦をも跪《ひざまず》かせた冒頓単于《ぼくとつぜんう》によって滅ぼされた東胡は、烏桓と鮮卑に分裂した。

漢の武帝の代に弱体化させられた匈奴が南北に分裂した後、勢いを盛り返した鮮卑族は、蒙古高原から北匈奴を追い出し西域にまで進出して覇を唱えた。いっぽう、烏桓族は蒙古高原の東に逼塞《ひっそく》し、高句麗《こうくり》と夫余《ふよ》の西にあって、昔ながらの狩猟遊牧を細々と続けた。

長く匈奴の支配下にあり、やがて南匈奴とともに河北に移住させられた烏桓族は、数も減少し、大陸史からその姿を消していく過程にあった。楽平を拠点とする烏桓族の長が張氏を名乗っているのも、漢族との通婚が進んでいる証左であろう。

「このフリードを幾度も招いているのだが、なかなか色よい返事が来ない」

楽平は并州の中心である太原《たいげん》に近く、東嬴公の後釜として并州刺史となった、晋の将軍劉琨《りゅうこん》が拠点とする晋陽城《しんようじょう》も指呼の間《かん》にある。フリードを説得して烏桓兵をこちらにつければ、晋陽に立てこもる劉琨の喉元に、剣を突きつけたも同然であろう。

「どうだ、石将軍にできるか。フリードを説き伏せたら、烏桓二千の兵はそのまま平晋王の軍に編入してよい」

新兵の調達は自力で行えといったところか。しかも、并州の騒乱を静観している中立派の心情をこちらに引き寄せるためにも、フリード傘下の部民に被害を及ぼすことなく、帰順させせなくてはならない。

世龍はしばらく思案してから、劉淵の丸く大きな目を見つめ返した。

「漢王の威光を以てしても靡《なび》かぬ相手でしたら、大がかりな芝居を打って、フリードを騙《だま》すしかありませんが」

烏桓の騎兵二千は喉から手が出るほど欲しい。殺生の大嫌いな一角の懇願を聞くまでもなく、一兵も損なうことなく傘下に加えられれば、それが最良であった。

世龍の前向きな返答に、劉淵は満足げにうなずいた。

細かい打ち合わせののち、劉淵のもとを下がった世龍は、仲間たちのところへ戻った。

「やっぱりそういうことですか」

桃豹はげんなりして言った。

「王号を帯びるなら、万単位の軍団が欲しいところではありますね」

古株の胡王陽《こおうよう》が現実論を口にする。

「石将軍の名声を聞いて、離散していた羯族や、汲桑軍の残兵が続々集まっていますから、座していても万に達する日は遠くはないでしょうが」

郭黒略《かくこくりゃく》が平服の胸にかけた数珠を繰りながら、募兵の進捗を報告する。

「フリードひとりを欺いて、練れた二千の騎兵が得られるなら、やってみる価値はあるでしょうね」

兵法に明るい劉徴《りゅうちょう》の後押しによって、誰も異論を唱えることなく烏桓張氏に帰順を装う準備を始める。

「だいじょうぶ？」

留守居を言いつけられた一角は、黄玉色の瞳を不安そうに曇らせて世龍を見上げた。

「血を流さずに、兵も国も損なわずに勝てばいいんだろう？」

「うん」

一角は安堵と不安の入り交じった表情で、無理に笑おうとする。

世龍は一角の頭を撫でようとして思いとどまった。見た目に応じた幼い言動や態度に騙されがちであるが、一角は世龍よりも年上で、もしかしたら父や祖父よりも長く生きているのかもしれないのだ。

「東嬴王が死んだいま、并州の民同士が相争う必要はない。并州から晋軍を追い出し、漢王劉淵が中原を制すれば、おれたちがずっと望んできた、烏桓や匈奴、鮮卑も羯族も、漢族も区別のない公正な治政が実現する」

実現は決して易しくないであろうし、時間はかかるだろう。しかし少なくとも、それが劉淵の目指す新しい国家であり、世龍も同じ夢を共有して進む第一歩であった。

楽平城は、城外の荒れ地に粉塵《ふんじん》を立てて接近する、二百騎あまりの騎兵隊に騒然となった。

くたびれた軍装と、傷んだ甲冑《かっちゅう》には、矢を数本立てたままの傷兵もいる。冑《かぶと》をなくしたのか、髷もほどけて乱れた髪をあらわにした騎兵も見える。軽装の騎兵がいないのは、身を守る甲冑なくして矢を受け、ここまでたどり着けなかったためであろう。城壁からの誰何《すいか》に応え、投降と帰順を申し出てきた騎兵隊の首領の名を知って、報告を受けた楽平の城主フリードは驚き、同時に慌てた。そして次に首をもたげてきた猜疑《さいぎ》心に足を止め、とりあえず引見を許す。

世龍は胡王陽と桃豹、そして十八騎の中から烏桓語を理解する雑胡《ざっこ》のルーミンを連れて、フリードと会見した。

「劉淵は諸手《もろて》を挙げて高名なる石将軍を歓迎したと聞いたが、これはまたどうした成り行きで我が城になど」

フリードは見え透いた社交辞令で世龍を持ち上げる。世龍が名を揚げたのは、鄴城の陥落によるもので、いまのところは敗退した数の方が多い。それを思えば、劉淵の取り巻きを納得させるための実績が求められたのは、道理かもしれないと世龍は思った。

「田舎者の成り上がりには、厚遇が過ぎたということでしょう。我の抜擢に不満を持つ側近の計略にかかり、劉淵の逆鱗《げきりん》に触れてしまいました」

世龍は冑を脱ぎ、ひび割れた箇所を拳で打った。冑はぱかりと二つに割れて、ひとつは派手な音を立てて床に落ちて転がった。

「約束されていた爵位は剝奪、報奨の金品も没収。離脱を決めたとたんに追っ手がかかる始末。冑に矢を受けたときは運が尽きたかと思いましたが、精鋭の騎兵もほとんど脱落せずについてこられたということは、我が命運はまだ終わりではないということですな」

世龍の土埃《つちぼこり》にまみれた満身創痍《そうい》の軍装と、乾ききってひび割れた唇、目の下の濃い隈《くま》は、命からがら昼夜を休みなく駆け続けた疲労を雄弁に語っている。しかし、泰然とした態度と落ち着いた声の響きには、歴戦の将軍然とした威厳があった。

フリードは値踏みする目つきも隠さず、世龍の頭から靴先まで注視する。

この数年、皇族同士が政争を繰り返した八王の乱で晋の朝廷が荒れ、晋の朝廷を担《にな》う人材は枯渇し、すでに晋の社稷《しゃしょく》は死に体《たい》となっている。

フリードはそうした朝廷の動向に敏感で、動乱の世の訪れを早々に察知した土豪のひとりであった。飢饉を生き抜き、兵を養う蓄えと才覚を持ち合わせ、状況次第では汲桑のように自身の軍を起こし、群雄のひとりとして名を馳《は》せることもできたであろう。

しかし、匈奴、晋、そして鮮卑の入り乱れる幷州において、どの勢力につけば生き残れるのかは、誰にも予測がつかなかった。少数民族の烏桓であれば、勝者が誰であろうと、帰順したところで走狗の扱いしか受けないであろうと考えたフリードは、切り札の二千の騎兵を温存し、晋漢の弱り切ったところを突いて漁夫の利を得、双方の残兵を吸収して鮮卑に当たりたかった。

「我ら并州の烏桓族は、たびたび漢王の招きを受けているのだが、石将軍を受け入れてしまうと、漢王から差し伸べられた手を取ることが難しくなってしまうな」

受け入れの是非には即答せず、フリードは意地の悪い笑みを浮かべた。

「フリード殿は、漢王に并州を取ることができると考えておいでか」

世龍は問いを返し、フリードに考える時間を与える。フリードは慎重に言葉を選んで世龍に答えた。

「大方の者は、そのように考えているのであろう。であれば、貴殿も并州に戻るなり帰順する先を漢王に定めたのではないか」

世龍はにやりと笑った。

「誤算でした。漢王は英邁で優れたお方であると聞いて帰順しましたが、一度は臣下として受け入れた者に賜った報奨を、側近の讒言《ざんげん》によって撤回するのは、君主のすることではない。漢王すでに五十代、まだ判断の曇る年齢ではないが、対する并州刺史の劉琨は、いまだ三十代半ばの壮年。どちらが長く戦場に立っていられるかは、自明のことではありませんか」

フリードは短い思案ののち、言葉を返す。

「だが、漢王の下には少壮の王子や将軍たちが育っている。いっぽう、劉琨の後ろ盾である朝廷はあのありさまだ。皇帝は洛陽、鄴、長安《ちょうあん》を行ったり来たりと、もはや政《まつりごと》も放り出している」

「晋がすでに国家として機能しておらぬことは、同意します。だが、晋兵はまだその強さを失ってはいません。東嬴王は劉淵に敵せず逃げ出しましたが、劉琨は漢族も逃げ出す并州に乗り込み、たちまち兵を集め民を慰撫《いぶ》し、鮮卑を操って漢王の将を下し、漢王の版図に密使を放って、異民族同士の離間を謀り、その勢力を削ることに成功し、晋陽城を維持しています。晋の兵は、それが晋に属するものであれば、仰ぐ旗が皇帝のものであろうと、刺史や太守のものであろうとこだわりません。それこそ晋人の刺史や太守の中には、我こそが次の王朝を開く太祖にならんと考える者も、少なくはないでしょうね」

いまは均衡を保っている并州という碁盤上の石を、劉琨がすべて取り得る可能性は、劉淵が洛陽を取って漢の皇帝となるよりも高いかもしれない。

「我ら遊牧民と異なり、漢族は皇帝になる者の血統にこだわらない。天命による易姓革命と言えば、すべてが正当化されるのです。ですから、劉琨が晋の皇帝から禅譲を受ける未来も皆無ではなく、并州を平定したのちに上洛《じょうらく》し、民衆の支持を受けて皇帝に推戴《すいたい》される可能性もあるわけです」

「では貴殿は、劉琨につくのが得策と考えるわけか」

帰順したのが劉琨ではなく、烏桓であった理由を邪推しつつ、フリードは訊ねる。

世龍は薄い笑みを浮かべた。

「言ったでしょう？　群雄の誰もが、次の中原の主になれる時代であると。劉淵と劉琨が倒れたあとにフリード殿が起つ未来は、思い描けませんか」

フリードは瞳に猜疑を宿らせて、世龍の表情を探る。

「貴殿もまた、その群雄のひとりではないのか」

世龍は失笑した。笑いを抑えようとして堪《こら》えきれず、声を出して笑う。フリードは警戒の色を浮かべて肩を引いた。

ひとしきり笑った世龍は、くだけた口調になって、自嘲を込めた言葉を吐き捨てた。

「二百の手勢しか持たぬ根無し草の、しかも奴隷あがりのこのおれが？」

威厳ある将軍の皮をするりと脱いで、目先の損得を優先させる群盗の頭目らしき野卑な顔をのぞかせる。

世龍が自ら示した己の限界に、フリードは内心でほっと息をつく。中原の歴史に、奴隷が皇帝になった例《ため》しはない。そして、世龍が奴隷であったことを知らない者はいない。世龍の敵は『奴隷将軍』と呼んで露骨に蔑《さげす》む。さらに、血統重視の遊牧民たちが君主に戴《いただ》くのは、劉淵のような大氏族の嫡流であった。

フリードが血統の正しい烏桓の王子という証拠はないが、家系を辿《たど》っていけば必ずどこかで由緒ある氏族の祖につながるであろう。匈奴に服属する前は、その祖先の由来すら曖昧な羯族の世龍とは違うのだ。世龍が帝位を望んでも、民衆がそれを許さないであろう。

世龍は口調だけでなく、姿勢も楽に崩してフリードに顔を近づけた。

「おれは、東海王を後ろ盾とする劉琨とは相容《あいい》れず、漢王劉淵とは決別したばかり。このふたりに対抗できる領主でなければ、主にはできません。フリード殿が我が隊を受け入れれば、すぐにでも城をいくつか落としてきましょう」

匈奴や晋の動向を窺って生き延びるのではなく、自立して烏桓の王となり中原に覇を唱える夢を、現実のものとして提示されたフリードは、世龍と二百騎を引き入れることを決めた。世龍がその大言壮語の通りに城を落としてこなければ、あっさり追い出してしまえばいいことである。

世龍とフリードは、遊牧の民の伝統に従って、義兄弟の杯を交わす。年上のフリードを敬うことで、石世龍とその配下は、楽平烏桓の民に受け入れられた。

会見の一部始終を見聞した桃豹は、与えられた宿舎に落ち着くと笑いをこらえつつ世龍の演技力を褒《ほ》め称《たた》えた。

「誰が聞いているかわからん。演技だなどと聞こえの悪いことを言うな。それより計画通りに進めていくぞ」

世龍に窘められ、桃豹は城外に待機していた騎兵隊を整えるために出て行った。世龍は胡王陽とルーミンを招き寄せ、城内に広める流言について打ち合わせる。フリードから人心が離れていくよう、作戦を段階的に進めていくのだ。

千騎の烏桓兵士を借り受けて出陣を重ね、世龍は劉漢のものであった城や土地を奪っていった。フリード配下の兵士らの目に映ったのは、世龍の騎兵隊が無人の野を行くがごとく進み、蹴散らされた匈奴の兵が、たちまち防衛線を放棄して逃げ去る光景だった。

不利と見れば、たちまち風を巻いて逃げ出すのは遊牧民の戦法であり、踏みとどまって城や領土を死守することをしないのは、烏桓も同じである。それもあり、フリードに命じられて世龍の監視役も兼ねる烏桓の将校たちは、劉淵の単于庭にいた世龍が、守りのあまい城や、無能な指揮官の治める砦《とりで》に目星をつけておいたのだという言葉を信じた。

「打ち合わせ通りに、適当に矢を射かけ合って槍《やり》を交えて、あとは逃げ出しているだけなのにな。芝居の下手なやつもいるのに、烏桓の連中の目は節穴か」

十八騎のひとり、張越《ちょうえつ》が苦笑交じりにつぶやく。

「要らぬことを言うな」

近くにいた胡王陽が舌を打ち、槍の石突きで張越の籠手《こて》を叩いて口を閉じさせた。張越は羯族であり、世龍の姻戚でもあることから、時と場を選ばず戯《ざ》れ言《ごと》を口にする傾向がある。

向かうところ敵なしといった勢いで、匈奴の城を次々と落としていく石勒軍に、烏桓の兵士らは少しずつ心酔を深めてゆく。しかしフリードは疑い深く、懐の知れた匈奴の城は取れても、劉琨の防衛は突破できないだろうとけしかける。

そのときまでには、石世龍が攻めれば、匈奴の騎兵さえ算を乱して逃げ出すという評判が幷州一帯に広まっていた。世龍が兵を率いて劉琨に帰順した城邑《じょうゆう》を襲えば、恐怖に震え上がった住民は、逃げることもせずに城を開き、投降の意を示した。

劉琨が晋陽から応援の軍隊を送り出せば、匈奴相手の芝居と異なり、思う存分に腕を揮《ふる》って戦える石勒軍の狂熱が伝播《でんぱ》して、烏桓の兵も遠慮なく大暴れする。黄河の向こうにいる東海王や、長城の彼方《かなた》に退いている鮮卑の救援をすぐに見込めない劉琨は、損害の広がらないうちに配下の軍を撤退させなくてはならなかった。

フリードのように、千人単位の兵を擁していながら中立していた土豪も、世龍が矛を向けたというだけで、帰順の申し出に献上の品を贈りつけてくるありさまである。

たちまち、フリードの配下には一万を超える兵士が集まった。

世龍は、戦利品や献上品には何ひとつ手を付けずに、すべてフリードのもとへ運ばせた。フリードは世龍の誠実さを喜び、半分を世龍に褒美として下げ渡した。世龍は報酬を手元に残すことなく、配下の騎兵のみならず、ともに戦った烏桓の将兵たちにも、気前よく分配した。

「そろそろですな」

桃豹が世龍の耳にささやく。世龍はうなずいて応えた。

「そろそろだ」

幾度めかの戦捷《せんしょう》の宴《うたげ》のさなかに、世龍はフリードを取り押さえた。集まった烏桓の大人《たいじん》らと将校たちに、この動乱の世を生き残りたいと願う者は、自分とフリードのどちらを主君として仰ぎたいか問うた。

烏桓の兵士のほとんどは、常に先頭に立って戦い、無敵の強さを誇る世龍に傾倒しており、将校たちは、陣頭にすら立たないフリードにいささか愛想を尽かしていた。烏桓の大人らは、胡王陽が手配した賄《まいない》を受け取っていたので、日和見主義のフリードよりも、勇敢で気前のよい世龍に心を寄せていた。城下の民衆は、烏桓語を操るルーミンとその配下の騎兵らによって、じわじわと世龍の強さと公正さを吹き込まれていた。

大人の中から長老格のひとりが進み出て、悠然とフリードを押さえつける世龍に、評議の時間を求めた。

世龍は快く、納得のゆくまで話し合うように烏桓の長老に告げる。烏桓の大人らは、場所を変えて、評議の場を持った。血統主義も遊牧民の揺るぎない伝統ではあったが、同時に部族長の集会と評議によって、世襲によることなく、より強く統率力のある主君を選出する伝統もまた、実力主義を重んじる遊牧の民の伝統であった。

烏桓の有力者たちが退出した広間で、世龍はフリードの拘束を解いた。フリードはすかさず傍らの剣を摑んで立ち上がろうとする。しかし世龍の側近らが、それぞれの武器に手をかけて腰を上げていることに気づく。フリードが剣を抜けば、その剣先が世龍の袖に届く前に、剣を握るフリードの手も首も、血しぶきを上げながら宙を舞うことだろう。

フリードは腹立たしげに、剣を鞘《さや》ごと床にたたきつけた。

世龍は満面に笑みを湛えてフリードを宥《なだ》めにかかった。

「兄貴を騙したことは詫びる。おれもこうするより他になかったんだ」

「誰が貴様の兄貴だ！」

フリードは顔を真っ赤にして叫んだ。

「ここへ帰順したときに、おれと兄貴は兄弟の杯を交わしたじゃないか」

まったく悪びれずに、世龍はほんのひと月前の手続きを思い出すよう、フリードに促した。フリードはこめかみから湯気を噴き出す勢いで怒声を放つ。

「あの杯さえ、貴様の策略だったのだろう！」

世龍はそれまで浮かべていた笑みを消して、神妙な面持ちになった。

「いや、おれは本気だった。なあ、フリード。もういい加減、烏桓だ匈奴だと、いがみ合うのはおしまいにしないか」

そう言ってから、ふたりを取り囲む十数人の男たちを見渡す。

傭兵時代から世龍についてきた騎兵たちだ。

桃豹、胡王陽、褐色の肌をした天竺人のクイアーン、色白で栗色の髪が人目を引く羯族シージュン、武装の胸に数珠をかけた郭黒略、いくつもの言語を操るルーミン、羯族の容貌をした者が数人、漢人が半数近く。そして、どの民族の出とも知れぬ、言い換えればそれぞれの民族の特徴を併せ持つ雑胡らによって構成された世龍の騎将たちは、肩の力をぬいて世龍とフリードの葛藤を見つめていた。

「大単于で漢王の劉淵殿は、匈奴だ、漢族だ、鮮卑だと言って争う時代を終わらせたいとおれに言った。だからおれは、フリード兄貴を騙す役割を引き受けてでも、烏桓人の血を一滴も流さずに漢王に帰順させたかった。兄貴を騙したことは詫びる。だから、弟の犯した罪を赦してはくれないか」

いったいどういう論法かと、フリードは怒りで煮えたぎる頭で考えをまとめようとした。

匈奴に父祖の国を滅ぼされ、奴隷同然に扱われて税と女たちを奪われ続けた先祖の記憶と恨みは、骨髄にしみ込んでいる。同祖の鮮卑もまた、力を蓄えてからは烏桓を見下し、匈奴と変わらぬ圧政を敷いてきた。そして移住を強制し、痩せた土地に縛り付けて、やはり苛酷な税を取り立てては露骨に諸胡を蔑む漢族も含めて、何世代も受け継がれてきた誰に向けてよいのかわからない怒りを、フリードは拳の中で握りしめる。

羯族の世龍を、同じ服属民の弱小部族と思い、庇護を与えたのが間違いだったのだ。異民族はしょせん、異民族なのだ。わかり合えるはずがない。

だが、雑多な民族を寄せ集めた世龍の軍は、互いに背中を預け、おそろしく連携の取れた動きでいくつもの城を落としてきた。宴の席においても、誰彼の区別なく杯を交わしている。血の気の多さで殴り合うような争いがあっても、翌日には何事もなかったように振る舞い、和解の必要すらなく協力して事に当たる姿は、ともに生まれ育った同族が互いによせる信頼と変わりない。

こうした光景が、長城の内と外でも、中原のいたるところでも、見られる日がくるというのだろうか。

文化や常識の異なる民族が同じ卓を囲んで語り合う日が来るなど、誰も想像すらしたことのない絵空事に過ぎない。絶えず搾取されてきた少数民族の世龍やフリードには、見果てぬ夢、あるいは実現しえない理想でしかないのだ。それを、あらゆる民族を押さえつけてきた匈奴の裔《すえ》である劉淵が、大単于を自称して空の高みからちらつかせたところで、投げ与えられる餌に尻尾を振る番犬になることと、どれだけの相違があるというのだ。

とはいえ、いかにフリードが劉淵の示す理想を拒絶しようと、評議会の結論が世龍を烏桓の主君に選んでしまえば、誰にも撤回はできない。

「楽平の城主というフリード兄貴の立場は、いままで通りだ。漢王はたぶん、フリード兄貴には楽平公という爵位をくれるのではないかな。弟のおれが王号で、先に出世した形になって申し訳ないが、漢王に帰順したのはおれが先だから」

困ったように眉根を寄せて、同時に微笑みながら『兄貴、兄貴』と連発する世龍をにらみつけているうちに、フリードの激情はおさまってきた。

「貴様は、おれを殺さないのか」

世龍は心底びっくりした顔で問い返した。

「殺す必要がどこにある？　おれの姉は張氏に嫁いだ。もしかしたら、同じ張姓のフリード兄貴の親戚筋かもしれん。姉と義兄は早くに亡くなって、息子のババルはおれの母が引き取った。生きて再会できれば、ババルは血縁でも義理でも兄貴の甥になるわけだ。つまり、フリード兄貴とおれは、姉とババルを通した親戚同士になる。生まれ育った胡部が飢饉でなくなって、家族がひとりも手元に残らなかったおれには、フリード兄貴は、何にも代えがたい貴重な親戚なんだ」

　言い終えるなり、世龍は無防備な仕草でフリードに抱きついて、背中を両手でバンバンと叩いた。強引で飛躍した論法に、論理のほつれも見つけられずにいるフリードの耳に、世龍が懇願の響きを込めて訴える。

「兄貴に頼みがある。おれは近々妻を娶ることになっているのだが、おれの親父《おやじ》はこの世にいないし、奴隷商人に連れて行かれた母親の消息も未だに摑めない。親族は離散して、誰もいない。婚儀の席に、おれの後見として兄貴が出席してくれると、石家の体面を保つことができて、とても助かる。漢王の宮廷に、おれの兄としてともに来てくれ」

　フリードが己の矜持《きょうじ》と、世龍の申し出た条件との折り合いをつけようと内心で葛藤しているうちに、評議会が終わった。烏桓の大人らは、世龍を幷州に住む烏桓族の主君と認めた。

　この動乱の世に、フリードと世龍のどちらを主君として戴くのかと問われた烏桓の大人や将校たちは、血統主義の伝統を横に置いて、世龍を選んだのだ。

　フリードの命は保障され、楽平烏桓の頭領であるという地位もこれまでと変わりない。しかし、これより先、フリードは石勒《ろく》軍の一翼を担い、匈奴の単于かつ漢王でもある劉淵に帰順し、その臣下となる。

そうして、楽平烏桓の乗っ取りという任務は、石勒軍の無敵の強さという風評を世に広めて、二ヵ月も経《た》たないうちに、あっさりと成功したのであった。

第三章　昇龍

日暮れどきを待ち、世龍はひとりで楽平城の城壁に登った。

西の方を向いて「炎駒《えんく》」と呼びかける。世龍が三回呼吸をする間に、落日の残照に似た朱色の輝きが地を駆けてくるのが見えた。炎をまとった馬とも鹿ともつかぬ四脚の獣は、たちまち楽平の城壁に近づいて跳躍し、渦を巻いて城壁の上に降り立った。赤い光の渦の奥に、龍を思わせる面長な顔と、額の真ん中に細長い角がちらりと見えたが、すぐに見えなくなった。

赤い光と影が消えた後には、十二、三歳の少年が息を切らし頬を赤く染めて立っていた。

「呼んだ？」

「そんなに急がずともよかったんだが」

困惑と微笑みを同時に顔に広げ、世龍は一角の肩を軽く叩いた。

怪力乱神《かいりよくらんしん》を語らずと孔子《こうし》は説いたというが、人知では説明のできない事象が目の前で起きているのを、どう解釈すればよいのだろう。人間の常識で測ることのできないものは、確かに存在する。少なくとも一角は奇怪な現象を起こして人を惑わせることはせず、暴力を嫌うことは人間以上で、さらに言えば人間よりもはるかに道徳の乱れを憂えている。そしてどう見ても鬼神の類いではない。世龍の知るあらゆる人々とは比較にならないほど、謙虚で平和的な存在であった。

「どうだ。血の臭いがするか」

一角は城壁から身を乗り出して空気を吸い込み、嬉しそうに首を横に振る。

「しない。うまくいってよかった。誰も、殺さずにすんだんだね」

「まるきり無血というわけにはいかなかったが。劉琨《こん》の軍はかなり損害を出した。晋軍は城を明け渡すくらいなら、死を選ぶ将兵も少なくない。兵士が防衛に命をかけるほど、劉琨は優秀で配下に慕われる将軍だということだ。そういう軍隊を相手に、ひとりも殺さずに戦うのは不可能であるし、逆にフリードに疑われてしまう」

匈奴兵を相手に手加減を強いられていた世龍の騎兵と、長く中立を保っていたために実戦で腕を試す機会のなかった烏桓兵が、血の臭いに興奮して箍《たが》を外し、思う存分暴れ回ったというのが実情ではあった。

劉琨から奪った城は風下にある。一角の鼻を悩ますことはないはずだ。

「それは、仕方ないね」

表情を曇らせつつも、一角はそう応える。

世龍は城壁に背をもたれさせ、肘を胸壁にかけてくつろいだようすで一角を見た。

一角は胸壁の凹《へこ》みに腰かけて、世龍に並ぶ。

「単于庭《ぜんうてい》のようすはどうだ。張部大や羯《けつ》族の連中はおとなしくしているか」

「劉淵は左国城に戻って、春に備えるそうだよ。留守居のみんなは単于庭の穹廬《きゆうろ》を撤収するのに忙しい。張部大が世龍の穹廬を解体してくれてた。ナラン姫との婚礼は、お城で挙げることになりそうだね。こっちにもそのうち劉淵から伝令が来るよ」

「うむ」

夕照の茜色が薄れ、空が紫から紺に移り変わる。夕日を見送った宵の明星が輝きを増していき、東の稜線《りようせん》にはまもなく昇る月の先触れであろう朧《おぼろ》な光が映っていた。西の空へ視線を戻せば、麦畑や草原の彼方に横たわる地平の向こうに、約束された花嫁がいる。

「一角、前々から考えていたんだが、おまえ、石姓を名乗らないか」

唐突な世龍の申し出に、一角は小さく口を開けて「え」という音を吐いた。

「一角が了承しても、ナラン姫に相談して、姫にうんと言ってもらわなければ、まあできないんだが。つまり、おれの養子になれ」

一角は首をかしげ、目を瞬《また》かせて考え込む。

「だって、世龍はこれから家庭を持つんだよ。子どもも生まれてくるし、ぼくみたいなのが世龍の家族、それも息子ですなんて顔して並んでいたら、みんなが変に思うよ。世龍の隠し子だって思われたら、ナラン姫も劉侍中もきっといい気はしないよ」

「そこは、ちゃんと舅殿と姫に説明する。心配しなくても、一角を庶子としても嫡子としても扱わん。一角を子ども扱いするつもりはない。だが、おれの地位が上がっていけば、一角をこのまま馬卒としておくわけにもいかない。かといって官吏に任ずれば、人間に揉《も》まれて軍事だ民事だと、仕事を押しつけられてしまう。傭兵時代に一角がやってくれていた雑務は、所帯が大きくなったいま、いくつもの部門に分かれて、何人もの軍吏《ぐんり》がつきっきりで処理しなくてはならないほど、膨れ上がっている。第一、一角も吏人になりたいわけではないのだろう？」

挙兵して以来、石勒《ろく》軍の庶務や事務仕事は、胡王陽が組織した軍務所の手に移っており、一角は軍馬の世話と、書籍を世龍に読み聞かせる他は、特に責任のある仕事はこなしていない。

桃豹《とうひょう》や胡王陽など三年以上も世龍に従ってきた騎将らは、職務に就くべき年齢に達していない一角に、世龍の身内として敬意こそ払うものの、どことなく扱いに困っているようでもある。

新参の漢人兵士などは、世龍の天幕や穹廬を夜昼なく出入りする一角を見て、世龍には孌童《れんどう》趣味があるのかと誤解する者もいる。桃豹たちは、そうした噂を世龍の耳に入れるのも恐ろしくて、知らぬふりをしていた。周囲の憶測はともかく、世龍はナランを娶ったあとの一角の立ち位置について、明確にしておく必要を感じていた。

「いままでは、他人に訊《き》かれれば族弟であると応えてきたが、ナラン姫には正直に話しておきたい。その上で、一角を家族として迎え入れてもらう」

一角は目を見張り、世龍の顔を啞然《あぜん》として見つめる。

「ぼくのことを、ナラン姫にどう正直に話すの？」

世龍はぼりぼりと頭を搔いた。

「まあ、人の姿をした人ならぬ生き物、という部分は言わなくてもいいと思う。ただ、おそろしくゆっくり成長する病であるとか、人と異なる体質の持ち主であることは、伝えた方がいい。その上で、血のつながりはないが、十年も苦楽をともにしてきた一角を家族として受け入れることを、ナラン姫に納得してもらいたい」

「家族？」

人間たちにとって、家族という単位がとても思い入れのある存在であることは、一角にも理解できている。世龍がいまでも、離散した母親と甥のババル、親族たちの行方を捜していることも、一角は知っている。

晋国の皇子らのように、親族の間で戦争をしたり、血のつながった兄弟を斬首や火炙《あぶ》りという恐ろしい方法で処刑したりする家族もあるようだが、骨肉の争いという言葉もあるほどなので、思い入れの深さが裏返ると、目を覆うような諍《いさか》いも起きるのかもしれなかった。

宦官として劉邦の影に生きた蛟《みずち》よりは、社会的にましな立ち位置であろう。周囲の詮索や干渉も免れる。史書に関しては、あとから細工すればいいことだ。

一角はにっこりと笑ってうなずいた。

「世龍がそうしたほうがいいと思うのなら、ぼくは反対しないよ。世龍に子どもが生まれたら、お兄さんのふりをして、いっぱい書を読んであげよう」

世龍が劉淵のもとに帰還し、新年が明けてすぐ、世龍とナランは婚礼を挙げた。

ナランを乗せる白馬は、複雑に編み込まれた鬣《たてがみ》から尾まで、思いつく限りの色で染めた紐と珠玉で飾り立てられた。柔らかな鞍の下に敷かれた毛氈《もうせん》は鮮やかな赤で、鞍帯《くらおび》も赤く染めた革であった。鞍の前後には、七色に染めた羊毛で幾何学模様に織り上げられた掛け布が、地に届くほど垂れ下がっている。

「馬に乗って嫁いでくるのも、輿入《こしい》れっていうんだろうか」

さして意味のない一角のつぶやきに応える者はいない。

花嫁のナランは、豪華な織物で仕立てられた衣裳を、本人が見えなくなるほど重ね着している。隙間なく刺繍をほどこされた長衣《ながぎぬ》には、金銀の細工に珠玉が鏤《ちりば》められていた。歩くのも難儀しそうな重たげな衣裳に加えて、頭が三倍大きく見えるように髪を結い、その髪にも天子の被《かぶ》り物《もの》から下がる龍珠《りゅうじゅ》に似た玉簾《たますだれ》が差し込まれている。

そして、固めたフェルトにみっちりと金糸銀糸で宝石を縫い込んだ尖塔《せんとう》帽子の、丈の高さと重そうなありさまに、馬に乗れるのか、それ以前に小石につまずきでもしたら、ナランの首が折れてしまうのではと、一角は要らぬ心配をしてしまう。

さすがに盛りに盛った最正装では、遊牧民なら男女だれでもそうするように自力でひらりと馬に飛び乗ることはできない。用意された踏み台に、ふたりの介添えに支えられ、花婿の世龍の手助けによって、ナランは馬上の花嫁となった。

対する世龍の方は、祝いとして劉淵から賜った立派な黒い鎧馬《がいば》に甲冑という武人の正装だ。

ナランを送り出す劉閏《じゅん》の親族もまた正装して騎乗し、傍系とはいえ攣鞮《れんてい》氏としての風格を見せつける。迎える新郎側は、世龍と義兄弟の契りを交わした、張部大やフリードなど、諸胡部の大人《たいじん》たちだ。それぞれが二千から三千の兵士を有する土豪でもある。フリードの帰順以降、続々と世龍の名声を慕って石勒軍に加わった胡人兵も数えれば、輔《ほ》漢将軍の指揮する総兵数は二万を超えていた。

東海王の配下、兗州刺史《えんしゅうしし》苟晞《こうき》に大敗して汲桑と袂《たもと》を分かち、手勢二百騎で并州に舞い戻ってから半年も経っていないのに、瞬く間に百倍の兵を指揮する将軍となっていた。しかも、傍らには美しい新妻までいる。

数日にわたる婚礼のさまざまな儀式や慣例の行事を慌しく終えたものの、世龍がナランと互いを知り合う夜は長く続かない。

劉淵が晋の勢力を河北から掃討するために、主立った将軍たちを召集したからだ。

王族の軍官から新参の将にいたるまで、万騎を統率する将軍たちが一堂に会したところで、それぞれの職位や権限を新たにし、明確にする。晋を倒し、漢の領土を華北の隅々にまで広げ、新しい王朝を建てるための、壮大な軍事行動の幕開けである。

世龍は、幷州の東隣、冀州《きしゅう》の攻略を命じられた。

フリード配下の烏桓族を帰順させた世龍の功績に報い、劉淵は都督山東征討諸軍事《ととくさんとうせいとうしょぐんじ》という肩書きを平晋王、輔漢将軍に加える。

都督とは軍の大将、つまり山東地方を征討するための軍事司令官という任務が、世龍の双肩に載せられたことになる。山東とは州や郡などの行政区ではなく、狭義では渤海《ぼっかい》に突き出た山東半島、広義ではこの場合、幷州以東の冀州、青州など、河北の東から渤海沿岸までの、漠然とした領域を指していた。

汲桑とともに二度挙兵して、二度敗退した河北東部への、三度目の挑戦である。しかも、今回は世龍が総指揮を執り、率いる軍隊の規模が違う。

思えば、公師藩《こうしはん》の乱に起ち上がったときは百騎の突撃隊を率いる前隊督、汲桑が自ら決起したときでも、将軍とは名ばかりで、千単位の騎兵隊を動かす将帥であった。それがいまや数万の軍隊を従えている。歩兵も加わったので、戦術や進軍の速度もこれまで通りというわけにはいかない。

一年ごとに率いる兵数の桁が増えていく。来年には十万単位の軍を統率しているのではないか。自分の手に余るということはないだろうか。

少年のころ、父親がさばききれなかった胡部の問題に、精一杯の知恵を働かせ、平常心を保って自分より大きな相手に立ち向かってきた。ひとつ解決するたびに、問題は大きくなり、乗り越える壁は高くなる。だが、世龍自身の実力も、それに見合うだけ強くなってきたのだ。

すでに、実務に明るく胡漢の調整に長けた胡王陽と、漢人の兵に人望のある桃豹《とうひょう》をして、部隊の編制は進めさせている。そこへ嵌《は》め込《こ》む古参の将校、新しく加わった部大らの顔を思い浮かべる。誰にどの役目を授ければ、効率のよい軍団に仕上げることができるのか。

そういったことを考えながら退出する世龍を呼び止める者がいた。

見るからに歴戦の強者といった壮健な体つきの、漢人の将軍であった。年は四十代半ばか、後半といったところである。

「王弥《おうび》将軍」

世龍は胸の前に腕を上げ、漢人風に両手を組んで会釈した。

王弥は山東の半島部、東萊《とうらい》郡を本拠とする晋の名門貴族の出身であるが、東海王と成都王の争いが激化した三年前に挙兵し、山東から黄河下流域の晋朝太守や刺史と戦い続けてきた、反朝廷勢力の首領のひとりだ。

晋朝を崩壊に導いた八王の乱に乗じて、天下を窺《うかが》う群雄のひとりでもあるのだ。

「先ほどの軍議では、お見かけしませんでしたが」

王弥は鷹揚《おうよう》に首を横に振った。

「私は、苟晞《こうき》征伐のために、漢王に兵を借りに来ただけなのでな」

世龍より少し前に恭順の意を伝えてきた王弥に、劉淵は鎮東大将軍に任じ、東莱公に封じることを約束したという。しかし、王弥は劉淵の申し出を辞退した。劉淵の軍に取り込まれ、世龍のような一漢将におさまるのではなく、同盟者として中華の東に自立したいのであろう。挙兵時には自らを征東大将軍と称したところからも、王弥の野心はあからさまであった。だが、その野心は青州刺史を兼任する晋の苟晞将軍に打ち砕かれたばかりだ。

苟晞を打倒し、己の野望を果たすために、劉淵に兵を無心する厚かましさは信じがたいところであったが、劉淵は快く配下の兵を割いて貸し与えた。

王弥が劉淵の少年時代からの知己でなければ、歯牙にもかけられなかった頼みごとであったろう。

名門貴族の子弟であった王弥は、洛陽に遊学した折りに、人質として魏晋の宮廷に仕えていた劉淵と知り合った。郷里を離れて学問に励む者同士、いつしか意気投合して肝胆相照らす仲となった。それぞれが郷里に戻り三十年近く経った現在も、民族の枠を超えた友誼《ゆうぎ》と信頼関係は続いている。

劉淵が知己と認めるだけあって、王弥は才知に長け、文武に優れ、遊牧民なみの騎射の腕を誇るというが、世龍はまだその技を目にしていない。

その名を耳にすることはあっても、言葉を交わすのはこれが初めてだ。値踏みしてくるような王弥の油断のない目つきに、世龍の胸に警戒心が頭をもたげる。もっとも、これは劉淵との個人的な交友関係をひけらかす王弥の態度と、いかにも名門出身の士大夫といった風格が、世龍の出自にかかわる劣等感を微妙に刺激するためでもあったかもしれない。

端的に言えば、世龍は王弥を好きになれなかった。

王弥が劉淵との友情を鼻にかけている、と感じるのは公正な評価ではない。むしろ、旧交を懐かしみ、臣下の前でも王弥と親しく接する劉淵が責められるべきであろう。とはいえ、才知と人格を認められた者が君主の寵《ちょう》を受けるのも当然のことだ。

ただ、王弥の方でも、牧童生まれで奴隷上がりの将軍、世龍に対する劉淵の評価は、いささか高すぎるのではと感じるらしく、それを隠す気配もなかった。

「王将軍の獲物は、苟晞将軍ですか」

諸胡の部大と、烏桓族首長のフリードさえ籠絡した腰の低さを発揮して、世龍は自分に話しかけてきた王弥の目的を探る。

「石将軍は、苟晞とは何度も戦い、やつに苦戦を強いたとか」

公師藩の反乱に加わったときも、汲桑と鄴を陥落させ、東海王を攻めて許昌《きよしよう》を目指したときも、世龍の前に立ちはだかって敗走させたのは苟晞であった。二度目に対峙したときは互いに譲らず、世龍の軍が苟晞を圧倒しつつあったが、東海王の援軍によって勢いを盛り返した苟晞に、汲桑軍は潰走させられた。

「まだ、決着はついておりません。若いころは中央の官職を担い、太守や刺史を歴任した苟晞は、軍務と行政の両面において経験も豊富で、人心を得るのも上手《うま》く、用兵は粘り強い。我々から鄴を奪還した功績でさらに出世したそうですが、民衆はかれの知謀と勇気を韓信《かんしん》や白起《はくき》に比して褒め称えたとか」

苟晞に敗北し、鄴を奪い返されたことを、世龍は悔しげに話す。韓信は前漢に、白起は戦国時代末期に活躍し、歴史に名を残した名将である。かれらに喩えられることは、後世の武人にとっては名誉であり、願望でもあった。

王弥は心もち胸を張って、乾いた笑い声を上げる。

「不吉なことだ。韓信も白起も、身内の讒言《ざんげん》によって身を滅ぼした。苟晞も韓信の轍《てつ》を踏むことになるであろう」

「『狡兎死して良狗烹らる』の轍ですか」

周囲の嫉妬によって、謀反の冤罪《えんざい》を被《こうむ》った韓信が、自身の末路として引用した言葉を世龍が口にすると、王弥はにやりと笑った。

「荀晞も汲桑軍を制圧した手柄がかえって讒言のもととなって、東海王と対立しているという。兗州《えんしゅう》の地盤を東海王に奪われたいまが攻め時である」

王弥は前年に荀晞に敗れて多くの兵を失った。ふたたび決起すれば残兵を掻き集めることは可能であろうが、東海王の援護があってこそ荀晞が功績を挙げられたように、劉淵の後ろ盾があれば王弥の再起に勢いがつく。

「遺恨のある荀晞の討伐に、我が軍も合力いたしたいところですが、漢王から常山《じょうざん》を攻めるよう、命じられておりますので」

社交辞令ではなく、半ば本気で世龍は応じる。王弥は厳粛な面持ちとなった。

「貴殿から汲桑の仇を討つ機会を取り上げるのは、申し訳ないところではあるが」

世龍は頬から血の気が引くのを感じた。汲桑とは劉淵のもとでの再会を約して、昨年の初秋に別れたまま、消息が途絶えている。

「どこで――」

汲桑の豪快な笑い声が、世龍の耳に木霊する。戦場の剣戟《けんげき》を圧《お》して響き渡る怒声を、二度と聞くことはないのか。

「乞活《きつかつ》の田氏《でん》どもに楽陵《がくりよう》まで追い詰められて、討たれたという。青州と冀州で兵を募っていた私は、平原のあたりで汲桑殿を見たという報《しら》せを聞いて捜させていたが、間に合わなかった」

再起を図るならば、見知らぬ幷州へ逃亡するよりも、本拠地であった茌《し》平《へい》へ引き返すことは考えられたが、すでに苟晞の手に落ちた平原や楽陵に潜伏していたとは。

世龍は拳を握りしめて、平原で戦った乞活らの顔ぶれを思い起こす。

「では、私が討つべき仇は乞活ですね。苟晞の首は、王将軍が討ち取ってください」

世龍は自分の穹廬に帰ると、古参の十八騎を集めて汲桑を弔った。亡骸《なきがら》も遺品もないために、形だけの葬送ではあったが、世龍は自分の髪を一房切って大地に撒《ま》いた。世龍と同じように髪を切る者もいれば、白服に着替えて哀哭《あいこく》する者、ただ香を焚《た》いて地に伏せる者もいた。郭黒略は数珠を繰りながら経らしきものを唱えた。汲桑は仏教徒ではなかったが、止める者はいない。みな自分の知っている思い思いのやり方で、かれらをいまの運命に押し出した男を追悼した。

弔いを終えると、世龍は青州出身の劉徴に残るように命じ、王弥の背景について詳細を訊ねる。

王弥の家系は、魏朝の時代から郡太守の高官を輩出する名門の家柄であり、青州に強力な地盤を持つ。武芸の腕は青州一帯にも知れ渡っており、知力に恵まれ、謀略にも優れているという。

「だが、王浚《おうしゅん》、苟晞には勝てていないのだな」

王弥の戦歴を聞いて、世龍は微笑した。

幽州《ゆうしゅう》刺史の王浚、青州刺史の苟晞、そして幷州刺史の劉琨《こん》は、粘り強い用兵と、将兵が命を預ける人望の厚さで、侮りがたい晋の名将といえるだろう。落日の晋朝を沈まないように支えているのは、かれら地方の刺史や郡太守であった。

いっぽう、晋朝から自立することを選んだ王弥は、一進一退を続けては、敗走して盗賊にもなり生き永らえ、敗残兵を掻き集めては再起を図る。ついに劉淵を頼り、出世の足がかりとするところまでは、世龍の経歴と似ている。むしろ挙兵にあたって充分な地盤と財力によって自ら大将軍を名乗った王弥と、突撃隊から始めた世龍が、同じ時をかけて同じ地位にあるのだ。

劉淵から援助を得ることに成功した王弥は、すぐに青州の制圧を目指して出陣した。数日のうちに、苟晞と一戦交えるかもしれない。

劉淵は四男の劉聡《そう》を始め、麾下《きか》の十将に命じて河北の平定に当たらせた。

七千騎を率いて出陣するにあたって、世龍は新しく麾下に加わったフリードや部大を集めて、城を落としても掠奪を禁じるように通告した。

「どういうことだ！」

部大らは一斉に不満の叫びを上げた。敗者からの掠奪は、命がけで戦った兵士たちへの正当な報酬である。禁じれば士気はおおいに下がる。しかし、世龍は平然として続けた。

「投降者、城下の庶人や士人らの殺戮も禁止だ。これは我が石勒《ろく》軍の軍規である。違反する者は斬る」

眉ひとつ動かさずに断言する世龍に、フリードたちは鼻白んだ顔で、互いの顔を見交わす。かれらは、「それでいいのか」といった表情で、桃豹ら古参騎将らの顔を見回した。

刁膺《ちょうよう》、クイアーン、孔萇《こうちょう》、桃豹、胡王陽など十八人の騎将は、まったくの無表情、それもみな同じ直立の姿勢で世龍を直視している。

世龍が右手を挙げて指を伸ばし、「徹底させろ」と命じると、古参の騎将たちは同じように手を挙げて了解の意思表示をした。

世龍はふっと息を吐き、先ほどの厳格さを和らげる。

「これから攻めるのは壺関《こかん》、上党郡《じょうとう》だぞ。同じ幷州の隣人から掠奪して、殺戮してまわるつもりか」

フリードらは口を閉じ、ばつが悪そうに視線を泳がせる。

「安心しろ。制圧した城の倉や宝物庫は開放し、収奪してからみなに分配する。だが、いたずらに城下で殺戮と掠奪を働いて、庶民を苦しめてはならない。冬が来る前に羊を一度に全部殺してしまうようなものだろ？」

納得はしていないが、渋々といった表情でフリードらは従った。

とはいえ、掠奪を許す他の将軍たちとの共同作戦であるために、徹底させることは難しいであろう。しかし、絶対の抵抗と血の報復を求める乞活の軍に苦しめられ、ついに汲桑を殺されてしまったことは、世龍の中で戦に対する考えを革《あらた》めさせるのに充分であった。

その光景を隅から眺める一角は、人々を従わせる力というのは、天与の才であるとつくづく思う。善良な者が正しい考えを持ち、言葉を尽くしても、その者に好感を持たなければ人々は聞く耳を持たない。一角はいつも不思議に思っていたのだが、結局はその人間に備わった魅力がものを云うのではないかと思えてくる。では、聖王の器とは、人を惹《ひ》きつける力であるのだろうか。正邪は問題にならないのだろうか。

少なくとも、世龍は戦い、奪うだけの群盗の頭目ではなくなりつつある。劉漢という国の未来を見据え、城を攻める目的を、晋を滅ぼして破壊するためとは考えず、新しい秩序を構築する手段として捉えるようになった。政治というものを理解し始めたのだ。

これまでは、聞き流してきた——善《よ》く兵を用うるものは、道を修めて法を保つ。故《ゆえ》に能《よ》く勝敗の政《まつりごと》を為《な》す——という治政と軍政の両輪を説く兵法の意味するところを、実践するようになったのだ。

漢軍が壺関へ侵攻したと知った幷州刺史の劉琨は、援軍を送り出した。世龍はこれを破り、ついに壺関を落とした。戦捷の喜びに有頂天となり、掠奪に走るすべての兵士を止めることは難しく、何人かは実際に斬罪に処す必要があった。

幷州を出て冀州を攻略するときも、掠奪禁止の掟《おきて》は徹底された。魏郡《ぎぐん》で落とした砦が二桁を超えるころには、掠奪に走る兵士はひとりもいなくなっていた。土地の百姓と老弱の者たちは安堵し、その後は降伏を促すだけで帰順する郡県も増えてくる。

秋、劉淵は漢の皇帝に即位した。さらに、

世龍は輔漢将軍から平東大将軍へと将軍号が上がった。さらに、人事権と裁判権を併せ持つ持節《じせつ》を与えられ、山東方面の征討を任された都督の職権と、平晋王の王号はそのままであった。

世龍は休む間もなく鄴《ぎょう》の攻略に取りかかる。石勒軍の来寇《らいこう》を聞いただけで、鄴の軍は逃げだし、魏郡の太守は宮殿の三台に逃げ込んだところを捕らえられた。そのままの勢いで趙《ちょう》郡を攻め、冀州西部の都尉《とい》を殺し、その地で反抗を続けていた流民の武装集団、乞活《きっかつ》を掃討するうちに、その年は暮れていった。

自身も転戦を重ね、并州から南下して司州《ししゅう》へ進出していた漢帝劉淵は、年が明けるのを待って洛陽に近い平陽《へいよう》へ遷都した。漢の年号を河瑞《かずい》と改元し、妃の単《ぜん》氏を皇后に立て、息子たちを王に封じる。

世龍は冀州で劉淵から送られた勅書を受け取った。一角が感嘆の声を上げた。

「安東大将軍に開府。自分の将軍府を持てるということだよ」

「もちろん、世龍さまはそれだけの働きをしていますもの」

同席していたナランが、勅書の内容に耳を傾ける。

「長史やら司馬《しば》やらの、高級な役職を置いていいのか。俸給に差が出るといって、桃豹どもが喧嘩《けんか》をしなければいいがな。開府しようにも、実務をやりたい人間が足りない。漢人の官吏で気働きの利く人材が欲しいな」

「掠奪を禁止しているのは、そのためですね」

ナランが相槌を打つ。

「胡人にも学のある将兵はいるが、実務面ではどうしても漢人の方が仕事が早い」

「冀州を平定すれば、たくさん集まってきますよ。次はどちらへ？」

「趙、鉅鹿《きょろく》、常山」

「順番に北へむかいますのね」

ナランが楽しげに言えば、世龍も笑顔になる。

とても仲睦《むつ》まじい夫婦が、旅行の計画でも話し合っているような光景であった。

匈奴が河北へ移住して、遊牧を捨て半農半牧の暮らしに入って数世代が過ぎた。しかし、戦争に妻子を伴う遊牧民の慣習は、いまだ廃れていないようで、ナランが世龍の遠征に同伴し軍議にも参加することに、誰も疑問を呈しない。それが遊牧民の常識なのか、ナランが飛び抜けて聡明《そうめい》で、軍事というものを理解しているからなのか、一角には判断のつかないところであった。

春には、五万の石勒軍は鉅鹿と常山を攻めて制圧した。落とした砦の数は百を超え、投降者は数万に及んだ。各郡の官吏と在野の文士、そしてすでに帰順していた兵士からも、将軍府の運営を担う人材を募る。

「実務能力のある応募者だけを、こちらに回せ。将兵の応募は、漢人は張敬《ちようけい》に、胡人は胡王陽に差し戻して、現場で判断させろ」

世龍は、傍らで応募書類と戦う部下にそう語る。あまりの忙しさに、一角まで借り出されていた。

開府にあたり、世龍は挙兵以前から長く従ってきた騎将や、功績のあった者たちの職位を定めた。股肱《ここう》や爪牙《そうが》といった腹心と直属の護衛、そして一軍を率いる主立った将帥《しようすい》はほぼ、傭兵時代からついてきた騎将らで占められている。今日まで生き残ってきただけあって勇将ぞろいであるが、流民や盗賊上がりの猛者であるため、世龍と同様に読み書きのできない者も多い。

世龍の陣営には実務方の人手が絶望的に不足している。

また、世龍の傘下に加わった諸胡の部族は、張部大やフリードのように統率する首長が昔ながらの掟を守り、同胡部出身同士における不文律の秩序を維持しているが、降伏してきた漢族はそうではない。晋の統治法を知る漢人の官吏に治めさせれば、非漢族の支配者に対する反感や不満を、ある程度は抑えることができるのではと、世龍は期待している。

世龍の目標は、晋朝の打倒ではあるが、代々の王朝が築き上げてきた秩序と法まで、破壊したいわけではない。むしろ行政の機能をそのまま引き継げば、その後の統一と統治は容易であろう。そのため、仕える王朝にはこだわらない有能な漢人官吏であれば、降伏前の地位を保証した。

劉淵が世龍に見せた『漢人と匈奴の融和した社会』という志は、とても漠然としたものであったが、胡人と漢人を同じやりかたで支配することはできないと、世龍は考えていた。

漢人の宮廷で少年期から青年期を過ごした劉淵は、漢人を懐柔し、胡人の方から中原文化への同化を進めることの重要さを深く理解していた。それは漢人に揉まれて生き延びてきた世龍も見解をほぼ同じくする。

諸胡を夷狄《いてき》と蔑み、野蛮人扱いする漢人に対して、劉淵は漢族の人心を得るために、匈奴の名を捨て劉姓を名乗り、国号を漢と定めた。

晋を革めて興った新しい王朝とその支配者は、漢の高祖劉邦、一度は王莽《おうもう》に滅ぼされた漢王朝を再興し後漢を建てて、中興の祖と讃《たた》えられた光武帝《こうぶてい》、そして、後漢滅亡後に蜀漢《しょっかん》を建てた劉備《りゅうび》の系譜であることを声高に主張した。それは、漢の復興を大義名分にして、かれらを征服し支配するのは異民族ではないという錯覚を起こさせるためであった。

匈奴の単于が、冒頓単于と劉邦の時代から姻戚関係を結んできたことは事実であり、劉淵に漢人の血が流れていることに嘘《うそ》はない。

ただ、世龍にはそうした背景がなく、河北の士族と庶人の人心を得るには、漢人の登用が不可欠であった。

「平晋王府と将軍府の、両方の中枢を担う組織に相応しい名前を考えている。漢人の士大夫が喜んで参画したくなるような――」

世龍のつぶやきに、一角は書類から目を上げて、唇を舐めた。

「漢人の好きな言葉? 品格、学問と見識を備えた有徳の士の集まりとか? いまの時代にそんな君子がいったい何人いるだろう」

「君子たらんと心がけているだけで、資格はある。そうだな、『君子営』とでも呼ぶか。我こそは、という自信のある士人が集まりそうだ」

「この人はどうかな。読書量がすごいし、文章力も抜きん出ている。都督を務めたこともあるというし、頭はとても良さそう」

一角は一枚の身上書を持ち上げ、ひらひらさせた。

「連れてこい」

世龍の前に現れたのは、中肉中背でこれといった特徴のない壮年の漢人であった。風采に優れたところはなく、頑健な体つきでもない。

世龍は話を聞く前から時間を無駄にしてしまったと思った。

「張賓《ちょうひん》、字《あざな》は孟孫《もうそん》と申す。趙郡の生まれで父は中山《ちゅうざん》太守張瑤《よう》。以前は中丘王《ちゅうきゅうおう》に仕えたこともあったが、そこでは、私の才が活かされないために職を辞した」

中山郡は常山郡の東隣だ。攻め落とされる前から、わざわざ郡境を越えて、世龍の参謀となるために帰順しにきたのだろうか。しかも太守の息子であるという。

「おれに仕えれば、貴殿の才が活かされるわけか。晋朝への忠誠心はどうした」

世龍は冷やかし気味に問うた。

貴族や士大夫の知識階級がすべて、晋の朝恩をありがたがっているわけではない。王弥のように公然と反旗を翻し、戦い続ける者もいる。だが、晋の禄《ろく》を食《は》んで庶民より豊かな生活をしてきた文士が、旗色次第で主を取り替えることに、世龍は不快感を覚える。人材を欲しておきながら、寝返ることを許さない、矛盾した感情であった。

「晋には私の才を活かす将はおらぬ。私の忠誠心は、民を顧みぬ皇帝や己の権勢にしか興味のない貴族どもではなく、天下に秩序をもたらし、我が才を認め活かせる人物のためにある。石将軍の帷幄《いあく》には、役に立つ参謀がおいでかな」

いないのが悩みだが、自信たっぷりに売り込んでくる相手に是と応えるのも業腹だ。

「貴殿が、おれの子房《しぼう》か、蕭何《しょうか》になれるというか」

蕭何とは、劉邦を行政面で支えて前漢の基盤を築き、二百十年に及ぶ太平の基礎を造り上げた宰相、子房とは劉邦の宿敵項羽《こうう》を倒し、前漢を勝利に導いた参謀張良《りょう》の字《あざな》だ。歴史に名を残すほどの傑物の政治家、あるいは稀代《きたい》の謀士と讃えられる才知を持ち合わせているのかと訊かれた張賓は、にこりともせずに答える。

「石将軍に劉邦の器量を見た。私は己の才を試したい」

世龍は近くに控えていた一角と視線を交わした。一角は微笑してうなずく。世龍は張賓に向き直った。

「このたびは、優れた軍師がおらずとも、特に苦労もなく冀州の二郡と百あまりの城邑を平定することができた。まさに無人の野を征《ゆ》くようなものであった。それでも、おれに軍師は必要かな」

「幽州刺史王浚、幷州刺史劉琨、撫軍《ぶぐん》将軍の苟晞を相手に、軍師なしで戦うおつもりですか」

世龍は眉根を寄せた。

荀晞には二度にわたって敗北の苦杯を舐めさせられたことを、思い出したからだ。

荀晞は将軍としても非常に優秀であったが、その本分は政治家であり、優れた行政処理能力を有し、法の執行は公平で厳格と、稀に見る逸材である。そして晋朝に対してとても忠実であった。

王浚と劉琨は、それぞれが漠北《ばくほく》の鮮卑と盟を結んでおり、その強大な軍事力を背景にして、漢の伸張を阻んでいる。

世龍は張賓に対しては是非を答えず、眉毛を上下に動かして、参謀役の刁膺《ちょうよう》を呼び出した。張賓を紹介して、ともに君子営の設営にあたるよう指図する。

世龍は一同に休憩を命じた。一角が沸かした湯を茶杯に注いで世龍に差し出す。

「漢人貴族の文士は、あまり親しくしてこなかった種類の人間だ。役に立つかな」

世龍が独り言のようにつぶやくと、一角が静かに応える。

「才知のほうはわからないけど、誠実な人だ」

自身の人を見る目が一角に劣るとは、世龍は思わない。一角がいようといまいと、郭敬《かくけい》や汲桑といった人々と出逢《であ》い、信と命を預けることで、今日まで生きてこられた。傭兵時代から、これと思った者を抜擢して、期待を裏切られたこともほとんどない。

だが、世龍の勘が常に正しいとは限らない。

軍府の人事に一角が口を出すことは滅多にないのだが、世龍に仕えたいと希望する投降者を接見するとき、ごくまれに一角が「あの人はやめておいて」と忠告することがある。調べさせると、必ず以前に官品の横流しや、無法な賄賂の授受、裁判などの不正にかかわっていたことが明らかになったり、あるいは日が経ってから脱走したり、敵方に内通していたりすることが判明する。はじめから、晋朝や王浚が潜り込ませた密偵であったことも珍しくない。

どうして初対面の人間の本性がわかるのかと、ある日のこと世龍が訊ねた。一角はにこりと笑って懐かしげに世龍の目を見て応える。

「洛陽で初めて会ったとき、同じことを訊いたね」

不意に、河北を渡る初冬の風が吹き込む。世龍は時の流れが遡るような感覚に襲われた。当時はベイラと呼ばれていた十四歳の少年と、いまよりも少し幼い一角が巡り会った洛陽の風景が目蓋に蘇り、都の雑踏が耳の奥に木霊した。

――ぼくにわかるのは、良《い》い人か、悪い人か。邪気があるか、ないか。敵意があるか、ないか。憎しみがあるか、ないか。気が相克するか、相和するか。その人間の雲気が見えるか、見えないか――

心に刃を潜ませつつ、魅力を湛えた笑顔で接してくる人間の本性を見極めるのは難しい。世龍自身が、そうして諸胡部の大人や部族長を手玉にとってきたのだから、敵方であった者が擦り寄ってくることに、警戒心を抱くのは当然であった。

しかし、敵から味方になりたいという者をすべて拒んで排除していては、河北平定の事業は進められない。

「あの人は、ずっと前から世龍を知っていて、会いたいと思っていた。だから、会えて話せて、とても嬉しかったのが伝わってきたし、採用されてすごく喜んでいた」

挨拶から退出まで、慇懃な態度を保っていた張賓の顔を思い浮かべ、一角の言うことが本当なら、たいした狸《たぬき》であると世龍は思った。

「同族の晋を見捨てて、異民族の将軍を選ぶのは誠実なのか」

面には出さなかったわだかまりを、一角には打ち明ける。

「沈む船に忠誠を誓っても、溺れ死ぬだけだ。わざと船底に穴を開けてから、自分だけが逃げ出すような裏切りを犯したわけじゃないんだから、責められないよ。あと、あの人は単純に世龍が好きみたいだ。劉邦みたいだって、良かったね」

つまり、世龍本人には卓越した知謀が備わっていないと言われたような気がする。

とはいえ、喩えられるならば、禅譲という名の簒奪《さんだつ》で天下を取った曹操《そうそう》や司馬懿《しばい》よりは、大度では軍配の上がる劉邦の方が嬉しく感じられる世龍だ。

「あまりおだてるな。調子に乗るぞ」

世龍は白湯《さゆ》を飲み干すと、終わりなき軍務処理に取りかかった。

第四章　軍師

常山から中山への侵攻を進める石勒《ろく》軍は、飛龍山《ひりゅうさん》に差しかかったところで剽悍な騎馬の大軍に襲われた。

「鮮卑の騎兵どもだ」

前鋒部隊が必死に応戦している間に、世龍は布陣を整え、斥候《せっこう》が見てきた敵の展開を聞き取る。

「北麓は何万もの騎兵で埋め尽くされています。少なく見積もっても十万には達しているもよう。その大半は段部鮮卑の大人ムジン配下の騎兵で、本陣には幽《ゆう》州の将軍祁《き》弘《こう》の旗が翻っております」

「王浚め。おれたちに冀《き》州を獲《と》らせまいというつもりか」

王浚は前任の幽州刺史を斬り殺して、自らその地位についた野心家であった。晋の軍臣というよりも、その動向は北東部に割拠する梟雄《きょうゆう》の性格が強い。

八王の乱で朝廷が荒れる前から、軍事力を強化するために、ふたりの娘を段部大人《たいじん》のムジンと、宇文部にそれぞれ嫁がせていた。異国の王族と臣下の縁組みは、皇帝の許可なくできることではない。斜陽の晋朝を早々に見限り、自立を決意していなければ、独断で実行できる外交策ではなかった。

四年前には、王浚は二万の軍事力を用いて東海王に加担し、鄴都を陥落させ、汲桑と世龍が支持していた成都王を追放した。その勢いで長安まで乗り込み、さらに恵帝《けいてい》の身柄を拘束した。王浚が抱き込んだ段部鮮卑と塞外の烏桓は、鄴と長安を劫掠《ごうりゃく》し、それぞれ数万に上る民衆が殺害されたという。

鮮卑族の援軍を得る代償に、同胞の漢人に対する掠奪と虐殺を許すなど、目的のために手段を選ばないところは世龍の感性には合わない。まだ、衰亡する晋朝への忠義を捨てず、絶望的な戦いを続けている苟晞や劉琨の方が、敵ながら敬意を覚える。

鄴を掠奪し、長安を破壊して民衆を蹂躙《じゅうりん》した鮮卑族の大人らに、晋の皇帝は公爵位を授けた。かつて中華を統一した晋国は、ここまで堕《お》ちていたのだ。いまとなっては、晋の国威は長安の城壁を出ることはない。軍事力でいえば、朝廷はもはや、王浚の足下にも及ばないであろう。

ただ、王浚は洛陽からは遠い幽州に治国の基盤があるために、中原に進出しないだけだ。出てきても、暴れるだけ暴れ、得るものを得たら、すぐに幽州へ戻り、堅牢《けんろう》な地で王侯の暮らしに耽《ふけ》っている。

「王浚の眼中には、漢人も晋国もないのだな」

皇帝を恫喝《どうかつ》し、自立と帝位を目指す梟雄であった。ただ城を守るだけの郡太守や刺史のようには討ち取れないであろう。

「張賓《ちょうひん》をここへ呼べ」

採用されて以来、事務仕事を押しつけられていた張賓は、呼び出しに応じてすぐに駆けつけた。戦時下でも軽装ながらも漢服をまとい、ここがどこかの政庁か官衙《かんが》の一隅であるかのように悠然としている。

「この状況をどう見る」

「撤退すべきです」

即座に断言する張賓に、世龍は眉をひそめる。

「劣勢にあっても、勝つべき方策を授けるのが、軍師の務めでは？」

「どうあっても勝てない状況では、損害の少ないうちに逃げるのが最善の方策です」

世龍が反論する前に、張賓は絶対に勝てない理由を並べた。

敵の奇襲はすでに成功し、こちらの連携はあちこちで断たれ、指揮系統が乱されていること、敵の数はこちらの倍以上であり、機動力も敵の方がはるかに上で、このままでは包囲されて殲滅を待つだけであると、立て板に水の勢いで話し終える。

「この状況で隅々まで行き渡る指令は、全軍撤退の合図のみです」

そうすれば、個々の指揮官の裁量で、それぞれの現状に応じて秩序を保ったまま撤退を始めることができる。

「問題は、最後までここに留まり、味方を逃がすための部隊を、誰が引き受けるかですが」

「それがしが」

本陣を守っていた将校のひとりが進み出た。

「劉膺《りゅうよう》」

古参の八将のひとりであるにもかかわらず、開府のときに六将帥の選任から漏れた劉膺は、名を揚げる機会を待っていたのだろう。

「頼んだぞ」

世龍は劉膺に一万の兵を付けて、殿《しんがり》を任せる。それから各方面への伝令に大声で命じた。

「身につけられるだけの食糧を持って、輜重車《しちょう》は燃やし、ひたすらに鄴を目指せ」

全軍撤退を命じる太鼓の音が、本陣からそれぞれの軍へ引き継がれてゆき、石を投げ込まれた水面に同心円状に広がる波のように、五万の石勒軍へと響き渡る。

鄴まで退却したが、石勒軍の敗北と鮮卑の襲撃を早馬で知った城主は、固く門を閉ざし、世龍たちの入城を拒んだ。そのため、世龍は黄河の北岸の都城、黎陽《れいよう》まで逃げ延びなくてはならなかった。鮮卑軍が引き揚げたのを見て、黎陽を駐屯地とした世龍は、一万の兵を失ったことを知る。

「王浚め、この借りは必ず返す」

幽州における自立に飽き足らず、中原に覇を唱える野心を抱く、強大な敵であることを、世龍はあらためて認識した。そして自分自身の力が、王浚のそれとは比較にならないほど、脆弱《ぜいじゃく》であることも。

即時撤退を進言して全滅を回避した張賓を召し出して褒美を与え、今後の展開について意見を求める。王浚への報復は一時あきらめ、足場を固めるように進言され、復《ふく》讐《しゅう》の念に蓋をされた世龍は少々不満が残った。

張賓が人払いを願ったので、世龍は常にそばに控えていた一角も下がらせた。

「いつもおそばに置かれている金瞳の従卒について、お訊ねしたく」

世龍はわざとらしさを滲《にじ》ませて、苦笑する。一角の存在を疑問に思う者は少なくない。ただ、胡人は何年か経ってから、その外見が変化しないことを不思議に思い、漢人は一角の目や髪の色を奇異に感じて、疑問を呈してくる。

「一角のことか。姓名は滅多に名乗らぬが石麒《き》という。石家の族子で、おれの養い子だ。我が家には珍しく、読書を能《よ》くする。孟孫殿とは話が合うことだろう」

しかし、張賓は憂いを帯びた眼差しで世龍を見つめた。

「古来、金瞳は国を乱す不吉な存在とされているのは、石将軍はご存じですか」

世龍はくすりと笑った。

「孟孫殿ほど学のある者が、迷信を信じて無辜の者を避けるのか。一角はたまたま人と違う見た目と、人並みに育たぬ体に生まれついただけの人間だ。国は一角がいようといまいと乱れきっており、その責を一書童に求めるなど、理に合わぬ。怪力乱神を語らずとは、漢人が言い習わしてきたことではないかな」

張賓は恥じ入って頭を下げ、世龍の族子を貶《おとし》めるつもりではなかったと謝罪する。

「実は、私は以前、父に伴われて洛陽に上がったとき、一角殿をお見かけしたことがあります。現在とほとんど変わらぬ姿をしていました。しかも、三十年近く昔のことです。もし同一人物であれば、何かしら人智《じんち》を超えた怪しき存在ではないかと、懸念している次第であります」

世龍が洛陽で一角と出会ってから、二十年だ。だから、張賓の話には驚かされることがない。だが、いくら育つのが遅いといっても、三十年も前に一角を目にし、現在もほとんど変わらぬとなれば、張賓が不審に思うのは当然であろう。

「一角については、怪しいことは何もない。むしろ無害な上に流血を好まぬ性質で、戦方面では役に立つことのほうが少ないのだ」

「石将軍の戦績に、一角殿は関与はしておらぬのですか」

張賓は疑わしげな目つきで訊ねる。一角が戦略に口を出したり、戦場で武器をふるって活躍したりしているところを想像し、世龍は豪快に笑った。

「むしろ戦績を下げるのに関与しているかもしれん。とにかく、殺すな、傷つけるな、破壊するな、と注文をつけてくる。おかげで我が軍は、武器を持たぬ庶人には手が出せぬ」

張賓は思案顔でうつむき、しばらくしてから顔を上げた。

「つまり、一角殿は石将軍の御一族でありながら、非戦主義を主張されておいでということですか」

「はじめのうちは嫌な顔をしていたが、いまの世を生き残るために、戦は避けられぬことは一角も承知している。ただ、無辜の民に被害が及ぶことは、どうしても許せぬようだ」

「それならば、この先も前線に同伴させるのは、酷なことではありませんか」

張賓の表情はどこまでも生真面目だ。

「漢王が皇帝として立った以上、我が漢と晋とは全面戦争となります。天に二日《にじつ》はあり得ません。必要であれば、非情の謗《そし》りを受けようと、庶人と兵士の区別なく、晋に味方する者は滅ぼさねばならない事態も出てきます。そのようなときに、血を流したくないというだけの理由で、軍事に口を出されるという心配はありませんか」

世龍は張賓に反駁《はんばく》できないまま、口を閉ざした。降伏してきた郡太守を許してそのままの職に置き、城を任せたにもかかわらず、こちらの旗色が悪くなれば敵に寝返ってしまう晋国の官僚は少なくない。敗戦しなくても、世龍が遠征に出かければたちまち、離反してしまう城主ども。

次に陥落させたときは、城主の一族をもろともに根絶やしにしなくては、同じことの繰り返しではないかという思いは世龍にもある。だが一角の存在が、そうした者たちを厳罰に処することを妨げていた。

「これから、さらに激しい時代になるか」

「戦略上、あるいは後顧の憂いを断つために、降伏を促す暇を与えず一城を全滅させ、捕らえた王侯国公の兄弟妻子はもちろん、赤ん坊にいたるまで、その三族を滅する必要もでてくるでしょう」

世龍は、そうした決断を必要としたときの自分と一角を想像してみた。汲桑《きゅうそう》の乱のときと違って、いまでは大将軍として何万という兵を預かる身で、一角の感傷に振り回されているように見られるのは具合が悪い。

張賓が指摘したように、いまこのときも一角を奇異の目で見ている新参の将兵はいることだろう。怪しき存在であると迷信を持ち出し、世龍の戦績まで、不老の一角が神通力《じんつうりき》を用いた結果だと吹聴するかもしれない。

「率直な意見、感謝する」

世龍は礼を言って、張賓に下がるよう命じ、思い直して呼び止める。

「孟孫殿は、赤い鱗《うろこ》に覆われた、角の生えた馬のような獣の名を知っているか」

張賓は奇妙な質問に首をかしげたが、真面目に答える。

「鱗に覆われた馬のような獣、ですか。黄色で角があるのならば、麒麟《きりん》でしょうか。赤いのは知りませんが。そのような獣を、捕らえたことがあるのですか」

世龍は軽く首を振った。

「いや、以前、見たような気がしただけだ」

「麒麟は伝説上の瑞獣ですし、もし実在するとしても、太平の世でなければ現れません。見間違いでは」

懐疑的な張賓の反応に、世龍は薄く微笑した。

「だが、孔子は戦の絶えぬ春秋の時代に麒麟を見たのだろう？　非常に数が少ないために滅多に見ることがないだけで、麒麟もまた他の獣と異なることなく、いつの世でも生まれては死んでいるのではないか。瑞兆《ずいちょう》だの凶兆だのといったものは、人間が珍しい何かを見つけたとき、勝手に解釈するものではないかとおれは思う」

「では、石将軍はその赤い鱗と角のある獣を、麒麟と信じているのですか」

張賓が真面目くさって訊ねる。

「そうであればよいとは、思うことがある」

世龍も、真面目にそう答えた。


軍を再編し、諸将に命じて周辺の砦を攻め、魏郡を平定して州の都を落とし、冀州《き》刺史を討ち取る。世龍の手にかかった七人の晋国刺史のうち、最初の一人であった。黄河付近まで退却し、振り出しからやり直すような冀州平定の途ではあったが、心を躍らせる出来事に巡り合った。

族弟ジュチとの再会である。

この当時、東嬴《とうえい》公の奴隷狩りに遭った胡人の多くが、売られていった東方から解放され、あるいは逃亡していた。并州を故郷とする羯人《けつじん》らは上党郡へ戻りつつあり、その中には世龍の族弟ジュチの姿もあった。

「ベイラ！」

駐屯地で兵士を慰撫して回っていた世龍は、懐かしい胡名で呼びかけられた。売られた先でどれだけ苦労したのか、ジュチの容貌は離ればなれであった年月の倍以上も年をとったように、見分けがたいほど変わっていた。しかし、声と人なつこい表情は昔のままだ。

「ジュチ、よく、帰ってきた」

血筋では従兄弟《いとこ》にもあたるジュチの生還に、世龍の目蓋と鼻の奥は熱くなり、涙をこらえることはできなかった。ジュチも大きな体と伸ばしっぱなしの髭《ひげ》に似合わず、生きて再会できたことの喜びに、激しく嗚咽《おえつ》した。

黄河の南岸まで連れ去られたジュチは、売られた先の農場で徴兵され、郡の守備兵をさせられていた。雌伏の五年を河南《かなん》で過ごし、数ヵ月前に王弥《びび》の起こした争乱に乗じて逃げ出したという。

「晋朝の内乱がひどくなってきたせいで、土豪は自衛を固めるのに必死で、郡太守は兵隊を掻き集めて城を守るのに必死だ。異民族の扱いは奴隷よりも兵隊の方がひどかった上に、監視が厳しくて脱走が難しかった」

河南で異民族の移民や奴隷が警戒されるのは、河北で反乱を起こしている勢力の半分以上が異民族という事情もあったろう。世龍の名声は、晋側の漢人にとっては悪名であった。名を馳せれば、散り散りになった親族や部民らに居場所を知らせることができると汲桑は助言したが、容貌の濃い羯人には、反乱を指揮して鄴を攻め、皇族を殺した世龍のために、とばっちりで苦労をさせたのではないか。

「いや、おれは誇らしかった。おれたちを捕らえて売り飛ばした東嬴《えい》公――王？をよく討ち取ってくれたって、みんな喜んでた。どうやって幷州に戻るか、そればかり考えていたところへ、漢の王弥将軍が攻めてきたから、内応して投降した」

山東と河南で快進撃を続ける王弥の活躍は、世龍の耳にも入っていた。ジュチのような、晋朝に恨みを抱く奴隷や兵士の造反にも、王弥の軍功は一役買っていたようだ。

ジュチは幷州を目指すここまでの道のりで、幾人かの消息をも尋ねてきたという。

年が近く、子どものころは一緒に遊び、家業をともにこなしてきた家僕のルェンはすでに世を去っていた。若く健康であったのに、羯族の年寄りを庇《かば》って苛酷な労働を引き受けて体をすり減らし、事故で負った傷がもとで亡くなったのだ。

「でも、ルエンのやつ、ちゃっかり女ができてたんだ。病気でルエンより先に死んでしまっていたけど、息子がいたのを連れてきた」

ジュチは振り返り、背後にぼんやりと立っていた五、六歳の子どもに呼びかける。

「シン！」

名を呼ばれて驚き、走り寄ってきた子どもには、羯族らしい目元と鼻、頭の形にルエンの面影がある。シンを抱き上げた世龍は、甥のババルも生き別れになったときはこのくらいの年頃であったことを思いだした。それはそのままババルを我が子のように可愛《かわい》がっていた母親の記憶を呼び起こす。

その無事を祈り、かつ憂慮し続けてきた年月。焦慮でいてもたってもいられなくなり、世龍は胸に渦巻く感情を抑えるかのように、シンをぎゅっと抱きしめた。

世龍はジュチとルエンの遺児に石姓を名乗らせ、シンを養子にしたいと、ナランに請うた。ナランは最初は困惑したものの、最初の子を流産したばかりであったことから、反対はしなかった。世龍には血縁の身内が少ないことを、ナランは気に病んでいたのだ。

「一角に大きな弟ができましたね。シンに匈奴の言葉を教えてもよいですか」

「当然だ」

世龍は鷹揚に微笑んだ。ナランの頼みに、否などと言ったことはない。

しかし、世龍の母親と甥のババルの消息は、依然として判明しないままであった。

飛龍山の戦いでは一万の兵を失ったものの、春から晩秋までの間に、その損害を埋めて余り有る戦功を上げた世龍は、劉淵によって汲郡公《きゅうぐんこう》に封じられ、鎮東大将軍に任じられた。

「将軍号が上がるのは悪くないが、汲郡は別に欲しくはないな」

一角に三回は勅書を読み上げさせてから、世龍は感動もなくつぶやいた。

「汲郡が不満なの？　魏郡と幷州の上党郡と隣り合わせだし、洛陽にも出て行きやすい。領民も封土もない称号だけの平晋王よりは、実があるだけましじゃない？　あ、もしかして、王から公になったのが、格が下がって嫌だとか」

一角の疑問に、世龍は曖昧に笑ってみせた。

王の称号は、匈奴の単于から胡人の臣下に下される最高位の爵位であった。だがこれからは、劉淵の漢は劉邦・光武帝・劉備の後裔《こうえい》であるとの主張通りに、漢族王朝の機構にならい、胡人漢人にかかわらず、皇族ではない臣下には公以下の称号のみが下されるのだろう。そうした憶測も手伝い、完全に劉漢という国の組織に嵌め込まれることに、世龍はかすかな抵抗を感じていたのだ。

いっぽう、一角は別のことを心配していた。戦力においては、世龍は王浚に敵《かな》わない。このまま北を向いて戦い続けることは、被害ばかりがひどくなりそうな気がしていた。漢軍で洛陽を取り囲み、晋朝が終了すれば、王浚は北の辺地に孤立するだけだ。それまで待った方がいい。

「王浚と戦うには、十万の鮮卑騎兵に匹敵する兵力がいるんでしょう？　気をつけて。急な坂道を駆け上がっているときにつまずいたら、転がり堕ちる速さと損傷は致命的かもしれないから」

一角は真摯な忠告を添えたが、世龍に届いたかどうかはわからない。

世龍が勢いに乗っているときに、聖王の道を外さずに進むよう一角にできることが、果たしてどれだけあるのだろう。滝を登り始めた鯉《こい》は、登り切って龍となるまで、背後を振り返る余裕はない。

世龍は汲郡公を辞退した。

その後も、劉淵に命じられるままに、遠近の城や砦を攻め、同僚の将軍たちの応援に駆けつけては凱旋《がいせん》する。劉淵はいよいよ黄河を渡り、洛陽を攻め落とす方針を固めた。世龍は黄河南岸の諸郡を制圧するよう命じられる。

出陣の支度をナランに手伝わせつつ、世龍は集まった『家族』に、劉淵の膝元である平陽へ向かうようにと言いつけた。留守番を言いつかって不服げな一角に、世龍は苦笑で応える。

「黄河の南では、晋と皇族の勢力はいまだに強大だ。ナランは体調が優れず、懐妊の可能性もあり連れて行けない。シンもまだ幼く、一角はふたりについていて欲しい。シンに読み書きを教えてやってくれ」

黄河を渡り、もしも河南で敗北するようなことがあれば、退路を断たれて帰ることはできないかもしれない。そうした危険にナランやシンをさらしたくない気持ちはわかるのだが、世龍の守護獣たる一角としては大いに不満であった。不満である以上に、不安でもあった。

「必要であれば、遠征中でも馬上において子を産み落とすのが匈奴の女ですわ」

ナランも留守居を嫌がったが、二度目の流産を怖《おそ》れた夫に慎重を期して欲しいと言われれば、おとなしく従う。悪阻《つわり》がひどくて長時間の乗馬や移動が難しいのは事実であったから、無理はできない。

「一角、ナランとシンを頼む」

繰り返し言われた一角は、不服げに口を尖らせる。

「何かあったら、ぼくの名前を呼んでよ。どこにいても、必ず見つけるから」

呼ばれなくても、世龍に命の危険が迫れば、預けてある角が反応するだろう。しかし、一角とあまり目を合わせなくなった世龍に対する不安に、いやな予感は募る一方であった。

一角は平陽に着く直前に、ひどい頭痛と吐き気に襲われ、熱を出して寝込んでしまった。かつて汲桑軍が鄴を陥落させ、世龍が配下の兵に殺戮を許したときのように、一角の額が割れるように痛む。いまはふつうの人間と変わらぬつるりとした額であるが、世龍に霊名を授けるまで、一本の角が生えていた箇所だ。

あの日から、霊名とともに世龍に預けた角が、鄴で行われたのと似たような殺戮が河南のどこかで行われていることを伝えてくる。

一角は痛む額を押さえて、なぜ世龍に同行しなかったのかと悔やむ。

それから十日余りもしてから、世龍が黄河を渡ってすぐ白馬《はくば》を攻めてこれを落とし、住民三千人余りを坑殺したのち、王弥将軍と合流し徐州《じょしゅう》、豫《よ》州、兗《えん》州の河南地帯へと侵攻したという報告が平陽に届いた。

無駄な殺戮はしないと約束したはずの世龍が、どうしてそのような残虐を許したのか。世龍はすでに天道を外してしまったのではと、一角はいても立ってもいられず、病み上がりの体で世龍を捜しにいこうと、ナランに平陽を発つ許しを請うた。

一角が殺戮を好まぬことは、ナランも知っていた。ただ、人や獣、はては虫や植物に対してまで、その死に心を痛める繊細さのために、自ら心を病むのではないかと心配もしていた。

「一角。こうした戦果の報告は誇張するものだから、そんなに悲しまないで。ちゃんと療養なさい」

「数の大小ではないんです。戦わない人たちを殺す理由が、ぼくにはわからない。世龍を止めないと、天命が失われてしまう」

「おおげさな」

ナランは夫が天下を取る可能性などは想像もしていない。ただ、劉淵に命じられた戦を、漢将としてひとつずつこなしていると考えていた。

「一角、お聞きなさい。武器を取ろうと、取らずと、絶対に従わないと心に決めた者たちは、乞活《きっかつ》のように何度でも起ち上がって報復してきます」

ナランもまた、匈奴の女であった。匈奴の英雄、冒頓単于《ぼくとつぜんう》以来の『服従か、死か』という征服者の掟を、疑うことはない。羯族の世龍も、そうなのか。だがここは中原だ。漢族の張賓が道理の是非を説かなかったのかと、一角の心は晴れない。

「漢族はわれわれ異民族を野蛮だと申しますけども、漢族も同じことをしてきました。秦《しん》の武安君《ぶあんくん》や西楚王《せいそおう》項羽も、城を落とすたびに何万、何十万という捕虜を斬首し、黄河に沈め、生き埋めにしたというでしょう？」

人間とは、戦とは、民族や時代にかかわらず、そういうものだと、ナランは考えているのか。

「でも、武安君の白起はそのために主君によって自害させられ、項羽は人心を失い破滅しました。投降者を皆殺しにするのは、人道に反し、天に対する罪であると、考えられているからです」

戦が終わったのちになお、無辜の民や降参した捕虜を虐殺した将軍や王には、相応の報いが待っている。劉邦と戦い敗走した楚の項羽は、首級を取られただけでなく、懸賞目当ての雑兵がその残骸を奪い合ってバラバラに切り刻まれたという。

一角は世龍にそのような末期を迎えて欲しくなかった。何より、自分が聖王の器と信じた世龍が、天道を外れて破滅していくのは耐えがたかったのだ。

「黄河の南には、漢族の人口がはるかに多く、瑯琊王《ろうやおう》のように晋国の皇族が封じられた郡県もいまだ健在で、抵抗も激しいといいます。郡太守は降伏したと見せかけて時間を稼ぎ、東海王や瑯琊王の援軍を待っているのです。乞活も、もとは流民の集団でした。庶人は武器を持たずとも、その数がすでに、充分に脅威なのですよ」

ナランは一角に痛み止めの薬を飲ませながら、優しく征服者側の理《ことわり》を説く。

「慈悲を以て投降を呼びかけても、異民族に降伏するくらいならば、死を選ぶ人間たちもいます。そのような集団一万を処刑することで、十万が武器を捨て降伏し、あるいは晋軍が逃げ出して、残された城主が自ら漢軍を受け入れるために城門を開くのであれば、世龍さまのやり方は、間違っていません」

どこまでも平行線であった。

人間の心がわからない自分には、天命を果たすことなど無理なのではと、一角は絶望的になった。だが、とにかく世龍の道を正さなければ、取り返しのつかないことになってしまうと、一角はナランの目を盗んでこっそりと平陽を出た。

白馬を落としてからの世龍は、電光石火の勢いで兗州の鄄《けん》城を落とし、兗州を縦横無尽に荒らし回った。二人目の刺史を討ち取り、また黄河を渡って北岸の郡県を落とし、魏郡を平定した。さらに逃亡する黎陽太守を追って南岸へ渡り、これを逃すと行く手にある砦を次々と落として回った。

一角は世龍のいる方角はわかるのだが、頻繁に移動するために追いついたと思えば、すでに別の郡にいる。世龍が霊名を呼べば、一瞬でその居場所を特定できて、霊力を解放して駆けつけることができるのに、こちらからは漠然とした方角と距離しかわからない。世龍の放つ白い光輝も日々薄れつつあり、見えづらくなっている。

本来の姿に戻れば、一夜で千里を駆けることもできると、人に見られる危険を覚悟で変化を解いた。

しかし、麒麟の姿で移動しても、百里と行かないうちにひどく疲れてしまう。

角を世龍に預けてしまったために、本来の霊力が制限されているのだろうか。

それとも、世龍が残虐な行いで天道を外し、そのために一角の天命も潰《つい》え、霊力を失いつつあるのだろうか。

もはや、一角が世龍を追う意味など、とうに失われてしまったのではないか。

黄河のほとりに立ち、一角は呆然《ぼうぜん》と風景を眺める。気がつけば夏になっていた。霊獣の仔とはいえ、当たり前の人間と変わらない移動能力と手段しか持たないことが情けない。こんな未熟で役に立たない生き物に、なぜ西王母は聖王の運命を託すのだろう。はじめから格の高い神獣や仙獣にやらせればいいではないか。

天の意思は、まったくもって推測も理解もできない。

劉邦を導いた蛟《みずち》に、どのようにして天命を果たし得たのか、教えて欲しかった。

黄河の流れは、華山《かざん》を下りた三十年前のあの日と、何も変わらない。たぶん、百年先も、千年経っても、同じだろう。

雑技一座と西へ旅したときに目にした、何千年も激流にさらされ続けても倒れて流されることなく、天に向かって立ち続ける三門峡《さんもんきょう》の砥柱山《しちゅうさん》を思い出す。どのような困難にも耐えて、節を曲げることのない生き方なんて、自分にできるのだろうか。

人界における時は、黄河の濁流のように人間も獣も押し流してゆく。命を保つことさえ奇跡に近いのに、節を曲げずに生き続けることなど、不可能なのではないか。

あれから二十年だ。砥柱山はびくともせずに黄河の濁流の中に屹立《きつりつ》しているのだろうか。一座の女将《おかみ》がまだ生きていれば、きっと元気なおばあさんになっていることだろう。座員の子どもたちはもうおとなになって、子どもたちが生まれているんだろうなと、とりとめのない思いが浮かんでは消える。

途方に暮れて河原に立ち尽くす少年を、武装した一団が見つけた。ヒュンっと風を切る音がして、一角の袖を矢がかすめる。

盗賊か、晋漢どちらかの兵隊かは、すぐには見分けがつかず、最悪の事態を思った一角は連れていた馬に飛び乗って逃げだした。

制止を呼ばわる怒号。ヒュンヒュンと矢が左右と頭上をかすめる。はじめは威嚇だったようで、狙いは大雑把であったが、逃げたことで不審を抱かせてしまった。狙いすまされた矢が頭巾を射貫《いぬ》いて弾《はじ》け飛ぶ。側頭に激しい痛みが走り、一角の赤金《あかかね》色の髪が宙を舞う。額に強い風、耳から首へと這《は》う生暖かいぬめりを感じたと同時に、左肩に鋭い衝撃と痛みが走った。一角の体は宙に放り出され、逆さまになった視界には、前のめりに倒れる乗馬の尻に、二本の矢羽根がつき立っているのが見えた。

――ごめん――

馬の痛みにまで同調して、一角は心のうちで叫ぶ。

身軽な一角は肩をかばいつつも着地の体勢を取った。しかし、投げ出された先に地面はなく、黄土色の水が滔滔《とうとう》と流れている。

血飛沫《ちしぶき》と水柱とともに、一角は黄河の流れに沈んでいった。

一角は泳げない。泳ぐ必要があると、考えたこともなかった。側頭からあふれる血が水を赤く染め、呼吸も閉ざされて気が遠くなる。血の赤が水流に薄まり、黄色く濁った水面を下から見上げれば、そこは黄色い空のようであった。水の世界にも天はあるのか。あるとしたらそれは黄天であるのかと、薄れゆく意識の下で一角は思った。

人の形がゆるゆると解けてゆく。

血の臭いに導かれ、一角と変わらぬ体長の魚たちが集まってきた。ぬるぬるとした色鮮やかな鱗が一角の腕に触れ、頬を撫でる。

——食べられちゃうのかな。それもいいか——

ぐいと背中を押された痛みが、水底での最後の記憶であった。

パチリと目を覚ますと、湿った空気に包まれ、濡れた岩肌の上で横になっていた。岩壁がほんのりと白く発光しているのは、光苔《ひかりごけ》か光蟲《こうちゅう》のどちらかであろう。このような生き物は山の洞窟にもいた。目の前にあるのは赤い色をした蹄《ひづめ》で、前脚は毛並みではなく鱗で覆われていた。その蹄を自分の意思で動かしたことで、自分が麒麟体となって横たわっていることを知る。

「おや、目覚めましたか。鱗ある友。矢傷は眠っている間にすっかり癒えましたよ。龍魚ではなさそうですが鰭《ひれ》の代わりに四肢がある。姿形は龍馬と表現できそうですが、そのような生き物は、余の長い生でも初めて見ます」

闇の向こうから、落ち着いた声が響く。

「いえ、わたしは麒麟の幼体です。あなたは、河伯《かはく》ですか」

口の中から泡を吐くように、一角麒《いっかくき》は言葉を吐いた。ここが水中なのか、河底の洞窟なのか、判別しがたい。山神の結界のようなものだろうか。ならば、一角麒を助けてくれたのは水の神、黄河をしろしめす河伯ではないかと見当をつけて、そう訊ねた。

「ああ、麒麟！　そういえばそんな姿であった。しかし、角がない。麒麟とは、一本から四本の角を額に戴く霊獣ではなかったのかな」

「西王母からいただいた天命を果たすために、地上の聖王に角を預けたので、いまはこのような姿になっています」

薄暗い上に相手の姿が見えないので、どこを向いてしゃべっていいものかわからないまま、一角麒は名を名乗り、事情を告げる。

「西王母と天界は、まだそのようなことをしているのか。聖王は、いまでも人の世に生まれてくるのかね」

一角麒は、人間の姿であれば、下唇を噛んで言葉を呑み込んでいたことだろう。しかしいまは麒麟体なので、ぶるると鼻から息を吐いただけだ。

「生まれてはくるのですが、天道を踏み外さずに導くことは、とても難しいです」

「そうだろう、そうだろうね。人間は心も姿もめまぐるしく変わる。とはいえ、悠久の存在でさえも、たびたび川筋を変えて地表の在り方を変えてしまうことはあるのだから、生き物のことは言えないがね」

「やはり、あなたは河伯でいらっしゃるのですか」

「人間には、そのように呼ばれているようだ」

光蟲《うごめ》が蠢き、ゆるゆると天井に集まって、ひとつの淡い光となった。薄絹を張った油灯ほどの明るさが洞窟を照らしたかと思うと、氷柱《つらら》が落ちるように光の塊が一角麒の前にぼとりと落ちた。水のようにしなやかに広がって、ひとつの形を取る。

「これで話しやすくなったかな」

頭と顔は、一角麒に似て細長く、額には先端が前後に枝分かれした四本の角が前に二本、後ろに二本ずつ生えている。全身は鱗に覆われ、短い四本の脚の先には、鷲《わし》のような鉤爪《かぎづめ》が並んでいた。鬣は一角麒のように頭頂部から後頭部、そして首から肩へ生えているのではなく、頰髭《ほおひげ》のように顔の周りを彩っていた。尻尾は暗くてよく見えない。

――黄龍《こうりゅう》だ――

一角麒は心の中でつぶやいたつもりだったが、心語はしっかりと通じていた。

「否。河龍だ。本体は水であるが、客をもてなすのは、この姿が一番楽であるな。さて、久しぶりの客人だ。一角麒が知っている、地上の話を聞かせてくれ。お返しにどこでも好きな岸辺に送って差し上げよう」

河伯は、一角麒の天命について知りたがったので、世龍との出逢いから、今日にいたるまでのいきさつを話して聞かせた。

「もし角を預けたまま、その聖王候補が天命を失ってしまったら、君はどうするつもりかね」

「わかりません。返してもらえるのかどうかも」

一角麒はため息をつく。河伯は考え込んでから話し始める。

「角は霊力の源だ。だからこそ、契約の証《あかし》として授けることになるのだから、相手が聖王の道をゆかぬのならば、相手が生きているうちに返してもらわねば、この先何百年生きても、君は霊獣はおろか神獣にもなれなくなってしまうかもしれない」

悠久の時を流れ続けている河伯に、これまで誰にも打ち明けられなかった話を聞いてもらい、助言を得た一角麒は、少し気持ちが楽になった。

「そうですか。やはり、一度会ってちゃんと話し合わなくてはなりませんね」

「うむ」

「ところで、劉邦の守護獣を務めた蛟を、河伯はご存じですか」

「赤龍のことかね。何度か遊びに来てくれたことはある。君も、神獣になれば、水に潜れるようになるだろうから、天命を果たしたら遊びに来てくれ」

一角麒は自分の天命はすでに失われてしまったのではと思いつつも、曖昧にうなずいた。

「希望を捨ててはならんし、あきらめてもならん。幸運を祈る。ところでどこへ上陸したいかね」

「あ、河内《かだい》に」

河に落ちる前に、劉淵の漢十将が河内郡に集結するという噂を聞いたばかりであった。やたら動き回る世龍を追いかけるよりは、先回りして合流するところを捉えようと考えて、憂鬱になっていたのだ。

「では余の背に乗りなさい。河の流れを遡る。脚を放さぬようにな」

一角麒は自分よりも小さな河伯の背にまたがって、四肢でしっかりとその胴を抱え込んだ。水を抱くような淡い感触ではあったが、波に押されるような弾力もある。

黄河の水流に出ると、河伯の体は水を吸ってぐんと大きくなり、一角麒が四肢にしっかりと力を入れても、龍の背から流されないようつかまっているのがやっとであった。

顔に当たる水が入ってこないように、ぎゅっと目を閉じ、龍の背に鼻を押しつけていたので、河を遡行する旅を楽しむ余裕はまったくなかった。

人の姿を取り、河内郡の岸辺のどこかに下ろしてもらった一角は、水面を過ぎる風の冷たさに驚いた。見ればあたりはすっかり黄葉している。川底で夏を過ごしてしまったらしい。昆侖山《こんろんさん》の陸吾《りくご》神や、玉山の西王母の神界で語り合ったときも、それほど時が過ぎたと感じなかったにもかかわらず、人界では十年という時が流れていた。少し前に別れたときは少年だった世龍ことベイラが、あっと言う間に青年になっていたのだ。河伯とも、そんなに長話をしていたつもりはないが、昏睡《こんすい》して矢傷を癒やしていた間に、時間が過ぎてしまったのだろう。

「漢十将の河内攻めも、とっくに終わったんじゃないかな」

それどころか、何年も過ぎてしまったのではないか。

途方に暮れていると、自分の名を呼ぶ声がして驚き、あたりを見回す。見れば初老の男が、心配そうな顔をして駆け寄ってくるではないか。

「朱厭《しゅえん》？　どうしてここに？」

西王母の結界に妖獣の朱厭は立ち入ることが許されず、玉山の入口で別れて以来であった。

「一角を迎えに来るようにとの使いを、河伯が英招君に出してくれていたんだ。それで、俺が遣わされた」

「この場所だって、どうやって知ったの？」

「使いの龍魚が案内してくれた」

朱厭が河を指差すと、赤い鱗が美しい五尺ほどの魚が水面を跳ねた。河伯は、黄河の水とつながってさえいれば、距離など関係なく、自在に意思を伝えることができるらしい。

「千年どころじゃないものな。万年とか、何千万年とか、もっと昔から、大地を流れているんだから」

一角は自分の寿命さえ、瞬きに過ぎないものに思えてくる。人間などなおさらだ。

事情を聞いた朱厭は、世龍を捜し出す手伝いを申し出た。

「捜さなくても、平陽に戻れば、そのうち帰ってくるとは思うんだ。天命を失っていたら、いつ会っても同じだから」

河伯と話したことで、世龍に対する怒りや不満が薄れた一角は、再会を焦る心も静まっていた。

「だが、あちこちで戦争をやらかしている世龍だ。いつ流れ矢に当たって死ぬかわからんだろう。これまでのあいつの強運だって、おまえの加護があってこそだろう？　角を返してもらうなら、早い方がいい」

一角はこれまで、自分の霊力が世龍に強運という加護を与えている自覚はなかった。そんな力が、自分にあると思ったこともなかった。だが、もしも朱厭の考えが正しければ、天命を失った世龍はいつ戦死してもおかしくはないのだ。

「そうだね。急いだ方がいい――」

一歩足を出すなり、額に激痛が走る。一角は前屈《まえかが》みになって、河原に膝をついた。痛みのあまり涙が滲み、耐えきれず嘔吐《おうと》する。うずくまる一角の背を朱厭がさする。

「大丈夫か」

動けない一角を茂みのあるところまで運ぶ。乾いた草を重ねて寝床を作ってやり、そこへ寝かした。

額の痛みが薄れ、全身を包む疲労感が去るのに三日はかかった。朝夕は寒さを増す河原から動けなかったことも、回復に時間がかかった理由かもしれない。

一角は精神を集中させて、世龍のいる方角を捜した。意外とすぐ近くにいると感じられる。

「このまま上流へ向かって歩いていけば、世龍がいる」

「一角が寝込んでいる間に、荷馬車を調達しておいた。それに乗っていこう」

朱厭が引いてきたのは馬ではなく驢馬《ろば》であったが、どちらにしても弱った体にはありがたい。一角は荷車に膝を抱えて座り、朱厭が驢馬を引くのに任せた。

まだずきずきと残る額の痛みは、また世龍が罪のない者や、あるいは投降した兵士らを皆殺しにしたからだろう。一角が離れたらすぐに、見境なく人々を殺してしまうような人間を、聖王と信じてついてきたことが、とても苦しい。

死臭に満ちた武徳《ぶとく》を通り過ぎる。一角の鼻はここで行われた虐殺を嗅ぎ取り、すべての希望が潰えてしまったように感じて、世龍との再会を思うと鬱々としてきた。

郡治所《ぐんち》の置かれた懐《かい》県に、世龍は駐屯していた。

一角の到着を知らされた世龍は、すぐに迎えに出た。

「一角、半年もどこをうろついていたんだ」

その心配そうな顔は、最後に別れたときと少しも変わらない。ただ、額に漂う光輝は少し薄れていて、一角は希望のかけらと、遅すぎたのではという失望の入り交じった感情に、ぎゅうっとした腹の痛みを覚えた。

第五章　長江《ちょうこう》

一角と世龍の再会よりひと月ほど前の初秋。

劉漢の初代皇帝、劉淵《えん》が崩御した。

享年五十九。漢王を称し自立して六年、皇帝に即位してからは二年の在位であった。諡号《しごう》は光文帝、廟号《びょう》を高祖とする。

ようやく中原統一の端緒についたばかりであった劉淵の早すぎる死に、首都平陽は哀《かな》しみにつつまれた。嫡子の劉和《か》が即位し、第二代皇帝となったが、側近の讒言《ざんげん》を信じて三人の弟を誅殺しようとしたため返り討ちに遭い、弟の劉聡《そう》に殺害される。

河南で劉淵の訃報を受け取った世龍は、憧れ続けた英雄の死を悼む間もなく、劉和の死と劉聡の即位の報せをうけた。世龍の功に対して昇進の勅《ちょく》もあったが、さほどの感銘を受けない。

河南の陣営で勅書を読みあげるのは、一角ではなく参謀の張賓《ひん》であった。

世龍はあきれて物も言えなかったが、やがてうんざりした口調で慨嘆《がいたん》する。

「兄弟で殺し合いを始めるとは、劉淵の息子たちは、晋の司馬一族と同じ道を行くつもりか」

それも父親の死後ひと月も経っていない。少なくとも司馬の八王は武帝の死後十年はおとなしくしていたというのに。

張賓はむっつり顔を保って、『洛陽へ進撃せよ』と、劉聡の名において出された勅書の続きを読み上げた。総大将は劉聡の次男、河内《かだい》王の劉粲《さん》であるという。

世龍は、劉粲の若くつやつやした頰と気概に富んだ面差しを思い浮かべる。祖父と父に似て、容姿に優れ、文武に秀でた若者である。ただ、感情的になりやすく派手好き、というのがナランから聞いた人物評だ。世龍の目から見ても、若さと自信に任せて大言壮語が甚だしいが、総大将としての器量さえ備わっていれば、世龍としては劉粲のもとで戦うことに異論はない。

しばし無言で考え込む世龍に、張賓は「官職をお受けになりますか」と訊ねる。

「幷《へい》州刺史に、汲郡公《きゅうぐんこう》と征東大将軍か。気前のいいことだ。大きな餌で釣っておこうというところだろう」

ぶらさげられた褒美をほいほい受け取るのも、顰蹙《ひんしゅく》を買う。

「汲郡を落としたのは石将軍ですので、封国されるのはむしろ当然かと」

「落としたのは汲郡だけではないぞ。滎陽《けいよう》郡の太守には逃げられたが、河内郡の太守の首は刎《は》ねた。冀《き》州の半分と、豫《よ》州の郡はいくつ落とした？」

世龍は数え切れないほどの戦果を、指折り数える。

この年は、まさしく縦横無尽に黄河を南へ北へと何度も渡って、四州を荒らし回った。石勒《ろく》軍が来寇すると報《しら》されただけで、城を捨てて逃げ出す太守、太守を殺してその首を差し出す守備兵、ついには晋の懐帝《かいてい》が派遣した援軍も、河内郡太守が斬首されるの報を受け、退却してしまった。以来、住民は自ら城門を開いて石勒軍を迎え、降伏を請う。

「汲郡の太守を捕らえて郡公に封じられるなら、兗《えん》州刺史の鄄《けん》城を落としたのと、去年の冀《き》州刺史の首を挙げた件はどうだ」

世龍は不満げに鼻を鳴らす。実際のところ、不満であった。世龍が討ち取った冀州刺史の官職は、同期の将軍劉霊《りゅうれい》が任じられたからだ。

「汲郡公を二度も辞退しては、逆心ありと思われて討伐されかねないから拝領しよう。并州の刺史も悪くないな。もれなく晋の勇将劉琨《こん》がついてくるわけだが」

劉琨の立てこもる晋陽を落として決着をつけなければ、并州の平定は終わらない。

世龍は苦笑する。

「征東大将軍は辞退して、汲郡と幷州を取る。中身の詰まった饅頭《マントウ》の方が、腹も膨れるからな。だが、幷州をおれにくれて、劉聡はどこへ行くつもりだ？　すでに洛陽を落としたつもりでいるのか」

漢の皇帝を宣言したものの、その朝廷はまだ、幷州から都の平陽を置く司州へと、地盤を広げ始めたばかりだ。そして幽州では段部鮮卑《だんぶせんぴ》と姻戚関係を結んだ王浚が、幷州では拓跋鮮卑《たくばつ》と同盟を保つ劉琨が、余力を保って劉漢の背後を脅かしている。

世龍の意識は冀州にあった。太行山脈《たいこう》を隔てて西隣の幷州は世龍の故郷だが、土地は冀州ほどには豊かではないし、中原に覇を唱えるにはいささか不便だ。誰にもらわなくても、自力で冀州を手に入れることができるのならば、どうして投げ与えられる餌をありがたがる必要があるのか。

「幷州をくれるというなら、もらっておくさ」

劉琨を討てと、新皇帝は暗に示唆しているのかもしれない。

晋の懐帝と東海王には、河北にも河南にも劉漢の勢力に向けて討伐軍を出す力はもはや残ってはいない。幷州に堅牢な城塞を守っている劉琨ではあるが、洛陽が包囲されつつあるいま、今後は東海王の援軍を見込めないであろう。孤立しつつある劉琨が恃みにしている鮮卑の拓跋部には、そろそろ同盟相手の鞍替えを勧める時期だ。拓跋部をこちらに引き込めれば、王浚の背後にいる段部の鮮卑も考えを改めるだろう。

焦らずとも、洛陽はまもなく熟して、自ずから地に落ちる果実だ。

この時期、世龍には迷いが生じていた。

劉淵亡き後、このまま漢朝廷に仕えるのが、自分の道なのか。

父親の死後すぐに殺し合いを始めた劉淵の息子たちに、劉淵の遺業を受け継ぐ能力と意志があるのか。

匈奴の文化の中で育った劉聡たちは、晋の宮廷で教育を受け、匈奴の社会に戻らねばならなかった劉淵の苦労と葛藤を知らない。異なる民族と文化を融和すべしという劉淵の夢を最も理解し、実現を願ってきたのは世龍ではないか。

世龍は劉淵がそうしたように、自立して自らが理想とする国を、新たに建てるべきではないか。

どこに？

緑豊かな河南と、気候の厳しい河北のどちらが、新しい国に相応しいだろうか。

黄河よりも長大で、海のごとき悠々たる長江を、この目で見てみたい。

世龍は、本当に自分が中華の天子となれるのかと自問する。

無意識に、いつもかたわらにいた一角に話しかけようとして、世龍は横に誰もいないことを思い出した。

張賓の助言を容《い》れて一角を遠ざけたものの、少年のころから常に帯に挟んできた短剣を、どこかに置き忘れたような心許《こころもと》なさにいまだに慣れない。

右手を持ち上げ、じっと見つめる。

掌《てのひら》は少し赤みを帯びている。武徳《ぶとく》で捕虜の処刑を命じたとき、この手が激しく痛んだ。いまも、思い出したようにときおりしびれを感じる。まるで、一角の霊名を知った日に世龍の手に吸い込まれた角が、無辜の民の命を奪ったことに、抗議の声を上げているようであった。

白馬の住民をすべて殺させたのは、やり過ぎだったと思わなくもない。

あのときも、一角の怒りを伝えるように、掌がひどく痛んだ。

渡河は極秘に行わせたが、こちらの動きを察知した晋の偵察隊が、白馬に逃げ込んだ。世龍は敵を追い、一気に攻め込み城を落とした。偵察隊を匿《かくま》ったのは住人の一部であったかもしれないが、詮議している時間はなかった。

——王弥《び》将軍との合流の時は迫っています。晋にこちらの動きが知られぬよう、誰ひとり、ここから逃がしてはなりません——

張賓は眉ひとつ動かさずそう進言した。密偵を探し出して、処分することの無駄も説く。渡河地点として古来より係争の地であり、むしろ村そのものが、各地の諸勢力から送り込まれた間諜《かんちょう》たちの温床であったことも指摘する。

――河南の住民は、河北の諸都市ほどには、八王の乱とそれに続く反乱に巻き込まれてこなかったこともあり、まだ晋に心を寄せています。ですから漢軍が攻めてくれば面従腹背で迎え、晋軍が来れば諸手を挙げて歓迎します――

言われるまでもない。朝廷の実権を手放そうとしない東海王、そして八王の乱を静観していた瑯琊《ろうや》王《おう》などの皇族は、華南《かなん》の封国で兵力を温存し風向きを注視している。かれらが生きている限り、中原の民衆は異民族の支配者に服するよりは、好機さえ訪れれば団結して晋のために蜂起するであろう。

このときの電光のごとき急襲と、白馬の男女を全員坑殺してしまうという冷酷苛烈な処断は、河南の住民を震え上がらせた。それまでの、漢軍に加わって以来の石勒軍の評判からは、考えられないほど、残酷な仕打ちであったからだ。

それまで、石勒軍の軍規は厳しく、掠奪をしないことで民衆の評判を上げていた。また、投降した者は晋の官吏であっても採用され、住民は慰撫されてきた。

河南の漢人はむしろ、同じ漢人で晋の将軍でありながら、鮮卑を使って鄴や長安の掠奪を許す王浚の方を世龍よりも怖れていた。また、王弥と世龍が宿敵と見做している荀晞《こうき》は、法の執行が厳格に過ぎて、わずかな容赦も酌量もなく死刑を断行するために人気がなかった。

ゆえに、城を落とされても、降伏して兵糧を差し出しておけば、将軍や官吏ではない士庶の命や財産には手を付けず、すぐに別の城を攻めるために立ち去ってしまう世龍のほうが、もしかしたら晋の皇帝が恃みとしている王浚や荀晞よりも、いくらかましではないかという評判が、ひそかに広がっていた。

そのため、世龍が白馬で見せた残酷さを、誰ひとり予想していなかったのだ。効果は絶大であった。『服従か、死か』という一切の妥協を許さない方針を明らかにしたことで、晋に通じる者は家族、親族、隣人までが巻き添えになるという恐怖に、人々は争うようにして城主を捕らえて門を開き、世龍の慈悲を請うてその身を投げ出した。

そして秋。

しぶとく抵抗した河内郡太守と晋の援軍の将軍は、どちらも配下の兵士に捕らえられて世龍の前に連れてこられた。このとき、一万の晋の投降兵を坑殺したときも、世龍の右手は激しく痛んだ。一角に自分の所業が伝わっているのか、知るよしもないが、もし顔を合わせて非難されても、弁明はしない。

張賓は、世龍が意見を言葉にする前に、あたかも世龍の頭脳を読み上げ整理したかのように、かれの心に適った献策をする。世龍の気質と状況に合わせて、その望むところを言語にしてまとめるのは、張賓の優れた能力であった。

世龍を劉邦に喩えた以上、張賓の目指すところは世龍を皇帝とする中華の統一である。張賓とはまだ、そのような議論を詰めたことはないが、この河南侵攻では、張賓の容赦のない献策を採用するたびに、これでこそ自分の求めていた道が拓《ひら》けていくという興奮が、世龍を満たしていく。

劉淵の突然すぎる死が、世龍に焦りを与えていたのかもしれない。

世龍と同時期に劉淵のもとに集った将軍たちも、ひとり、ふたりと戦で命を落としていく。

肩を並べて戦っていた同格の将軍が流れ矢にあたり、世龍の目の前で戦死した。

また、魏郡をともに攻め、その功績によって冀州刺史に任じられた劉霊は、一年と経たずに王浚の放った鮮卑の討伐隊と戦い、敗北して首を挙げられた。

劉霊は世龍と同じように、貧困層から身を起こし、劉淵の十将にまで駆け上った壮士であった。公師藩の反乱あたりから私兵を率いて起ち上がり、活躍して世に名が知られ出したのも、世龍と似ている。特別気が合うというほどの付き合いではなかったが、連合して戦うときは信頼できる同僚であった。

もしも冀州刺史に任じられていたのが世龍であったら、王浚と戦い敗北していたのは世龍であっただろうか。風向きが違えば、流れ矢に射貫かれて斃《たお》れていたのは世龍だったかもしれない。

若いころは生きるだけで精一杯だったが、王号を帯びて数万の兵を指揮するようになってもまだ、生き残ることに必死であった。どこまでいけば、戦わずとも平穏に家族とともに日々を過ごすことができるようになるのか。

誰かが、中原を統一し、太平の時代を創り出さねばならない。そのためには、腐敗しきった晋の汚物は、徹底的に掃討されなければならない。晋のために戦った者は、たとえ表向きは降伏したとしても、腹の中では異民族の世龍に唾を吐き、雌伏していつかは晋のために再起することだろう。

「このおれが中原の主にもなれると言ったのは、おまえだぞ。だが、その道を行けば、おれに従わぬ者たちに生きる場所はない。劉淵とおれの理想が実現したとき、異民族と漢族の共存を拒む者たちの土地は、この中原にはない！」

世龍は右手をぎゅっと握りしめて、かすかにしびれる掌の痛みを紛らわした。

その日、まるで内心の叱咤《しった》に呼び出されたかのように、一角が世龍の駐屯地に姿を現した。

半年ぶりに世龍と相対した一角はひどく緊張し、面《おもて》に怒りを滲ませた。世龍は人払いをして、野営用の天幕へ一角を招き入れた。

天幕の内側は、汗と埃の臭いでむっとする空気が充満していた。

城塞を落としても、世龍自身は城内で寝起きせず、兵士らと野営することを好む。そして天幕そのものも、雨風を避《よ》けて眠るためだけに使われ、日中のほとんどを戸外で過ごし、食事でさえ外ですませるのだ。

「勝手に平陽を飛び出して、どこをほっつき歩いていた」

世龍に不機嫌に問い詰められても、一角は動じない。一角の失踪については、ナランから連絡を受けていたようだが、その原因については思い当たる節がないらしい。

「世龍を捜しに出たんだ。約束を破っただろ？　放っておけないじゃないか！」

「約束？」

一角の剣幕など、まったく意に介した風もなく、世龍は訊き返す。

「不要な血は流さない、って。罪のない人は、殺さないって！　それなのに！」

白馬の虐殺のことを言っているのだと世龍は察したが、表情は変えない。

「約束などしていない。なるべくそうするとは言ったが」

世龍の言い草に、一角は息が詰まって耳も顔も赤くなる。

「第一、不要な血は流していない。白馬の坑殺は作戦上必要な処置だった」

「戦に関係ない人まで皆殺しにすることが？　降伏して武器を手放した兵士を生き埋めにすることが？」

「必要なことだ。敵に利する者たち、そうなる可能性のある集団は、始末するしかない。始末させたのは、全員が晋軍にかかわりのある連中だった」

詭弁《きべん》だ。この中原に晋とかかわりのない人間などいない。

一角は、拳を石の壁に打ち付けているような無力感に、膝をつきそうになった。

「世龍のやったことは、天道を無視した項羽と同じだ！　劉邦だったら絶対にやらないことだ」

「一角」

世龍は厳しい口調と、鋭い視線を一角に向けた。

「劉邦は漢族だ。むしろ、漢族の祖だ。中原の民は、はじめから劉邦に同族意識があった。異民族のおれが同じやり方をとっても、通用しない。寛容にしていれば、つけあがらせるだけだ。いったい何人の太守が面従腹背の帰順を装い、掌を返して門を閉ざし、こちらの危機には背中に矛を突きつけ、我が身が危うくなれば民を捨てて南へと逃げ去った？」

とっさに反論する言葉もなく、一角は黙り込む。

郡県の砦をすべて落として租税を免じ、以前のままの暮らしを安堵しても、晋軍がくるとなればみな世龍に反旗を翻す。州を平定したと思えば、またふりだしに戻って同じ城を叩いて回らなくてはならない。いつまでも同じことを繰り返し、いつまでも終わりがない。ならば、背信の徒を抱えた城塞は全滅させ、新しい住民を入れ、晋の援軍は一兵残さず殲滅しなくては、いつまでたっても劉漢による新王朝の基礎は築かれない。

「でも、それじゃ世龍が天命を失ってしまう！」

一角は思い余って叫び、すぐに後悔する。

道理によって天道を全うすることを説得できずに、癇癪《かんしゃく》としか思えない声をあげるとは、よくも聖王を導けるなどと思い上がっていたものだ。

霊獣の仔など、その程度のものでしかないのに、何を勘違いしていたのだろう。

「おれが天命を失ったからどうだというんだ？　なんの天命を失ったというんだ？」

世龍はうんざりした口調で問い返す。一角は返答に詰まった。

「一角、おまえはおれに何を期待している？」

一角は両の拳を握りしめ、世龍に投げつけたい思いを口の中で嚙みしめる。

——聖王となり、仁慈のある天子として、人の世に太平をもたらして——

だが、その思いは言葉にならないまま、ため息と化した。世龍は険しい口調で一角を追い詰める。

「おれにはおれの志がある。それを実現させるために、やるべきことはやる。そのために項羽と同じ末路が待っていようと、知ったことではない。誰が天下を取るかは、天に任せておけ」

必要であれば、白馬や武徳で犯した殺戮を、幾度でも繰り返すと断言する世龍に、一角はついて行けるとは思えなかった。それでも袂を分かつ決心がつかなかったのは、いまだに世龍の頭上から消え失せない、白い光輝《きう》のせいであった。

無辜の民を、戦意を失い降伏した兵士らを虐殺して、なお聖王のしるしを失わないとは、どういうことだろう。天意とは、天命とは、どこに善悪と大義の境界を引いているのだ。

一角は、もはや何が正解なのかわからない。ただ、一角の考える太平の世と、世龍の思い描く未来は、必ずしも同じ像を結んではいない。

「一角」

世龍は先ほどまでとは打って変わって、穏やかな声で呼びかけ、一角の頭に手を伸ばした。

「怪我をしたのか。よく生き延びた」

側頭を掠《かす》めた矢の残した傷跡に、世龍の大きく温かな手が触れる。

ごつごつとした掌の感触に、一角の胸は熱く膨れ上がり、ものを考えるのも苦しく、目の前が霞《かす》んでしまう。世龍の手を払い、一角は天幕を飛び出した。朱厭《しゅえん》が驢《ろ》馬車を停《と》めて待つ街区まで、一角は走り続けた。

「おい、一角。角は返してもらったのか」

朱厭の問いに、一角は首を横に振った。

「じゃあ、まだ山には帰らないのか」

一角は驚いて、朱厭を見つめる。

「朱厭はぼくを迎えに来たの？　英招君は天命を果たさないぼくに、帰ってきてもいいって？」

「英招君には、一角が川岸で立ち往生しているから、見に行けと言われただけだ。世龍が聖王でなければ、おまえがここにいる意味はない。ならば山に帰って、前みたいに気楽に暮らしたらいい」

一角はかぶりを振った。

「世龍はまだ、聖王のしるしを失っていない。だけど聖王って、なんなのだろう。罪のない何千、何万もの人間を殺して、どうして聖王のままでいられるのだろう。ぼくには天命の是非がわからなくなってきた」

朱厭は考え込みながら、学生に教える教師のようにゆっくりと話しかける。

「一角は『聖』って言葉に惑わされているんじゃないか。一角は人界に下りるために、中原の書物で人間というものを勉強したが、それは漢語によって著されたものだ。世龍が漢語を流暢《りゅうちょう》に話すからといって、羯《けつ》人にとっては異民族の言葉である『聖』の概念を正しく理解しているかわからんし、適当に母語で『聖』に近い何かと摺《す》り合《あ》わせて解釈しているのかもしれない。匈奴語やら羯語《けつご》やらでは、何万人殺しても、最後にみんなが平和に暮らせる国を作れば『聖王』なのかもしれん」

一角は朱厭の助言をよく考えてみた。文字を持たない世龍の母語が、『聖王』という言葉、あるいは存在に、どのような概念を持たせているのか、一角は考えたこともなかった。

なんといっても、匈奴が建国の英雄と仰いでいる冒頓《ぼくとつ》単于は、父親を射殺し、継母《ままはは》の一族を皆殺しにして遊牧帝国の基礎を築いたのだ。

すると、いままで世龍に吹き込んできた『仁慈』とか『天道』という言葉に対する解釈にも、もしかしたら互いの認識にずれがあったのではないか。

「ぜんぶ、ぼくの勝手な思い込み、押しつけだったということかな」

「そうかもな」

「ぼくは世龍の三倍以上生きているのに、世龍の方がずっとおとなで、さっきはすごく悔しくなった」

勝手に飛び出して行方をくらましていた一角の無事を、世龍が素朴な言葉で喜んでくれたことに、一角はひどく自分が恥ずかしくなったのだ。

「一角は、人界に下りてまだ三十年くらいだろ。人間年齢は世龍とそんなに変わらない。見かけがそれだから子どもらしくふるまっているために、中身の成長も体に合わせているのだろう。気にするな」

などといわれても、気にならないはずがない。とはいえ、心の成長も、体と同じようにゆっくりなのかもしれない。

身も心も、世龍の方が早く成長し、そして老いるのだ。

まだ、間に合うかもしれない。次に世龍が非道を働くようなことがあったら、自分が止めればよいのだ。一角は固く決意し、以前のように行軍に同行することにした。

世龍は何事もなかったように、これまでと変わらぬ態度で一角に接する。

劉聡の勅命に従い、世龍は騎兵を率いて、河内王劉粲《さん》と合流して洛陽へ向かった。しかし、劉粲は洛河《らくが》まで進撃すると、急使を受けて平陽へ引き揚げてしまった。世龍もまた河北へ撤退した。

「何度洛陽を攻めれば、これを落とせるのだろうな」

泥色の水が滔滔《とうとう》と東へ流れる黄河を眺めつつ、世龍はいささかうんざりして、張賓に話しかけた。このごろの世龍は、常に張賓をかたわらに置いて、意見を求めるようになっている。それは、半年前には一角がいた場所であった。

「急使の内容について河内王に仕える者から伝え聞いたところによりますと、劉聡は父帝の皇后を娶ったそうです」

世龍は眉を上げて、軽い驚きを示した。張賓が皇帝を姓名で呼んだ不敬についてではなく、劉聡の皇帝として不適切な行為に驚いたのだ。

劉聡は即位に伴って、父の皇后単《ぜん》氏の所生であった弟の劉乂《がい》を正嫡とし、皇太弟に立てていた。さらに、単氏はまだ若く美しかったことから、劉聡は単氏を自分の後宮に入れた。実母ではない父の妻妾《さいしょう》を息子が娶ることは、匈奴の風習では問題ない。しかし、漢族にとっては、近親相姦《そうかん》の大罪を犯すに等しいことであった。前漢以来の劉氏の系譜を主張する皇帝としてはあってはならないことと、皇太弟の劉乂は異母兄と実母の通婚を非難しているという。

この異母兄弟の間に張り詰める不穏な空気に、劉聡の嫡子、河内王劉粲を推す一派が暗躍しているであろうことは、想像に難くない。

皇室家庭内のいざこざは、洛陽の攻略よりも重要らしい。晋の朝廷もいよいよ軽く扱われたものである。

洛陽攻略の継続について、明確な指示を受けなかった世龍ら漢軍の諸将は、漢の首都平陽、あるいは封地に戻るか、さらに晋の領土を切り取るために思い思いの地方へ侵攻していった。

「北の王浚を攻めるか、南の瑯琊《ろうや》王を攻めるか」

次の勅令が下されるまでの時間を無為に過ごすよりは、少しでも自分の領域を広げるべきと世龍は考えた。幷州は選択肢にない。漢の首都平陽に近すぎるし、劉琨を倒しても得るものは少なすぎる。もっと豊かな土地を求め、そこで自立できないか。

世龍は配下の将軍たちと張賓を集めて、軍議を開く。

「王浚は、河北の文石津で漢軍を打ち破ったそうです」

文石津は、ほんの少し前に石勒軍が駐屯していた渡しだ。黄河の北岸で、鮮卑一万騎が手ぐすね引いて待っているのを想像して、世龍以下諸将らは憮然《ぶぜん》と口を閉ざす。

張賓がおもむろに意見を述べた。

「漢の勇将猛将が群がって何度攻めても、いまだに洛陽を落とせずにいるのです。まして、幽州の地は内乱から遠く、人民は疲弊しておらず、州都薊《けい》城は堅牢で落としがたい。自州の軍兵のみならず段部鮮卑の屈強な騎兵十万を味方に付け、冀州にまで勢力を伸ばした王浚の力は晋を凌駕《りょうが》し、漢に匹敵するでしょう。拠点となる地を持たぬ我が軍だけで立ち向かって、勝てる相手ではありません」

率直すぎるが、事実であった。だからこそ、王浚の南方進出を阻む必要があるのだが、これに打ち勝つだけの力を、世龍が備えているかと言えば大いに疑問である。

張賓の意見は、おおむね世龍のそれと同じであった。

「では、南へ征き、さらに晋の残党を打ち払い、反乱を治め、力を蓄えるとするか」

一同は合意し、十万の軍を南へ動かして襄《じょうじょう》城を攻め、南陽《なんよう》へ征き反乱を鎮めつつ、襄陽《じょうよう》へ南下し、そこからは漢水《かんすい》を下って長江に出た。

「これが長江か。水の色が黄河とは違うな」

詩的な語彙の乏しい世龍は、見たとおりの感想を述べた。

かつては中華を南北に区切り、魏の侵略から呉《ご》を守る、水の盾ともなっていた長江である。呉の孫権《そんけん》が蜀《しょく》の劉備と組んで魏の曹操を撃退したという赤壁《せきへき》は、もっと上流と聞いたが、物見遊山ではないので、世龍は話を聞いただけで満足することにした。

一角は、長江にも黄河の河伯と同格の水神がいるだろうと思い、岸辺の水に触れて問いかける。しかし、水は穏やかに流れ去り、使魚も寄ってこない。

補給の老兵に紛れ込んで石勒軍についてきた朱厭が、失望する一角を励ます。

「水の神は、平穏なときはだいたい眠り込んでいるらしいからな。一角が黄河に落ちたとき、河伯に拾われたのは、運が良かったんだぞ」

黄河に落ちたときは、矢を受けて頭からも肩からも出血していたために、龍魚らが騒々しく集まったことも関係しているのかもしれないと、一角は思った。だからといって、ここで故意に血を流すことはためらわれる。

霊獣の血肉を好む妖魚を招き寄せることにも、なりかねないからだ。

「長江の神は、もしかしたら応龍じゃないかなと思ったんだ。地上に在る、正真正銘の霊獣だよ。簡単に会えるとは、もちろん思ってなかったけど」

永遠に天界に還《かえ》ることの叶わない霊獣、応龍。たとえ岸辺にたたずむ一角の存在に気づいたとしても、眉毛ひとつ動かす気にはならないだろう。そう思って、一角は己のちっぽけさにため息をついた。


一角の憂鬱とは無縁に、世龍は江西《こうせい》へと軍を向け、通りかかるところの砦を、次々に落として足場を築く。

漢水と長江の交わる江漢《こうかん》の地が、中華の『へそ』であると世龍に話したのは、一角であった。どこあたりから植生が変わったのか、真冬なのに山野の緑は濃く、そして深い。寒さも骨を噛むほどではなく、眠る前に枕元に置いておいた水は凍らず、毛皮の外套では汗をかくほどであった。

長江を渡ると言葉も通じず、食べ物も異なるという。それでも始皇帝《しこうてい》は中華を統一し、漢はその国土を維持し、晋もまた呉を平定してひとつの国とした。

志半ばにして世を去った劉淵は、中華の大きさをどれだけ実感していたのだろうと世龍は思いを馳せた。そして、劉邦の偉業を自分は成し得るのかと自問する。

いつものように、長江の岸辺から遠い南岸を眺めていた世龍は、数日をかけて胸のうちで温めていた考えを、まとめることにした。

「孟孫」

「お呼びですか」

声の聞こえるところにいたらしく、張賓はすぐに応じる。

「江漢は中華の中心だそうだな。南北東西の真ん中であると」

「いかにも、そうです」

「しかも、漢水は南北を流れ、長江との水利もいい」

「悪くは、ありませんが」

張賓の返答は歯切れが悪い。

「水も緑も豊かで、土地も肥えている。江漢を我らの拠点としてはどうだろう」

張賓は首を横に振った。

「この漢水が、水利に優れ、土地に豊かな恵みをもたらすとすれば、どうしてこれまで、ここに都を建てた者がおらず、栄えた国がなかったのでしょう」

逆に問われて、世龍は答に詰まった。張賓はたたみかけるように続ける。

「かつて、長江の両岸とその南には、広大な国土を持つ楚《そ》という国がありました。楚が秦に呑み込まれ、後漢が滅びた後、中原は分裂して呉が興り、呉もまた晋に併呑《へいどん》されて今日にいたりますが、この江漢には一度も都が建てられたことはありません」

都に向いた立地ではないと言われても、世龍はこの土地が気に入ってしまったので、なんとか論破できないかと考える。

「それに、河北育ちの石将軍は、この土地の気候には耐えられないでしょう。一度でもここで夏を過ごせば、黄河の北へ帰りたくなります。いえ、冬を通して滞在することさえ、我慢できないでしょう。ここは石将軍には暑すぎます。石将軍の本拠地とするならば、かつて趙国のあった冀州が最適であります」

張賓は自信を持って断言した。

「瑯琊王は華北の生まれだが、建業《けんぎょう》がずいぶんと気に入ったようであるぞ」

このまま長江を下れば、瑯琊王司馬睿《えい》が逃げ込んだ建業である。八王の乱を避けて、長江の南まで逃げ延び、そこに根を張り始めているという。東海王を嫌い、晋朝の未来を憂える貴族たちは洛陽を捨て、瑯琊王を慕って建業へ移り住んでいるとも。

「自分が住めない、住みたくないと思う場所を征服支配したいというのは、傲慢ではないか。洛陽に生まれ育った皇族貴族らが建業に居着けるのなら、おれが江漢に住めないということはあるまい」

張賓も河北の生まれなので、暑い南部に住みたくないのかもしれないと、世龍の頭に穿《うが》った考えが浮かぶ。

「しばらくは、ここに軍府を落ち着けよう。孟孫を参軍都尉に任じる。軍中の実務を任せたぞ」

張賓は唇の端を少し引いて、不賛成の意思を示したが、それ以上は反論せずに軍事の采配に取りかかった。

端で息を詰めて会話を聞いていた一角は、残酷な策が出されなかったことにほっと息を吐いた。この先は晋の亡命者ばかりだ。張賓がいつ大規模な攻勢を提案し、世龍がそれを受けて武徳以上の虐殺を始めるかと、一角は気が気でない。

前回の洛陽攻略で、豫州と司州の城を多く落としたせいか、洛陽からここまでほとんど敵らしい敵に出会わなかった。盗賊が反乱軍となり城塞や城邑を占拠しているのを、和睦を求められれば応じて配下に吸収し、刃向かうようであれば撃破してきた。

世龍は長江に沿って、まだ落としていない城をすべて落としてから、ナランを呼び寄せようかなどとも考える。世龍自身は河北の厳寒は苦にならないが、暖かい土地であれば、ナランも元気になって子を産めるかもしれないと、真冬でも眼《め》に緑の沁《し》みる風景に、根拠のない展望を抱いた。

次に、幕下に控えていたジュチを呼んで同じ話をし、意見を求めた。ジュチは心許ない表情で、控えめに意見を述べる。

「冬でも雨が多くて、すっきりしない土地だと思います。沼も多いし、馬を走らせづらいかも。蹄の手入れも毎日しないと腐りそうですし。冬でこうなら、他の季節はどうなんでしょう。正直、米は食い飽きてしまって、餅《ビン》や饅頭《マントウ》が食べたいです」

餅も饅頭も、小麦粉を原料とした主食だ。華北では麦の栽培が主流だが、長江の流域は米が大量に作られている。とはいえ、華南でも麦は育てているはずであるし、小麦粉を使った料理がないわけではない。器と箸を必要とする米は、手づかみで食べられる餅に比べると、兵糧としては不便でもある。

ジュチが米よりも餅を懐かしがっているのならば、河北から連れてきた兵士も同じであろう。土地の者に求めてなければ、兵糧から小麦粉を出して供給することを約束した。

次に、信頼できる腹心を集めて自立の志を話し、拠点としての江漢について意見を求めた。

「どの地で旗揚げしようと、どこまでもついていきます」

桃豹《とうひょう》は即答し、誰も異存はないようだ。

「ただ、地勢と気候は、もう少し調べてからの方がいいんじゃないですか」

世龍配下の将のうちでは、最も長い距離を旅し、多くの国を訪ねたシージュンが慎重な意見を出した。

「そういえば、江南《こうなん》では毎年たくさんの人が疫病で死ぬって聞いたことがあります」

誰かが思い出したように口にすると、天竺出身のクイアーンが同調した。

「暖かい土地なら、瘧疾《マラリア》ですかね。何日も熱が上がったり、下がったりして、体が弱って死んでしまう。運良く治っても、頭をやられたり」

クイアーンが指の関節で頭をコンコンと叩いて言い終えると、誰もが不安げに口を閉ざしてしまった。

南方には瘴癘《しょうれい》という、山河の放つ毒気によって引き起こされる熱病が多い。地方官僚は江南に赴任することを避けたがり、江南に封じられた皇族も、長江を渡って封国に住むことは滅多にない。南方へ侵攻した軍隊は、その半分も帰還できないという。

「おいおい、瘴癘が流行《はや》るのは、越南《えつなん》あたりのうんと南の方だぞ」

世龍はみなの不安を吹き飛ばそうと、笑いながら否定した。世龍は越南の正確な位置や地勢など知らないが、軍記や史書によれば、長江よりもまだ千里の彼方にあることは、知識として知っている。それに、長江のあたりに瘴癘が常に蔓延《まんえん》していたら、楚も呉も興らなかったであろうし、瑯琊王が建業に拠って再起を図ろうとするはずがないではないか。

第一、いまは冬だ。瘧疾《マラリア》は夏の流行病であると、世龍は主張した。

体の頑健な世龍は、苛酷な環境にあっても風邪で寝込んだことがなく、失念していたことがあった。

瘧疾は熱帯か温暖湿潤な土地に特有の夏の病であったが、感冒などの流行性の病は、多くは冬に流行し、南北関係なく多くの人々の命を奪っていたことを。

ひとつところに落ち着くことなく、転戦、また転戦して千里の道を移動し、気候と風土の異なる場所で冬を過ごす。河北よりは温暖な冬であったが、寒いことに変わりはない。疲労が蓄積されていたところに、天候が不順なため、後方からの兵糧輸送も遅れ、兵士たちは充分な食事が摂《と》れていなかった。

ばたばたと兵士が倒れ始め、薬の調達や治療もおぼつかないうちに、死者が出始めた。冬なのに死体が腐るという現象に驚きつつ、健康な兵士が遺体を葬る作業に追われていると、下流方面に放っていた斥候から晋軍が攻めてくるという報せが届いた。建業の瑯琊王が、江漢に石勒軍が布陣したことに危機感を覚え、先手を打ってきたのだ。

世龍は張賓の策を採って、撤退を決めた。

討伐隊が江漢に着いて目にした光景は、燃やされた輜重《しちょう》ともぬけのからとなった陣営跡のみであった。報告を受けた瑯琊王は、撤退の素早さと鮮やかさは、さすが北方民であると感心した。この瑯琊王司馬睿は、のちに東晋《とうしん》を建てる元帝《げんてい》である。

第六章　殺戮

　すでに、豫《よ》州では石勒《ろく》軍と戦おうとする勢力はほとんどなく、北上するにつれて郡の太守は逃げ、逃げなかった者は討たれた。東嬴《えい》公の子孫では、ただひとりの生き残りであった新蔡《しんさい》王を討ち果たしたのは偶然であったが、世龍を奴隷に落とした東嬴公司馬騰《とう》の血筋はここに絶えた。

　新蔡王討たれるの報に、国公も太守も進んで世龍の足下にひれ伏し、降伏することを選んだ。晋国を崩壊に導いた八王最後の皇族、東海王司馬越の本拠地、許昌城まで、世龍の進軍を遮る者は、誰もいなかった。

　戦わずに、ひたすら大軍を連れて移動しているだけのようだ。

　この時期、一角は世龍の側に控えながら、ほとんど物を言わなくなっていた。世龍も、一角に特に意見を求めることはしない。奇妙な緊張と、遠慮のような空気が、ふたりの間には横たわっている。

「東海王は留守か」

あまりにあっけなく許昌の城が落ちたので、世龍は拍子抜けする思いだった。四年前に汲桑と鄴を陥落させ、その足で許昌を目指したが、果たせなかった。その汲桑が討ち死にして、たった四年しか経っていないのに、なんという変わりようだろう。あのとき汲桑と世龍の前に立ちはだかり、敗北させた晋の将軍や太守は、どこへ消えてしまったのか。

世龍は許昌を守って討ち取られた将軍の名を尋ね、手厚く葬るように命じた。

投降者から東海王の動向を聞き出したところ、前年の暮れに、石勒軍討伐のために二十万の軍をおこし、洛陽から出立していたという。

「なぜ漢の劉聡や、前に許昌を奪い合った王弥《び》でなくて、おれなんだ？」

世龍は首をかしげる。度重なる漢の洛陽攻城戦でも、世龍は後方の郡県を叩いて回っていただけで、目立つ活躍をしたわけではない。世龍はいわゆる、大勢いる漢の諸将のひとりに過ぎないのだ。

「洛陽を攻めた数でも、将軍の序列でも、征東大将軍の王弥が鎮東のおれより上だ。遠く長江まで遠征していた石勒軍よりも、豫州あたりで暴れていた王弥軍を攻める方が近くて、補給も短くてすむ。あっちを先に討伐すべきじゃないのか」

長江付近にいた石勒軍を追っていれば、東海王の軍はその北の豫州で活動していた王弥との挟み撃ちになっていたことだろう。もっとも豫州は広いので、王弥とそのような連携は取れなかったであろうし、取る気もなかった世龍ではある。

「第一、洛陽攻略の総大将は、皇族の河内王《かだい》劉粲《さん》ではないか」

東海王は権力に執着するあまり、正常な状況判断ができなくなっているのだろうか。異民族憎しであれば、まずは匈奴でありながら、漢の劉氏の系譜を自称する、劉聡と劉粲の親子に牙を向けるべきであろう。

張賓が慇懃に応じる。

「おそらくは、懐《かい》帝の勅命によって派遣された冠軍将軍梁巨《りようきよ》を斬首し、武徳において晋兵一万を坑殺したことへの恨みかと」

漢軍の猛攻に撃破され、戦う意思を捨てた梁巨は早々に降伏を申し出た。しかし、それを拒否し、晋の援軍を皆殺しにするように進言したのは張賓であった。張賓はそれを忘れたか、覚えていないかのようなしれっとした顔でいってのける。

「自軍を見捨てて、ひとりだけ逃げ出した将軍か」

梁巨は立てこもっていた城壁を乗り越えて逃亡を図り、自らの兵士に取り押さえられた。武将としては最高に恥ずべき行為だ。斬首に値するのは当然ながら、兵士一万を連座させたのは苛酷であったかもしれない。

だが、それ以降、河南では晋軍に味方するものはいなくなった。東海王が洛陽の救援を各地に命じても、皇帝を扶《たす》けるために食糧や軍兵を率いて上洛する者はひとりもなく、出師《すいし》に当たって石勒討伐に参陣するよう檄《げき》を飛ばしても、誰ひとり軍を率いて応じることはなかった。

もはや国家としての機能を失ったことを、東海王が自ら露呈している。

理由はなんであれ、数いる漢の諸将のうち、石世龍を名指しで討伐するために、東海王が自ら洛陽から打って出たというのだ。

世龍は思わず笑みを浮かべた。

「それは迎えに行ってやらねばなるまいな」

とは言ったが、世龍は迎えを急がなかった。

許昌は晋漢の間で争奪が繰り返されたこともあったが、他の都市では考えられないほど、物資も食糧も豊かであった。城下の生産商業活動を再開させ、宮殿から奪い取った財貨を将兵らに分配し、街での遊興に費やすことを許した。

城下の治安が速やかに回復され、街が晋朝の治政下にあったころよりも繁栄することが、世龍と張賓の狙いであった。

敵に向かっては徹底して冷酷残忍に、味方と帰順者に対しては限りなく寛容で気前よく。張賓の示した方針を貫くことは、絶えず巨大な勢力の狭間で揺れる諸都市を手なずけるために、必要な姿勢であった。

何万という兵士と馬にたっぷりと休養を取らせる間、君子営の幹部たちは東海王を迎え撃つ準備に忙しかった。その足で洛陽へ攻め込むこともできるよう、遠征中に劣化した軍備を充実させ、兵糧を整える。また、洛陽へと斥候を放って東海王の動向と洛陽の現状を探らせた。世龍自身は、時間を取って平陽への報告書と、ナランへの手紙を書かせ、張賓ら腹心の将帥とは、野に出て東海王を迎え撃つか、城に拠って戦うべきかの軍議を重ねた。

「いつになったら東海王はこっちに攻めてくるんだ?」

城壁に登って洛陽の方角を眺め、世龍は首をかしげてうなじをポリポリと掻いた。一角をはじめ、随伴する側近たちは応えようもなく同じ方角へと視線を向けた。

東海王自身は、昨年の晩秋には直属の兵四万を率いて洛陽を出たはずであった。いくら輜重車が重く、雪解けで道の状態が悪かったとしても、春には許昌に姿を現し、とうに決着がついているべき距離だ。

もちろん、世龍は張賓の放った密偵らの報告によって、その理由を知っている。

常より東海王の専横を憎んでいた懐帝が、苟晞《こうき》に東海王討伐の密勅を出したのだ。もとより東海王と対立していた苟晞は、朝敵となった東海王を討つために天子の勅令を掲げて出陣した。これを迎え撃つために、石勒軍討伐どころではなくなった東海王は、許昌を通り越して東へ進み、豫州へ向かった。

かつては連携して汲桑軍を破り、鄴を奪還して世龍を北へ敗走させた苟晞と東海王が、現在は対立して死闘を繰り広げ、晋を破滅へと引きずり込んでいる。

自分の出番のないことを自嘲しつつも、大樹が倒れるときはこういうものなのかもしれないと、世龍は思った。

朝廷の左右の腕が、相手を捥《も》ぎ取るまで戦いをやめないのであれば、どちらが勝っても、晋がふたたび起ち上がることはないだろう。

世龍は早くも崩壊後の晋の行方と、これから倒すべき北の梟雄《きょうゆう》について思いを馳せた。

幽州の王浚《しゅん》、故郷の并州に割拠する劉琨《こん》とは、いずれ矛を交えることとなる。双方ともに強兵鮮卑《せんぴ》の友軍によってその地盤を死守する、手強《てごわ》い敵だ。だが、遊牧騎馬民族を盟友とすることは、諸刃《もろは》の剣であった。かれらは協力しているだけで、服従はしない。国をあげて傭兵業を営み、中原の富を吸い上げることにしか興味がない。王浚や劉琨から得られるものがなくなれば、掌を返してその喉笛に噛みつき、血肉を喰らい始めるだろう。

　王浚から段部《だんぶ》鮮卑を、劉琨から拓跋《たくばつ》鮮卑を引き剝がすことができれば、かれらの守る都市は、堀を埋められ、城壁を崩されたようなものだ。手足を縛られ、解体されるのを待つ、丸裸の羊も同然であった。

「冀州と幽州、そして幷州を手に入れたら、どうする？」

　声に出したつぶやきは、そばにいた一角に向けられたものだ。

　久しぶりに意見を求められた一角は、驚いてとっさには答えられない。考えてから、ゆっくりと言葉を選ぶ。

「三州を平定しても、それが全部、世龍のものになるわけじゃない。世龍は漢の臣下に過ぎないのだから。劉聡はそれぞれの州に刺史を任命するか、皇族に与える封土に分割するだろうね。世龍は幷州刺史か、魏郡の太守に落ち着くんじゃないかな」

「河北と河南を駆けずり回り、何万という兵を失って得るものは、一州もしくは一郡のみか」

　割に合わないことこの上ない。自立して漢と戦うことを想像してみたが、難しかった。世龍はいまでも劉淵を君主として尊敬し、異なる民族の融合された国作りという志に動かされていた。その息子たちが、劉淵の偉大さをひと匙《さじ》でも受け継いでいるかというと、大いに疑問であるが、いまのところ世龍に滅ぼされるほど愚劣な支配者でもない。

「でも、晋の朝廷がまだ洛陽にあって、王浚や劉琨が懐帝を奉じている限り、三州の諸軍事は世龍にしか務まらないから、いま心配することじゃないね」

建業に逃げた瑯琊王、司馬睿もいる。

まだまだ倒す敵には事欠かない。

いつ終わるとも知れぬ戦いにかり出されていたときは、家族と過ごせる太平を望み、戦う相手がいなくなると思うと、不安を覚える。

己の抱える矛盾にひとり苦笑していると、西の方から三十騎余の小隊が土煙を上げてこちらへ向かってくるのが見えた。敵には見えないが、平陽からの伝令にしては数が多い。

目を細めて小騎馬群の正体を見極めようとしていると、伝令の兵士が城壁を駆け上がってきた。

「さきほど、平陽から先触れの伝令が着きました。奥方様と若様のご一行がこちらに向かっておられ、二、三日のうちに到着するそうです」

世龍は兵士の話に耳を傾け、あらためて城壁の西を見やった。半里先の鳥を射落とす世龍の目には、先頭を駆ける騎手の装備も見分けることができた。

「いや、一刻以内に到着するだろう。西門から迎えを出し、宮殿に王妃の居室と従者の部屋を準備をさせろ。いや、迎えにはおれが行く」

世龍は命令を下し終える前に、城壁の階段へと駆け出していた。

突然、馬卒の手を借りずに自分で馬を引き出して飛び乗り、城門を開けよと叫ぶ世龍に、兵士たちはわらわらと飛び出し、慌てて対応した。直属の護衛は、急いで自分たちの馬を引き出し、単騎で城外へ駆け出そうとする世龍の後を全力で追った。

「何事か」

許昌の政務と軍府の実務に忙しい張賓は、書類に埋もれていた頭をもたげて、城門の開かれる音と戸外の騒ぎに眉を寄せた。喧噪《けんそう》の賑やかさに、敵襲ではなさそうと判断して、書類仕事を続ける。

城門から数十里のところで、世龍は家族に再会した。騎乗したまま抱擁を交わす世龍とナランを直視しないよう、双方の護衛や側近は城や地平線へと目を逸らす。

「無事のお便りをいただいて、すぐに駆けつけましたの。お元気そうですね。長江の流域は、どんな土地でした？」

「ナランこそ、体調を崩したと聞いて心配していたが、平陽からここまで駆けつける元気があったのだな。少し痩せたのではないか。無理はしていないだろうな。いや、美しいのは変わらんが」

世龍は子が流れたことには言及しなかった。本当に妊娠していたのかどうかも、いまとなってはどうでもいい。互いに無事で、こうして再会できたことが、何より嬉しいことであった。

養子のシンの肩を叩き、その幼さでここまで駆けてきた馬術と体力に感心してみせ、慰労する。

一年ぶりの団欒《だんらん》を過ごした世龍は、翌朝になって東海王死すの報を受け取った。

苟晞の軍と剣戟を交わしての、戦死ではなかったという。

援軍の来ないことと、皇帝に朝敵とされたことで、絶望と怒りの挙げ句に憂懼《ゆうく》の病を得て没したらしい。後事を託された太尉の王衍《おうえん》は、東海王の死を秘匿しようとしたが、洛陽に残されていた東海王の妃と嫡子を迎えにやらせたことで、秘密が漏れた。

二十万と号された大軍は指揮を執る者がいないまま、葬列の軍隊と化して東へと進んでいる。司馬越の封国である東海で、葬儀を行うつもりなのだろう。

「国政を壟断《ろうだん》し、皇族を殺しまくって、国を衰えさせておきながら、ずいぶんと都合のいい死に方だな」

世龍は立ち上がった。

「では、倒れた大樹の腐った幹と枝葉を、大掃除しにゆくか」

他の漢将に情報を流して、連携して攻撃する気はなかった。


ナランとシンに見送られ、世龍は軽騎兵五万を率いて東海王の葬列を追いかけた。

「東海王の軍は二十万だけど、五万で足りるの？」

久しぶりに馬首を並べて走らせながら、一角が訪ねる。

「ついて来るなと言ったはずだが」

世龍は無愛想に応じる。

「奥さんに頼まれたんだ。世龍が無茶しないようにって」

「そんなはずがあるか。第一、一角がついてきても、なんの役にも立たんだろうが」

むしろ足手まといだ。

「これで晋は終わる。誰の命乞いも受け付けん。禍根を断つために、一切の情けは無用だ。それが嫌なら引き返せ」

事前に知り得た情報では、東海王はこの討伐隊に、ほとんどの皇族と朝臣、洛陽のすべての精鋭兵士、そして要職にあった官僚と軍官を連れてきていた。つまり、この葬列は実質的に晋の中核である。東海王軍を率いる王衍は、尚書令かつ太尉であり、つまり朝廷における政務と防衛の最高機関の長でもあるのだ。

東海王と決別したことで、洛陽に置き去りにされた皇帝の運命は、世龍の知ったことではない。

一角が返事をしないため、世龍は最初の問いに答える。

「総大将の死は隠しきれるものではない。命を惜しむ奴《やつ》や末端の兵士は、とうに逃げ出している。半分も残っていればたいしたものだ。そして残っている兵士は、晋と身命をともにする覚悟のある者だ。生かしておけば、何度でも刃向かってくる連中だ」

「それだって十万だ。晋にもまだまだ優秀な指揮官はいる。洛陽攻城戦では、王衍は何度も漢軍を返り討ちにしているじゃないか」

「王衍の強さは、立てこもる城の堅牢さが八割と、使える将軍がいたのが二割だ。いまはそのどちらもない。追討に五万でも多いくらいだが、張賓がこれだけは連れて行けとうるさかったからそうしただけだ」

前方に何万という人馬の葬列が立てる砂煙を確認した世龍は、一万を後尾につけさせ、残りの四万を三軍に分けた。最高速で走れる一軍を葬列の前に先回りさせている間に、残る二軍で東海王軍の左右を挟み、後尾軍の三方から一斉に矢の雨を降らせた。

両側から追い上げ、走り抜ける騎兵に無数の矢を射かけられた晋兵は、防衛の陣を立てる間も与えられず、個々に盾を上げて身を守るのが精一杯であった。盾を持たない者、上げる間もなかった者は顔や肩、胸、あるいは背中に矢を受け、痛みに悲鳴を上げてのたうち回る。盾の陰で弓矢を構え、射返そうと半身を出した瞬間に、その喉に騎兵の放った矢が射込まれた。のけぞって倒れ、背後の兵士を巻き添えにして息絶える。

石勒軍の軽騎兵らは、一瞬たりとも馬蹄《ばてい》を止めることなく、射程ぎりぎりのところを走り抜け、間断なく矢を注ぎかける。たまりかねた晋兵が盾を掲げて、矛や剣で応戦しようと突出し始めた。しかしかれらは数歩も進まぬうちに、敵の馬に矛を投げつける猶予も与えられず、体中に矢を突きたてられて倒れてゆく。土砂混じりの息を最後に吸い込み、馬蹄の音の響く、土煙しか見えない地べたを這いずりながら死んでいった。

混乱の悲鳴と騒音は、波のように葬列の先頭へと押し寄せた。石勒軍の来寇を知った王衍は、配下の将軍銭端《せんたん》に迎撃を命じた。東海軍への攻撃に加わらず、先頭の柩《ひつぎ》を目指して馬を駆けさせていた世龍は、まっすぐに迎え撃ってきた銭端の前に馬を止め、立ちはだかった。

晋の重厚な鎧兜《よろいかぶと》に身を包んだ銭端は、大音声で呼ばわる。

「石勒はどこだ！」

このとき、世龍は東海軍に応戦の余裕を与えぬため、神速での移動を最優先した軽騎兵のなりであった。総大将に相応しい房飾りのついた冑《かぶと》ではなく、フェルトの帽子を被《かぶ》り、革の甲《よろい》は急所の補強に鉄の札と鋲《びょう》が打ってあるだけで、どちらも普段着の胴着や帽子と見分けがつかないものだ。しかも手にしているのは矛でも剣でもなく弓矢である。三品の第二位である鎮東大将軍の号を持つ者が、晋の大軍を相手に戦う装備ではない。

行く手を遮った騎兵を、銭端が雑兵と見誤ったのも無理はなかった。

「おれが石勒だ」

銭端は目玉が飛び出そうな勢いで見開き「きさまが！」と叫び、「おれは銭端だ！」と名乗るなり、馬の腹を蹴って手にした矛を突き出した。

銭端の矛が狙い定めた胸に命中していれば、世龍を背中まで貫いて馬から突き落としていただろう。だが、世龍の馬はすっと横に移動して、銭端の馬が駆け抜けるのを避けた。世龍は上体を反らすこともしなかった。

そして振り返りざまに弓に矢をつがえて、銭端が馬首を返し振り向いた瞬間に、その大きく見開かれた目に矢を放った。矢は右目に命中し、銭端は怒号を放った。しかし落馬せず、矛も落とさずにふたたび世龍へと突進する。最初の矢が命中した後も、世龍は目にも留まらぬ速さで矢を射続けた。まっすぐに駆けてくる銭端の鎧に覆われていないところは、あっという間に矢羽根で覆われ、顔や首が羽冠に覆われた奇怪な猛禽《もうきん》のように疾走する。

世龍は馬の腹を軽く蹴る。乗馬はすっと後ろに引いてくるりと向きを変えた。世龍の右傍らを、銭端は矛を構えたまま走り抜けた。馬は走り続け、かなり小さくなってから、銭端の体が馬から落ちていくのが見えた。騎手の体が地面を打ち、土埃が高く舞い上がる。馬は銭端を置き去りにして、土煙に霞む大気の彼方に消えた。

世龍の放った矢の何本かは、頸椎《けいつい》と動脈を貫いていたはずなので、銭端がいつ絶命したのかは、不明であった。

「晋にもこのような将が残っていたのだな」

名乗りのとき、銭端が将軍号を挙げなかったことから、もしかしたら将軍ですらなかったのではと、世龍は推察した。が、どちらにしても、最後の忠臣で勇敢な将のひとりだ。晋に殉じた将軍の名を、世龍は覚えておこうと思った。

「おれたちにも手柄を残しておいてくださいよ」

不満げな声に世龍が振り返ると、左右の爪牙として護衛を務めるクイアーンと孔萇が、恨めしげな顔で世龍をにらんでいた。軽騎兵装で出ると言ったのに、矛や長剣を担いできたため、世龍に遅れてしまったのだ。クイアーンはそのまま進んで、銭端の首を取りに行く。

「悪かった。次に将軍首が出てきたら、おまえたちに譲る」

世龍は歯を見せて笑った。

しかし、銭端のあとに立ち向かってくる武将は出てこなかった。東海王軍を率いる王衍が五十五歳の文官であり、武人でないことは誰もが知っていた。その王衍が石勒を討てと命じた将であれば、東海軍では最強の武官のはずである。

それが矛を交えることもなく斃されたのを目撃した晋兵らは、もはや戦意を失《な》くし、武器を捨てて降参するか、一目散に逃げだそうとした。だが、誰かが投降を叫び出す前に、世龍は片手を高く上げて、ゆっくりと下ろした。

逃げ道や隠れる場所を求めて揉み合う晋兵らの頭上に、五万の騎兵が一斉に矢を放つ。緒戦で矢を受けて死ななかった兵士は、この降り注ぐ矢を浴びて命を落とした。

真っ黒な雨の中を、痛みにあえぐ仲間の体を踏み越え、動かなくなった僚友の屍《しかばね》を乗り越えて逃げようとする兵士が射殺されて折り重なり、積み重なっていく。

世龍はこの掃討戦を横目に、東海王の柩車《きゅうしゃ》を囲む一隊へと馬を走らせた。そこでは、まだ百人近い無傷の晋人たちが固まり、盾や馬体で自らを守っていた。そのあたりだけ、それほど矢の降った形跡がなく、攻撃の手を控えるように指示されていたことが明らかであった。

柩を守るように盾を並べ、各々の武器を構える晋人の前に、世龍は馬を進めた。

「王太尉はいずれにおいでかな」

五十代半ばの、整った容姿と品のある官人が、まるで重たい荷物を負わされているかのような足取りで進み出た。世龍は馬を下りた。

「漢軍、鎮東大将軍、平晋王の石勒。字は世龍」

まさに晋を滅ぼしたこのときに、平晋王を名乗るのは感慨深い。世龍はようやく劉淵に与えられた責務を果たせた気がした。

「王公とは、一度ゆっくり話がしたかった。二十年前、洛陽の屋台で、胡人の少年をさらわせたことは、覚えておいでか。人違いのようであったが」

世龍の百騎の将帥にすら見えない装備と、晋国の宰相をも見下す尊大な態度。生まれついての貴公子と評判の高かった王衍は、遠い昔に捕らえ損ねた異民族の少年の面影を世龍に見出《みいだ》し、天を呪わんばかりに慨嘆した。

「まさに石勒将軍が、あのとき東門で詩吟を披露していた胡人の少年であったか！　我の人相を見る目は正しかった！　そなたはまさに、天下の患いとなる胡雛《こひな》であったことだ！」

遠い昔に晋滅亡の芽を摘み損ねた王衍は地団駄を踏んだ。だが、すでに決した命運に抗《あらが》うすべもなく、世龍の下した武装解除の要請には唯々として応じた。

連行されていく晋の貴人らを、一角は少し離れたところから見守っていた。

十万に近い人間が半日も経たないうちに殺戮された現場にいることは、一角の体質上とても厳しいのではないかと、世龍は考えた。近寄ってみれば、一角の目はうつろで、顔色は真っ白、何度か吐いたのだろう、口元は濡れて酸っぱい臭いがする。

ジュチがつきそって、いまにも倒れそうな一角を支えていた。

「どうしてこいつを連れてきたんですか」

戦働きに加われず、途方に暮れた調子で、ジュチが訊ねる。

「さあなぁ。来なくていいと言ったし、何が起きるかも話してあった。それでも来てしまったのは、一角が自分で選んだことだ」

世龍の声が耳に届いたのか、一角はゆっくりと顔を上げた。

「うん。自分で選んだんだ。自分が選んだ道が、どういう結末を迎えるのか、ちゃんと見ておかないといけないと思ったんだ」

かすれた声で、一角はひと言ひと言を、ゆっくりと口にした。

「あの貴族たちがどうなるか、訊かないのか」

世龍の目配せに、一角は世龍の目をじっと見てから、やはりかすれた声で静かに応える。

「みんな、殺しちゃうんでしょう」

世龍は無表情にうなずいた。

「ひとりひとりの姓名と官職を明らかにしてから、処刑する」

一角は眉を寄せた。黄玉の瞳に責める色が閃《ひらめ》く。世龍も眉間に皺《しわ》を作って、厳しく断言する。

「かれらは、晋の国体そのものだ。腐りきった晋とともに、滅びなくてはならない」

「世龍がそう言うんなら、そうしなくちゃならないんだろうね」

一角は呆然としたまま、無理矢理に言葉だけを口から押し出しているようだ。その視線は、ひたと世龍の額に据えられている。

一角の瞳には、世龍の頭上に白い光輝が映っている。これだけの殺戮を遂行してもなお、世龍の額から聖王のしるしが消えないことが、一角には信じがたく、理解できなかった。

聖王とは、天命とは、いったい何なのだろう。

一角はひどく混乱して、世龍の非道を責める余力を持たなかった。


王侯卿士《けいし》らの処刑が済むと、世龍は東海王の柩に火を放った。

肉体と遺体の損壊は、漢族の最も忌避するところであるという。肉体の保存が、死後の再生なり転生なりに不可欠なのだそうだが、そうした考えは世龍にはよくわからない。今生における仮の容《い》れ物《もの》に過ぎぬ肉体は、火葬にして何もかも地上に残さないという仏教の葬礼のほうが、よほど世龍の感性にしっくりくる。

ただ、天下を乱し、権勢のために己が宗室を破滅に導き、国を滅ぼした大罪は『すべてを燃やして灰となされる』ような、漢人にとってはもっとも受け入れがたい『永遠の消滅』によって、報いを受けるべきであった。

そして東海王司馬越の骨肉を焼いて立ち昇る煙を、天と地は照覧すべきであった。

柩と東海王の骨が燃え尽きると、世龍は洛陽に兵を向ける。

　その途上で、東海王軍と合流するために、洛陽を出て東海を目指していた司馬越の妃と世子である鎮東将軍の司馬毗《ひ》の一軍と戦い、これを敗北させる。同行していた宗室に連なる三十六王、数十人にのぼる貴族高官らも捕らえられ順次斬首された。生き延びて奴隷に落とされた者、隙を見て逃げ延びた者はほんの一握りであった。主立った者たちの首級を平陽に送り届ける手配を済ませ、東海王軍を全滅させた石勒軍は、許昌へ帰還した。

　開け放した窓から夏の爽やかな風が吹き込み、閨《ねや》の帳《とばり》と油灯の火が揺れた。

「一角、また寝込んでしまったのね」

　世龍のかたわらで、ナランが心配そうにつぶやく。

「ああなるのを覚悟で、本人がついてきたんだ。今回はどう考えても無道な殺戮だったが、何一つ文句を言わなかった。どういう心境の変化だろう」

　ナランは目蓋を半分閉じて、眠たげな声で応じる。

「わたくしたちの世界のありように、慣れようとしているのかもしれない。いつも思うの。一角の生まれたところでは、誰も殺し合ったり、傷つけ合ったりしないのかしらって。誰もが一角のように優しい心で、弱い者、小さい者をいたわり、いつも微笑んでいるのかしら、とも。そんな幸せな国が、この地上のどこかに本当にあるなんて信じられないけど。そこから連れ出されて、この闘争と殺戮に満ちた天地に放り出されてしまったのは、一角にとってはとても不幸なことだと」

ナランは、一角のことを『どこか遠くの国から、見世物にされるために攫《さら》われて、連れてこられた、人間に近いなにか』と教えられ、そう信じている。

物語や地理誌には、一角よりもよほど珍奇な見た目や生態をした『人間に似た生き物』の解説や絵図が載っている。そういう生き物がどこかに実在しているのなら、目と髪の色が少し珍しく、成長が遅くて極端に感受性が強いほかは、ふつうの人間と見分けのつかない一角の存在も不思議ではない。

世龍があまりにも自然に、家族の一員として扱っているせいもあるだろう。配下の桃豹といった腹心や古参の将帥も、いつまでも年をとらない弟であるかのように、一角と接している。

世龍の族弟ジュチも、再会したときは「相変わらず小さいな。いや、少し背が伸びたか」と、本来なら同い年かもっと年上のはずの一角に、屈託なく話しかけていた。

「シンはすぐに一角を追い越してしまいそうね。ときどき思うの。一角は、わたくしたちが年を取って死んだあとも、ずっとあのまま、ゆっくり生き続けるのかしらって。こんな血なまぐさい天地でひとりきりになるくらいなら、生まれた国へ返すことはできないのかしら、と」

世龍は自分が死んだ後のことなど、考えたことがない。だが、そこに残していくものがあると考えるのは、あまりよい気分ではなかった。

「おれたちがいなくなったら、また誰かと出会うだろう。おれと出会う前は、雑技団で曲芸を見せて活計《たつき》を立てていた」

ナランは目蓋を上げて、世龍をちらりと見た。薄い笑みを口元に刷く。

「あら、意外とたくましいところがあるのね。少し安心しました」

それよりも、とナランは半身を起こして、しなやかな手を世龍の肩から首へと這わせる。

「あなた、そろそろ側室をおもちになりませんこと？」

「──え？」

世龍は何かを聞き間違えたかと思い、開きかけた口を閉じる。

「わたくしが嫡子を生まねばなりませんのに、三年経ってもお子を授かることができず、このままでは石家が途絶えてしまいます。三人ほど、良家からこれはと思った女子を選び、侍女として連れてきました。明日からひとりずつ閨《ねや》にお召しに──」

「ちょっと待て」

一年ぶりに水入らずで夜を過ごせているのに、何を言い出すのかと、世龍は慌てた。そういえば、ナランは新顔の侍女を連れてきていた。注意は払わなかったが、三人ともナランに負けず劣らず美しく、若かったと記憶している。

「いやいや、おれは毎晩でもナランと寝たいぞ」

飛び起きて断言する世龍に、ナランは嬉しそうに笑い声を上げた。笑いすぎて目尻に滲んだ涙を手の甲で拭う。

ナランは真面目な顔になって、寝台の上に正座した。

「世龍さまのお気持ちはとても嬉しいです。ですが、世龍さまは今年でおいくつになります？」

「えーと。三十……いくつだったか」

「おとぼけにならないで」

ナランは人差し指を伸ばして、世龍の高い鼻梁《びりよう》を撫で、眉間の皺を伸ばし、驚いたときにできる額の横皺を指先で辿った。

「三十よりは四十の方が近くておいででしょう？　長子が成人したときに父親が六十のおじいさんだったら、我が子がかわいそうだとお思いになりませんか？」

世龍は返す言葉もない。皇帝の劉聡など、世龍とそれほど年は変わらないのに、皇子時代からすでに十人以上の息子がいる。女児は表に出てこないので、正確な数はわからない。皇后と側室合わせて二十人は超えているし、後宮にいる女官の数は増え続けるばかりだという。

劉聡の女色狂《にょしょく》いには、世龍はいささか嫌悪感を覚えている。父の正室単氏を娶った事案は、皇太弟の劉乂《がい》を始め、匈奴人からも疑問視する声があがった。実母との再婚は、匈奴にとっても禁忌であったからだ。そして、父帝の皇后は嫡母であり、庶子の劉聡は実母と同等に敬わねばならない相手だ。実母と異母兄が同衾《どうきん》するなど、劉乂にとっては、まったくもって論外であったろう。

まして義理の関係だけではなく、姓を同じくする相手さえも近親婚の大罪と見做す漢族たちの反発は激しい。治める民の半数を占める漢族が人道と認めない習慣は、国を統べる皇帝として、控えるべきではないか。

とはいうものの。

聡明なナランが世龍にとって、不都合な側室を選ぶはずもなく。

ナランは世龍の膝に乗って、首に両手を回した。

「わたくしと側室を合わせて、少なくとも四人の息子が生まれれば、石家も安泰です。男女ふたりずつでも、問題ないです。わたくし、子どもはたくさん欲しいのです。司馬の八王や、劉和のように兄弟を慈しまぬ愚昧な人間に育たないよう、ちゃんと教育いたします」

世龍はたくさんの子どもたちと、複数の妻に囲まれているところを想像してみた。

一夫多妻は珍しいことではないが、世龍は自分がそんな福運に恵まれているとは思ったことがない。だが、血族のいない自分がこれから家をもつのだから、子孫は多い方がいいだろう。女が出産で命を落とす危険は、男が戦死するのと変わらないともいう。世龍の姉も、難産の末に亡くなった。ババルは母と妹を同時に失った。

ナランひとりにそのような危険を負わせるのもかわいそうである。それに、世龍には女の親族もおらず、ナランには頼りになる同性の姻戚もいない。姉妹で嫁ぐ例もあるのだから、ナランも気の合う媵妾《ようしょう》を連れてくればいい。世龍の子を産んでくれる女なら、家族として大切にできるだろう。

「ナランが、それでいいのなら」

世龍も叶うことならば子どもはたくさん欲しかった。家族に縁のなかった前半生を一瞬だけ振り返って、世龍はナランを抱きしめた。

噂をしたせいか、劉聡から洛陽攻略の命が下った。世龍は精鋭の騎兵三万を率いて河南に入り、王弥《おうび》と劉曜《りゅうよう》と合流したものの、洛陽はすでに陥落していた。

「暑いな」

遠くに立ち上る幾条もの黒煙を眺め、世龍はつぶやいた。いまごろ、城内は掠奪と殺戮の嵐だ。もとより石勒軍は掠奪を禁じているので、このときに連れてきた将兵に例外を許すわけにはいかない。

それに、洛陽には掠奪できるものなど、ほとんど残っていないはずである。東海王が石勒軍討伐を掲げて出陣したとき、精鋭の兵士と王衍以下の優秀な官僚軍人をごっそりと引き連れていっただけでなく、兵糧も物品も可能な限り持ち出していた。漢軍が攻め込む前にすでに、治安の悪化した城下では盗賊が横行し、人々は食べるものもなく餓えに苦しみ、洛陽から逃げ出す力もなく、行くあてもない者しか残っていなかった。いま漢軍が虐殺し、掠奪しているのは、そういった晋国の残骸でしかないのだ。

「いかないの？」

馬首を並べる一角の問いに、世龍は大儀そうに応える。

「おれはもう、充分殺したからな」

洛陽にあとどれだけの人口があって、いま何万という屍の山が積み上げられているのか、別に知りたくもないと世龍は思った。

世龍は洛陽に入らず、兵を返して許昌へと帰還した。

洛陽脱出に失敗した懐帝司馬熾《し》が、漢軍に囚われ玉璽《ぎょくじ》とともに平陽に連行された。

晋の首都、洛陽が異民族によって占領され、破壊され尽くした『永嘉の乱』は、それまでの中原の姿を大きく塗り替えた。

数多《あまた》の異民族が入り乱れ、華北を支配した、百年を超える乱世の序章でもあった。

永嘉の乱と西晋の滅亡(316年)

第七章　誅殺

東海王軍を殲滅した功績によって、世龍は劉聡から征東大将軍を任じられたが、辞退した。安東でも鎮東でも征東でも、やることは同じだ。晋の残党狩りである。晋軍の王侯、太守、将軍を討ち取り、あるいは捕獲する。司馬姓を名乗る王公は見つけるなり斬り捨て、帰順を誓う官吏は取り立てた。

そこへ、東海王の死後、晋の大将軍に昇進していた苟晞《こうき》の消息が伝わってきた。洛陽の陥落時には、苟晞は陳留郡《ちんりゅう》にいて、懐帝の救出と遷都の準備をしていた。懐帝が漢の手に落ちたのちは、逃げ延びてきた豫章王《よしょうおう》を皇太子に立て、沛郡《はいぐん》に群臣を集め、晋の再起を図っているという。

「これは、討伐しなくてはならないな」

汲桑《きゅうそう》の乱で敗走させられた雪辱を果たすべく、世龍は嬉々《きき》として兵を出そうとしたが、張賓《ひん》に止められた。

「荀晞の欠点を覚えておいでですか」

もちろん知っている。

「度を超した厳罰主義の処刑好きで、兵士にも庶人にも、嫌われているんだったな」

即答する世龍に、張賓は満足げにうなずいた。

「いま、せっかく新皇太子のもとに参集しつつある晋の旧臣たちですが、流亡の朝廷ですから、荀晞にはかれらに差し出せるものもありません。望みの官職や官位に応じた俸給にありつけずに、不満を募らせていることでしょう。さらにこの夏は、沛郡では日照りが続いており、旱魃《かんばつ》が予想されます。展望の暗さと不作への不安から、人心は非常に不安定で、官吏の離反や兵士の脱走を防ぐために、荀晞は苛酷な刑罰を科しております。もう少し、そうですな、実り少なき収穫期が過ぎて、兵糧の補給が怪しくなるころまで、待った方がいいでしょう」

すでに荀晞の動向を把握し、上申する策を決めていた張賓の周到さに、世龍は舌を巻く。

「孟孫は悪辣な軍師だな。いや、これは褒めているわけだが。その策はおれの心に適う。当然、沛郡の人心と新朝廷の群臣どもの不安を煽《あお》る流言も、すでに広げているのだろうな？」

「御意」

戦闘とはいいがたい、一方的な東海王軍の虐殺と洛陽の陥落という、後味の悪さを世龍は引きずっていた。荀晞や王浚のような狡知《こうち》に長けた勇将と、知力を尽くして戦うことへの欲望が、満たされていないのだ。

「ならば、そっちは孟孫と張敬に任せて、おれは幷州にでも遠征してくるか」

「将軍閣下」

張賓がおそろしく生真面目な顔をして、一歩踏み出した。

「そろそろ、腰を落ち着けて、国造りの根幹を定めていただきたく」

「おう。そうだったな。だが、劉聡に許昌の太守を命じられたわけでも、豫《よ》州の刺史に任じられたわけでもないが、ここで始めるのか」

皇帝を姓名で呼び捨てておきながら、勅を待つ敬意はかろうじて保っている世龍である。

「君子営の基さえ盤石であれば、中原のどこへ行っても、お望みの国を創り上げることができます。むしろ、そちらの形態の方が、お心に適うのではありませんか」

張賓が暗に示したのは、世龍の先祖が拠っていた遊牧民の政治形態だ。拠点を定めず、家畜と部民を引き連れて草原を征く、遊牧の帝国。国家の中核は常に移動し、単于のいるところが首都であった。世龍が軍府と何万という兵士を率いて、河北と河南の戦場をさまよっているのも、草原の先祖の血がそうさせているのかもしれない。

だが、定住して農耕に生きる民が大多数の中原では、できない相談である。

さらに、世龍が足を留めた郡県における秩序を、たとえ一時的にでも回復しようと心を砕く張賓の頭を悩ませているのが、訴訟関係だ。

「胡人と漢人では、善悪の概念と、罪罰の線引きが異なりますので、片方にとって公正な調停は、他方には不公平となるのです」

「どうしてもそうなるか」

張賓の相談に、世龍も特に良策を思いつかない。

十八騎の諸将が群盗まがいの傭兵であったころのように、意見が割れた場合、罵り合って決着がつかなければ、双方の体力が尽きるまで殴り合い、和解する暇もなく次の戦闘と掠奪に出かけ、収奪品を分け合って酒を飲んでいるうちに、争っていたことも忘れるというのは、一般の解決策にならない。

周囲に及ぼす被害が甚大であるし、どうかすると初期の殴り合いで武器を持ちだして血の雨が降り、挙げ句に片方が殺されてしまう。

「まずは、胡人と漢人の訴訟は分けて、それぞれの掟と法に則《のっと》って裁く。胡漢の訴訟は、どうしたらいいかな。これも前例を積み重ねて折り合うところで法を整備していくしかない。根気の要る仕事だ。偏りなく訴訟者の話に耳を傾けることに向いた人材が必要だな」

「胡人と胡人の訴訟も、匈奴、鮮卑、烏桓、氐《てい》、羌《きょう》、その他で、またそれぞれが違う主張をいたして、丸く収めることが困難ですが」

世龍は頭を抱えたくなった。中原から異民族を追い出そうとする漢人の気持ちが、少し理解できそうな気がする。

渋い顔になる世龍に、張賓は穏やかだが厳しい言葉を浴びせる。

「流民、群盗、反乱軍が、やがて組織化され国の基となる事例と、烏合《うごう》の衆のまま討伐されたり、貧窮して霧散したりしていく例では、後者の方が圧倒的に多いわけですが、何がこの違いを決定し、道を別つかと申しますと――」

世龍の解答を待つかのように、張賓はそこで言葉を切った。

「万人に適用される法の整備と賞罰の徹底、統治体制の制度化だな。わかっている」

行儀の良い学生のように、世龍はすらすらと答える。だが、難しい言葉は知っていても、具体的にどうすればいいのかは、才能が戦闘指揮に偏っている世龍には思い浮かばない。

こういう問題がある、こうしたら解決するかもしれない、うまくいったので制度化し、今後もそのように運用する。そういった不文律は、万単位の軍隊ではある程度通用してきたが、司法や行政の本職を連れてこなければ、国造りどころか、地方の統治もままならない。

「行政も司法も孟孫が最善と思う方向で進めてくれ。適材があれば、どんどん採用して仕事をさせろ。失業して隠遁《いんとん》した晋の役人が、在野にあふれているだろう？」

そう意見したところで、行政も軍政も、軍の指揮もひとりの人間に求められる漢魏晋の官僚体制は、よほど優秀な人材が集まらなければ回らないのではと世龍は考えた。その多面的な業務をこなして生き残っている劉琨、王浚、苟晞といった晋将の才能は、卓越したものだと、内心で感服する。

宿敵の待つ征北の野望は、足下が固まるまでお預けのようだ。

「どうかされましたか」

思わず口元に微笑が浮かんだ世龍に、張賓はいぶかしげな視線を送る。

「いや、王浚や苟晞には、孟孫のような知謀の士がついているのかと思ってな」

「いないと思われます。いれば、とうの昔に晋に代わって天下を取っていたことでしょう」

青《せい》鸞《らん》
講談社文庫
50周年記念
特別書下ろし
霊獣紀 獲麟の書(下)
【初回限定特典SS】
篠原悠希
イラスト・斎賀時人
無断複
複製・転載・アップロー
転売を禁じます
NOT FOR SAL
講談社文

「平晋王石勒《へいしんおうせきろく》と結婚せよ」

ある日、唐突に父親からそう告げられたナランは、初めて耳にする人物の名に呆然とした。

南匈奴の単于《ぜんう》、劉淵《りゅうえん》の命令は、その臣下と家族にとっては絶対だ。父親が同姓同氏族の主君に仕える侍中《じちゅう》職である以上、娘であるナランもまた、劉淵の政略の駒である自覚はあった。

だが、この石勒なる人物、すでに齢三十を超えた奴隷あがりの傭兵であり、八王の乱に乗じて挙兵した一介の牧人であるという。ようやく十六を数える匈奴貴族の姫としては、いかに政略といえども、単于が手を結ぶ相手を選ばないというのはいかがなものかと思ってしまう。

「いや、石将軍は匈奴別部の羯族《けつぞく》の出で、東嬴公《とうえいこう》の奴隷狩りで山東に売り飛ばされる前は、羯胡部の小帥《しょうすい》であったというから、決して素性のわからぬ卑しい者ではない」

主君の命を受けた縁組であるため、娘にへそを曲げられては困る。劉 閏《りゅうじゅん》は必死で石勒の出自と功績を並べ上げた。

「主命とあらば」

ナランはそう応じて、父親を安心させた。だが、南匈奴攣鞮《れんてい》氏の女が生涯を共にする伴侶としては想定外の人物と感じてしまい、気持ちのやり場に困る。

父親が娘の穹廬《きゅうろ》から出て行ったのを見計らい、ナランは剣帯を締めて剣を背に負った。気晴らしの遠駆けに出ようとして愛馬に鞍を置き、ハミを噛ませる。

「ナランさま」

柔らかな女の呼び声に、ナランは振り向いてひざまずいた。

「青鸞《せいらん》さま」

ナランの視界に、声の主がまとう青い衣の裾《すそ》が、鳥の翼のように翻る。

主君劉淵の後宮において、正妃や母后からでさえ尊敬を受けている青鸞に、ナランは最上級の拝礼を捧げた。青鸞は妃妾のひとりというよりも、ト占師か巫女として劉淵の単于庭に君臨していた。

劉淵は出陣の前には青鸞に吉凶を占わせる。青鸞の祝福を受ければ、たとえ敗戦しても必ず無傷で帰還するという。

「ご縁談が調ったそうですね」

穏やかに問いかけられたナランは、艶《つや》やかな青鸞の顔を見上げた。

「もしかして、この縁談を単于に勧めたのは、青鸞さまですか」

青鸞は優艶な笑みを浮かべて、ナランを見つめた。

「勘のいいお嬢様。平晋王は、きっとナランさまを生涯大切になさいますよ」

ナランは首をかしげた。

「あら、でも殿方は賢《さか》しい女はお好きではないと、父はいつも申しております」

ナランの聡《さと》さは、長所のうちには数えられていない。口を慎むよう、両親や兄たちからいつも諭《さと》されている。

「ご安心なさい。平晋王は賢い人間がお好きでいらっしゃいます」

ナランは手綱を握りしめて唇をすぼめ、別の不安を口にした。

「平晋王は、これが初婚だそうですね。しかも、三十を過ぎて庶子もおいでではないとか」

男も女も、早婚かつ多産が美徳に数えられる社会である。年の離れた男の、最初の妻となることは、喜びに直結しない。むしろ、女に興味がないとか、子種がないのではなど、あからさまに口にできない問題でも抱えているのかと不安になる。

夫婦の間に子が授からねば、いつでも責められるのは女の方だ。さらに相性が悪かったら、目も当てられない。

青鸞は微笑んで、東を指差した。

「ご自分の目で確かめておいでなさい。それでもご不満なら、縁談を取り下げるよう、わたくしから元海《げんかい》に伝えます」

ナランは目を瞠った。青鸞には未来を見通し、人の嘘を見抜く能力があるという。だが、劉淵が一度下した決定を覆すほどの力を持つことは、初めて知った。

ナランは馬にまたがり、青鸞の指さした方へと馬を走らせる。青鸞は微笑を絶やさずナランの後姿を見送った。

青鸞はあたりを見回して人気がないのを確かめ、両方の袖をひらりと広げた。

青い衣の貴人の姿は空気に溶け、繊細な羽冠と長く優美な尾羽を風に靡《なび》かせた、凰《おおとり》を思わせる朧《おぼろ》な青い影に転じた。凰は藍の濃くなる夕暮れの空へと舞い上がる。

青鸞は上空から、馬を駆るナランの馬影を見下ろした。

聖王の器が放つ白い光輝へと、ナランがまっすぐに進んでいるのを目で追った青鸞は、光輝のさらに向こうに、幼い麒麟の気配を感じ、心の内で微笑む。

「わたくしに気がつくかしら」

あっという間にナランと世龍《せりゅう》の頭上を飛びすぎた青鸞は、人の形で馬を追う少年の上で旋回した。

青鸞の丸い瞳が、太陽の沈む地平に赤い光輝をまとう長身の人影を認める。青鸞はそちらへと方向を定めた。

青鸞の高い鳴き声に、宵空を見上げていた匈奴単于、漢王劉淵は左腕を上げる。青い凰はふわりとその腕に舞い降りた。

劉淵は目を細め、豊かなひげの奥から笑いを含んだ声をかける。

「その姿で空を舞うとは、今宵はずいぶんと機嫌がいいのだな」

青鸞は凰の姿のまま、劉淵の肩に飛び移り、翼を落ち着けた。

劉淵を守護してきた四十年は、霊鳥の雛にとってはほんの瞬きに過ぎない。だが、ともに眺めるこの宵の残照は、彼女の記憶に鮮やかに、そして永遠に残ることだろう。

（了）

張賓はにこりともせずに、即答した。世龍は眉を上げて張賓を見つめ返す。

言い換えれば、張賓は自分がついていれば、王苟《おうこう》に天下を取らせることもできたのだ、と断言したようなものだ。

「王浚も苟晞も、自身より優れた者に滅多に出会わないこともあり、他人を信じて容れる度量がありません。ゆえに知謀の士も、かれらの下に長くは留まらず、両将は己の才知のみに頼って生き延びねばなりません。どれだけ才に恵まれていても、人がひとりでできることには限りがあります。それがわからぬ者は、やがて淘汰《とうた》されていくばかりです」

言外に、世龍は世龍のままでいいのだと言われたようだ。

まだしばらくは、許昌にとどまって、征北の計画を練り、家族との時間を楽しむしかないようである。許昌の予想外の居心地の良さと、ナランに強要された子作りに励む日々も悪くはない。

それに、晋が壊滅して出撃の数が減った分、世龍は母とババルの消息を尋ねる余裕ができた。ジュチの体験が母とババルに当てはまれば、河北か河南の東部、黄河の両岸のどこかに売られていったはずだ。世龍は八方に人をやって、七年前の飢饉で売られていった羯族の女性と少年を捜させた。

さらに、体調の回復した一角を遠駆けに連れ出す。世龍は長く負い目に感じていたことを口に出した。

「おれと一角が、どういう縁で家族になったのか、何度考えても偶然の結果としか思えんが、そのためにおまえにはずいぶんと苦労をかけている」

城外の気持ちのいい野原で、馬を歩かせながら謝罪めいたことを口にする世龍に、一角はむしろ焦った。

「苦労とか、そんな風に思ったことはない。ぼくなんて、なんの役にも立ててないし、足手まといだし」

世龍は笑いをこらえきれずに吹き出した。

「役には立っている、というか、立ったことはある。そして、そのことで、おれは一角に命の借りもあるわけだ。だから、謙遜も卑下もするな」

世龍は考えに沈んで言葉を選び、そして問うた。

「おれが無道を働くたびに、その罪が痛みや病となって自分に降りかかることを知っていて、霊名を教えたのか」

一角は少し考え込んでから応える。

「知っていた気もするけど、それがこんなつらいことになるとは、わかっていなかったと思う」

唐突に、一角の胸にすべてを打ち明けたいという衝動が湧き上がった。だが、自身の霊格を高めるために、聖王の資質のある人間を見守り育てるという動機は、それが天命であっても、とても利己主義な自分をさらけ出すようで心が冷える。それに、天界や仙界について、地上の人間に話すことは禁じられていたので、たとえそうしたいと一角が心底から望んでも、すべてを打ち明けることはできなかったであろう。

「ぼくは、世龍なら、みんなが傷つけ、殺し合わなくてすむような国が作れるんじゃないかと、思った。でも、ぼくの思う『聖王の治める平和な世界』って、人間の住める世界とは違うってだんだんとわかってきた。世龍の創り上げたい世界にいて欲しくない人間たち――王衍《えん》みたいに、漢族の流儀だけが正義だと思っているひとたちとか、誰の言葉も信じられず、いつもいつも疑って、裏切ることと、裏切られることしか考えられない人とか、恨みや妬みを宝物のように大事に胸に抱えて、人を傷つけることが楽しくて仕方がない人たちとか――そういう、心や言葉を尽くしても、どうしても折り合えない人たちとは、住む場所を分けて、干渉し合わずに生きればいいんだろうけど、それも難しいし。どうしたら考えの違う人々と戦わずにいられるのか、ぼくはその答をもたないから――」

「だから、東海王軍の殲滅についてきたのか」

世龍は静かに訊ねる。一角ははっきりとうなずいた。

「ぼくはね、いままではただの傍観者だった。世龍が道を外したら、身を引くこともできた。でも、そうしたくないと、いつからか思うようになっていたんだ」

核心に触れずに、心のまことを表そうとする一角の言葉は、世龍には伝わりにくい。だが二十年も前に、洛陽で巡り会った少年のときの記憶を尊重したい世龍にとって、たとえそれが自分の望まない方向でも、世龍の味方でありたいと結論を出した一角の思いはありがたい。

「一角がおれに愛想を尽かしていなくなっても、おれに文句はいえない。おれの生き方は変えられないからだ。だが、おまえはおれにとっては家族だ。これは、未来永《えい》劫《ごう》、絶対に変わらない。一角がおれを必要とするときは、いつでも力になるし、一角がこの世界に帰るところを見失っても、おれのところに一角の居場所は必ずある」

一角は世龍の立てた誓いが、必ず実現されるとは、まったく期待していなかった。

収穫の季節が過ぎ、世龍は一軍を率いて豫章王と荀晞将軍の立て籠もる、沛郡へと侵攻した。

配下の将兵には、荀晞は生け捕りにし、大将格と官吏はあまり殺すなと伝えてあったが、陰で「うちの大将も丸くなったな」などと言われているようである。

一角が非殺を望むからというわけではない。実務に長け、人を動かせる人材は常に貴重であったからだ。亡国への義理を忘れて新しい国を創ることに賛同してくれるのならば、世龍は寛大な処置をもって受け入れ、以前と同じ官職を用意して幕下に迎え入れるべきと考えていた。

世龍は、晋国の将軍格を麾下《きか》におさめたいという欲望を抱き始めていた。

世龍とは不倶戴天《ふぐたいてん》の因縁を持つ名将の荀晞が、石勒軍の幕僚に加われば、平晋王の名声も上がるというものだ。荀晞に苦しめられ続けた同僚の王弥など、地団駄を踏んで悔しがるであろう。

順調に城を落とし、投降を拒否した者は討ち取り、敗北した者を捕らえ、帰順するよう説得する。そしてついに、荀晞の守る蒙城《もうじょう》を囲んだ。

世龍は城壁から矢の届かない距離に兵士を並べ、次のように合唱を続けることを命じた。

『抵抗し続けて無残な死を遂げるか、降伏して美味《うま》い飯と酒にありつくか、どちらかを選べ』

けた。門を見張っていた部隊がたちまち躍り込む。

昼も夜も、交代でこのように脅しをかけているうちに、自発的な内通者が城門を開けた。門を見張っていた部隊がたちまち躍り込む。どの兵士も『武器を持つ者は斬る!』と叫びながら城下を駆け巡り、たまたま棒や鋤《すき》を手にしていた者でさえ斬殺されていくので、蒙城の兵士と庶人はたちまち武器を捨て、屋内に閉じこもり、石勒軍の入城を許した。

引き出されてきた豫章王と荀晞を、世龍は満面の笑みで迎えた。

「荀閣下が、清淵《せいえん》で汲桑軍を潰走させたときの戦法を手本にしました。実に効果覿面《てきめん》でありましたな」

四年前、兵士の士気を挫《くじ》くために、脅し文句を流言に乗せて広め、汲桑の軍を崩壊させたのは荀晞の策であった。言い回しは同じではなかったが、世龍はこのときの屈辱をずっと忘れず、荀晞が汲桑の兵に放った恫喝を覚えていたのだ。

ただ、敵が劣勢となり、士気が下がってきたときでないと、最大の効果を期待できない戦術でもある。荀晞の軍は、籠城したところで救援はどこからも来ない。兵糧もひと月分あるか怪しいところであった。世龍は戦う必要すらなかったのだ。

枷《かせ》を嵌《は》められた荀晞は、悔しさに歯ぎしりをした。罵声を浴びせようとしたが、猿ぐつわを嚙まされているので、うめき声を上げるのが精一杯のようだ。

「荀将軍の官職は録尚書事、これは宰相職か。これに相当する官位で当府に空きがあるのは――」

世龍はいったん話を切って、腹心の張敬と言葉を交わした。

「我が君子営における、左司馬の職はいかがかな」

荀晞は、おそらくは罵倒と思われるうめき声を上げ続け、やがておとなしくなった。聞き捨てならない侮辱を世龍に浴びせて、側近のクイアーンが荀晞を斬り捨てざるを得ない状況となるのを避けるための猿ぐつわだ。

枷をつけられたまま、荀晞は他の虜囚とともに許昌に連行された。

荀晞らを乗せた檻《おり》馬車を見送り、世龍は豫章王の処刑に立ち会う。

「降伏して、帰順する！　そちの臣として仕えてもいいし、庶人として生きてもかまわない！」

必死の命乞いに、世龍は少しばかり同情を覚えた。生きたければ皇太子として立たずとも、瑯琊王のように、長江の南へ逃げれば良かったのだ。あるいは、誰の手も届かない、誰ひとりとして彼の名前も出自も知らない、地の果てか、海の彼方へ。

「次に生まれてくるときは、司馬姓だけは避けるのだな」

そう告げて、執行人に斬首の合図を出した。

足下に豫章王の首が転がったとき、世龍の掌がちくりと痛んだ。いまごろ、許昌の宮殿で、一角はまた熱を出しているのだろうか。だが、この沛郡遠征では、必要最低限の血しか流れていない。

晋を開いた司馬氏の系譜は、断たれなくてはならないのだ。本人が望まずとも、まわりがこうして担ぎ出す。敵からは命を狙われ、味方には利用されるだけだ。せめて来世では、皇族以外の身分に生まれてくるよう、祈るだけである。

許昌へ帰還した世龍に、漢帝劉聡から昇進を告げる勅書が届いていた。

「征東大将軍と、幽州牧か」

読み書きのできない世龍ではあるが、認識できる文字は少なくない。将軍号や地名くらいは、人に読んでもらわずとも意味を取ることはできた。

「将軍号はいらない。幽州はもらう」

幽州は王浚が実質的に支配しているので、有名無実の官職ではあるが、晋朝が滅んだいま、正規の幽州長官として、王浚を討伐する大義名分にはなる。

「では、幽州牧を拝領する礼文と、将軍号を辞退する返書を用意します」

張賓が右筆に文書の手配をする。

「あと、王大将軍から書簡が届いています」

「王弥から？」

不機嫌に鼻を鳴らして、張賓の差し出した書簡を広げた。ずらずらとした文字の羅列を一瞥《いちべつ》してから、張賓に突き返す。

張賓は書簡を読み上げた。

苟晞を捕らえ、これを赦したことを褒め称え、苟晞と王弥が世龍の左右に在れば、天下は定まるだろう、という内容である。

世龍は鼻で笑った。

「おれを持ち上げてどうするんだ」

洛陽へ攻め入り、掠奪の限りを尽くした王弥であったが、その後は漢帝の劉聡から斉公《せいこう》に封じられ、大将軍の将軍号に任じられていた。

世龍よりも高位にある王弥が、へりくだって若輩の世龍に仕えたいなどという戯れ言を、本気で信じると思うのだろうか。

「王弥はおれを殺すつもりだったはずだが」

沛郡に出兵する前、王弥の動向を見張っていた世龍の游《ゆう》騎兵が、怪しい者を捕らえて連れ帰った。見れば王弥の腹心で、懐には青州刺史の曹嶷《そうぎょく》へ宛てて、世龍暗殺の協力を求める密書を抱えていた。

それに前後して、王弥は洛陽から掠奪した財宝や美姫を許昌に贈りつけていた。

当時の王弥は、洛陽陥落にあたって皇族の将軍劉曜と対立し、仲間割れの争いで千人を超える死者を出したことから、劉漢の帝室と溝ができつつあった。そのため、山東に勢力を広げる世龍を味方につけようとして、財宝を贈ったのだろう。世龍はそのように憶測していた。さらに、漢軍との対立の原因のひとつが、掠奪を禁じた劉曜の命令を王弥が無視したためであると聞き、世龍の共感は劉曜へと傾いた。

そのため、王弥からの財物は、みな配下の将兵に分配し、美姫は丁重な礼状とともに送り返した。

大量の贈り物は懐柔ではなく、世龍を油断させて暗殺するための第一段階であったのだ。もしかしたら、美姫が閨房《けいぼう》殺の達人であったかもしれない。

密書によって王弥の真意を知った世龍であるが、もともと好感を持っていなかったこともあり、こいつも斃すべき敵だと思い定め、密書の使者を密《ひそ》かに殺して埋めてしまった。

そこへ、このやたらとへりくだった文書である。

「曹嶷から返書がないので、焦っているのだろう。曹嶷と連携される前に、なんとか排除できないものか」

張賓もあれこれと知恵を出したが、王弥と世龍の勢力は拮抗《きっこう》しているため、勝算は高くない。王弥の動向と領国を監視して、叩く時期を計ることで同意した。

休息のために宮殿の奥へ行ったが、ナランは不在だった。

もともと活動的なナランは、ふだんから弓馬の練習などで屋内にいることが少ない。馬場か弓場にいるのかと侍女に訊ねると、城下にでかけているという。そういえば、このところは城下の染織工房や養蚕業者を訪ねて回るのが、ナランの日課になっていた。戦争と政治は男の、産業の育成は女の仕事という、遊牧民の主婦らしい働きぶりであった。

宮殿をうろうろしていると、一角が書を読む声が聞こえてきた。一角が一節を読み上げると、シンが復唱していく。世龍はそちらへ足を向けて、扉の外に立ってふたりの声を聞いた。

東海王軍殲滅以来、一角はほとんど表の軍事に顔を出すことをしない。宮殿に留まり、シンに学問を教えることに自己の存在意義を見いだしているようだ。

一章分を読み終えたらしく、声が静まる。扉が中から開いて、一角が顔を出した。

「そんなところに突っ立ってないで、入ってきたらいいのに」

「邪魔をしてはいかんと思っただけだ。シンはかなり読めるようになったんだな。発音も悪くない」

義父に褒められたシンは、嬉しそうにはにかんだ。立ち上がり、漢人風の挨拶で世龍を迎える。ひとときシンと言葉を交わして、世龍は一角を連れて宮殿を出た。軍府の置かれた庁舎へ行き、牢獄《ろうごく》へと降りていく。

身分のある者を収容する牢に案内された一角は、中にいる厳格な顔つきの男をじっと見つめた。

「とても真面目で、誠実な人だね。賢くて、心も体も強い」

そこまで言って、一角はやましげに目を逸らした。

「味方には、なりそうにないか」

一角は嘘がつけなかった。晋を滅ぼし、皇族を殺戮した世龍に、荀晞は決して膝を折ることはしないだろう。だが、そう断言すれば、荀晞は処刑される。忠義に励み、己の仕事を全うした人間が、そのために死なくてはならないのは、忍びないことであった。

「一角が間違えることもあるかもしれん。法に明るい人間が必要なのだ。しばらくようすを見よう」

一角の表情が少し明るくなった。

翌日、荀晞は牢から出され、軍府に左司馬の席を与えられた。

荀晞は己の節を枉《ま》げることをせず、解放されてからも石勒軍からの離反を謀り、ひと月後には謀反の企《たくら》みが露見して処刑された。

一角の良心や思惑がどうであろうと、荀晞の命運ははじめから決まっていたのだ。


乞活の反乱軍と交戦中に、王弥から救援の要請が来た。

「王弥も乞活の軍と戦っていると？　偶然にしてはできすぎだ。罠《わな》ではないか？」

王弥に張り付かせている密偵の報告では、本当のことらしい。

「王公に恩を売って油断させる好機です」

張賓の勧めに従って、世龍は軍を転じた。苦戦していた王弥と乞活軍を挟み撃ちにし、首領の首を挙げる。時をおかずに救援に駆けつけた世龍に、王弥は感謝の使いを送ってきた。

世龍が戦捷の宴に招待したところ、王弥は警戒したようすもなく応じてきた。王弥が曹嶷に暗殺をそそのかすために送った使者が、世龍の手によってすでに葬られていることを、未だに知らずにいるのだ。

「高祖の旗揚げに、ともに駆けつけて、まだ四年しか経っていないというのに、王大将軍とは十年もの間、肩を並べて戦い続けているような気がします」

年下で地位の低い世龍が腰を低くして杯を勧めると、王弥は感慨深げに嘆息した。

「元海《げんかい》はあまりにも早く、逝ってしまったな」

劉漢の高祖を字で呼び捨てにして、王弥は涙ぐむ。劉淵とは少年のころからの知己であることが、王弥の自慢であった。世龍に劉淵との思い出話をせがまれれば、悪い気はしないらしく、洛陽での日々を語り聞かせる。

憧れ続けた劉淵とは、ようやく出会って三年も満たない間に死別してしまった世龍は、劉淵と王弥の過ごした日々に嫉妬すら覚える。まして、王弥の強欲な俗人ぶりを見抜けなかった劉淵にも、だんだんと腹が立ってきた。

「漢の栄光と未来に、乾杯」

世龍が祝辞とともに王弥の杯を満たすと、王弥は冷笑とともに噴き出した。

「漢の未来？　劉漢に未来などあると思うかね。元海は百年にひとりの豪傑であったが、息子たちは俗物ばかりだ。父親が死んですぐに兄弟で殺し合い、劉聡ときては父親の后《きさき》と同衾するけだものだ。劉曜にいたっては」

王弥は怒りで耳まで赤く染めて、脇を向いて唾を吐いた。洛陽での諍いが脳裏に蘇ったらしい。

「洛陽を燃やしおった！　周《しゅう》の時代から続く悠久の名都であるぞ！　屠各《とかく》の豎子《じゅし》に、天下の何がわかるというのだ！」

酒と怒りで興奮し、声を震わせる王弥に、世龍はますます酒を勧めた。

「洛陽は、燃え落ちてしまったのですか。あの美しい都が！」

悲痛な声で調子を合わせる。

「おうよ！　さらに晋の皇太子を殺し、洛陽の男女三万を殺して京観《けいかん》まで築きおった！　胡狄《こてき》め！　しかも劉聡は劉曜を許したばかりか、車騎大将軍に昇進させた！　世龍よ、このままでは我らはやがて狡兎《こうと》を獲り尽くした走狗の如く、屠各どもに煮て食われてしまうぞ。ともに天下を目指さぬか」

その言葉が吐き出された瞬間、世龍は刀を抜き放って王弥の首を斬った。刀は王弥の首を半分ほど切り裂く。王弥は自分に何が起きたのか理解できないまま、噴き上げる自分の血を浴びつつ、驚愕《きょうがく》の瞳で世龍を見上げ、そのまま横にどうと倒れた。

「王弥は漢の皇帝と皇族を侮辱し、謀反の意志を明らかにした。よって、石勒がここに大逆の徒を誅殺した」

世龍の大音声に、一同は震え上がった。王弥配下の将兵も、漢室を侮辱する主人の言葉を聞いていたので、世龍に報復する大義がない。ただ呆然として、事切れた王弥の首を世龍が落とすのを見つめた。

世龍は王弥の髻《たぶさ》を摑んで拾い上げ、目の前に持ち上げて唾を吐きかけた。

「何万という敵の死体を積み上げて京観を築くのは、漢族の伝統であって、胡狄の習俗ではない。劉曜は貴殿らの『文明』とやらを真似《まね》しただけだ。野蛮なのはどちらか」

匈奴は、草原の民は、斃した敵の死体を顧みない。世龍が荒野に置き去りにした十万の東海王軍の屍のように。ただそこに置いて、風と鳥に弔わせて大地に還すのだ。

世龍は部下に命じて王弥の首を処理させ、謀反の証人とともに平陽の劉聡のもとへ送りつけた。

皇帝劉聡は、大将軍で公輔の位にある王弥を独断で誅殺した世龍に激高し、譴責《けんせき》するために平陽に呼びつけようとしたが、周りが止めた。王弥の軍を吸収した世龍の勢力は、皇帝ですらその離反を怖れるほど、強大になっていたのだ。

「それで、何か肩書きが増えたか」

劉聡からの勅書を前に、まだ開いてもいない張賓に内容の確認を催促する。張賓は片方の眉をちらっと動かした。
　皇帝からの勅書は、本来なら使者の前で跪き、使者が皇帝その人が読み上げている
かのように顔を伏せて拝聴すべきものである。
　だが、世龍はそのような手続きは無視した。劉聡も世龍も異民族の王侯である。中
華の皇帝の真似事など、王弥が劉淵を友と呼んだ同じ舌で、その眷属を胡狄と蔑んだ
のと同じくらい、滑稽で不誠実な茶番劇であった。
　張賓はもったいをつけて勅書を開いた。
「鎮東大将軍、都督幷幽二州諸軍事、幷州刺史、幽州牧、持節、征討都督、校尉、開
府――以上です」
　世龍は聞き取りつつ指を折りながら、少し考え込む。
「で、何が増えたのか。あるいは減ったのか」
「都督幷幽二州諸軍事、が増えました」
「つまり、さっさと劉琨と王浚を討伐して、幷州と幽州を平らげてこい、ということ
だな。人使いの荒いことだ」
　世龍は嘆息し、ナランが作った乳茶に塩を多めに入れて飲み干した。

第八章　再会

世龍は河北へは遠征せず、豫《よ》州の平定に専念した。

「大丈夫なの？　鎮南大将軍でもなく、都督豫州諸軍事でもないのに？」

許昌からゆっくりと南へ進みつつ、長江にいたったところで一角に問われる。五万の兵と、ナランとシン、そして側室たちも一緒である。女たちとシンは、長江の壮大な景色を喜んで眺め、黄河との違いを論じるのに夢中であった。

「不都合があれば、劉聡が討伐軍を送ってくるだろうさ。そしたら迎え撃つだけだな。漢にはここまで大軍を送り出す兵力はない。洛陽を落とすのに、何年かかった？　平陽から目と鼻の先の司州では、いまだに反乱が続いている。遠方はおれに征討をさせるだけさせておいて、だいたいまとまったところで暗殺者を送り込んでおれを殺し、残った領土と軍隊を丸呑《まるの》みするのが、まあ賢いやり方だな」

南征には賛成ではなかった張賓は、いつ会って話しても、渋面を維持していた。

それでも、南征を強く反対しなかったのは、建業に割拠する晋の司馬睿と残党は、いつかは取り除かねばならない憂患であったことと、そのために各地を平定しておいて、地理と地勢を調べ人心を集め、さらに北征における後背の不安を取り除くことが必要であったからだろう。

そして何より、正規の手続きをとらずに、朝臣であった王弥を独断で殺害したことを、劉聡は決して赦しはしないであろうことを、主従はよくわかっていたのだ。文字通り、漢の朝廷からしばらく距離を取るのが得策であった。

一角は朱厭を連れて、長江とその支流を観察して回った。

前に来たときは長江の神に会ってみたいと思ったが、会えても会えなくても、水神の治める地を訪れておきながら、祀《まつ》りもせずに帰ってしまったのは非礼だということに、あとになってから気がついたのだ。

支流に沿って深い山に入り、それでも人が通りかかったときの用心に、朱厭に見張らせておき、一角は人気のない水辺に下りていった。生《い》け贄《にえ》の捧げ物など用意できない一角は、一般に龍神が喜ぶとされる玉を用意して、木の板に彫った小祠《しょうし》に供えた。

針で指を刺し、一滴の血を絞り出して水に落とす。黄河で河伯の気を引いたのが麒麟の血であったのなら、これだけで長江の神に一角の存在は届くはずだ。それから玉を置いた木の小祠を手づくりの筏《いかだ》に載せて川に流す。川の中流へと押し流された筏は、川面に突き出た岩にぶつかって転覆した。小祠の破片は流されてゆき、玉は沈んでしまう。

一角は祈りを捧げた。

——北西の槐江山《かいこうさん》から来ました、一角麒です。西王母より天命を授かり、聖王の資質を持つ人間を守護しています。その者の軍隊がこの地を踏み、通過することをどうぞお許しください——

一角が祈り終えるのと同時に、水面がざわざわと泡立ってきた。まさか本当に水神が応えるとは思っていなかった一角は、畏怖にすくみそうになって水面を見つめる。泡立って見えたのは、無数の魚が集まり、水面に近い魚が下に集まった魚に突き上げられ、跳ね回っているためだ。

いや、魚ではない。胴体は魚というよりは獣のようであり、蛇のようでもある。鰭《ひれ》の代わりに一対の翼を持ち、顔はおぞましいことに人面であった。鳴き声も人間がわめくような不快な音を立てて、水面を跳ね回る。

一角は恐ろしさに後ずさりして、朱厭が見張っているところまで引き返した。

「どうした、水神は現れたか」

一角の青ざめた顔に、朱厭は軽い驚きと好奇心で訊ねた。

「この遠征はだめだ。すぐに、引き返すように世龍を説得しないと」

「不吉なお告げでもあったのか」

「たぶん。供え物が沈んだら、化蛇《かだ》の大群が浮かび上がってきた」

朱厭は喉の奥でヒュッと怯《おび》えた高い音を立てた。


一角は陣営まで戻り、世龍にすぐに引き揚げるように訴えた。

「戦もまだ始まっておらんのに。いまは拠点の置き場を探しているだけだぞ」

「今年はやめた方がいいよ。支流で化蛇の大群を見かけた。洪水が起きる予兆だ」

「かだ？　水蛇のようなものか」

昆虫や小動物が大発生したり、鳥獣が例年と異なる動きを見せたりするのは、天候不順、あるいは天災の予兆である。世龍は人生の半分以上を農耕と牧畜に費やし、間近に迫った異変を自然界の現象から読み取ってきた。まして、人ならぬ一角が、山気に感応して得たという凶兆と警告である。世龍は疑うことなく聞き入れた。

しかし、世龍は華北へ引き揚げることは微塵も考慮せず、長江の北岸からは引き返したものの、淮水《わいすい》を渡り、さらに支流を遡って、豫州のほぼ中央を占める汝陰《じょいん》郡の葛《かつ》陂《は》に腰を落ち着けた。

汝陰郡の平定を続けているところへ、張儒《ちょうじゅ》と名乗る人物が面会を求めてきた。

世龍は、張賓を始め、諸将らと地図を囲んで軍議を開いていた。

「誰だ？　地元の古老か。通訳を連れてこい」

「いえ、河北の方言で話します。数人の護衛と老婆と若い男子を伴っています」

取り次いだ兵士の報告に、世龍の胸に刺さるような痛みが走った。それは直感であった。

「連れてこい！　いますぐ、ここに！」

思わず口走ってから息を整え、張賓らに場を下がるように命じた。

「ジュチは残れ。卓を、かたづけろ……」

ジュチが戸惑いつつも地図をかたづけていると、世龍の動揺を感知したかのように、一角が駆けつけた。続いてナランとシンも、そのあとを追ってきた。それとほとんど同時に、兵士に伴われた初老の男が、軍議の間に入ってきた。長身のたくましい青年とその背に負われた老婆が続く。

「母さん！」

ひと目見るなり、世龍は母親の顔を見分けた。髪は真っ白で、実際の年齢よりもはるかに年老いてしまっていたが、すぐにわかった。床に下ろされた老婆に駆け寄って抱きしめようとしたが、老いて痩せた肩は、触れた途端に脆《もろ》く崩れそうで、袖に触れるのがやっとだった。

「いつまでも迎えに来ぬから、勝手に来たぞ。途中から雨続きで馬に乗れず、馬車に揺られてすっかり腰をやられてしまった！」

動きがぎこちないのは旅疲れのためらしく、口は達者であった。

世龍は隣の青年に目を移す。

「ババル！　立派になったな。十……、いくつだ？」

「十六です。ベイラ兄さん」

太くて深い、年齢に合わない魅力的な声であった。背は高く、肩幅は広く胸は厚い。顔は典型的な羯族で、なかなかの好男子である。

世龍は卵を抱えるように母親の肩に手を回して、部屋の奥へ招き入れる。ナランが事情を察して近づき、王氏《おうし》の手を取って椅子に座らせた。

「攣鞮劉氏《れんていりゅう》のナランと申します。世龍さまの正室を務めております」

「攣鞮氏の！」

慌てて腰を上げようとする王氏の肩に、ナランは優しく手を置いた。

「どうぞ、お楽になさって。お茶を淹《い》れさせましょうか、白湯がよろしいですか。乳茶も用意できます」

「おお、おお。美しくて、優しい、よい嫁御だ」

王氏はナランの顔を見つめ、皺の奥に埋もれた両目から、涙をこぼした。ナランのまとう滑らかな衣に枯れ枝のような指を滑らせ、嗚咽を堪《こら》える。

「ベイラは、あんたにいい暮らしをさせてやれているかね？」

「ええ、もちろんです。何不自由ありません。ただ、お忙しすぎて、会えないときの方が多いので、寂しいこともありますけど」

初めてナランの本音を耳にした世龍は、そのために母親に責められたがおとなしく拝聴した。

家族が感動の再会を果たしている間、一角は所在なげに立つ男に声をかける。

「遠路をいらしたようですが、お茶を用意させます。それとも、旅装を解いて、湯を使いますか」

「あ、いえ」

男は丁寧に揖礼《ゆうれい》をする。頭巾の形は儒学者が被るもので、生粋の漢人のようである。賢者の品格があり、王氏に雇われただけの、ただの案内人ではなさそうだ。

「私は張儒と申しまして、晋陽《しんよう》から参りました」

世龍は顔を上げて、大きな目を見開いて張儒の顔を見つめた。

「晋陽？　劉琨《こん》の拠点ではないか。どういうことだ」

「私は幷州刺史、劉平北《へいほく》将軍の使者です」

張儒は体に巻き付けていた布袋をほどき、中から細長い箱を出して蓋を開けた。中には折りたたまれた書簡が入っている。木簡や布帛《ふはく》でなく、紙の書簡であった。

「平北将軍より、石鎮東大将軍に、お伝えしたいことがここに書いてあります」

世龍は恭しく差し出された書を受け取り、封を見つめた。爪で封を剝がし、広げて眺めた後、周りを見回した。みな、世龍の顔を見つめている。

世龍は書簡を折りたたみ、一角に突き出した。一角は進み出て書簡を広げ、さっと一読すると、困惑の眼差しで世龍を見上げた。

「何が書いてある？」

「ちょっと、あの、別の部屋に行こう」

世龍を手招きし、少しずつ後ずさる。部屋を出る前に、ナランへと視線を移した。

「すぐに終わりますから、その間、お母さんたちには休んでもらいましょう。足を洗ってあげて、それから、張さんにもお茶を差し上げたり……」

そこまで言ったときには、一角の体は半分廊下の向こうに消えていた。世龍はナランとジュチに目配せし、ババルには微笑みかけて一角のあとを追った。

「何が書いてあるんだ？」

苛々《いらいら》を隠そうともせず、世龍は一角を問い詰める。一角は具合のよい小部屋か戸外の亭《ちん》を探して早足で歩き続けた。

「悪いことは書いてないんだけど、もしかしたら、世龍が気を悪くするかもしれないことは、書いてある。それで、ナランとシンが怯えたらいけないと思って」

庭に出ると、ちょうど池の端に椅子と屋根のついた四阿《あずまや》を見つけた。一角はそぼ降る雨を見上げ、書簡が濡れないように懐に押し込むと、前屈みに歩いてその四阿に落ち着いた。

「ええとね。『将軍ハ河朔《かさく》ニ発《た》チ、兗《えん》州、豫州ヲ席巻《せっけん》シ、長江、淮河《わいが》ノ水ヲ馬ニ飲マセ、漢水ト沔水《べんすい》ヲ行キ来シ』」

「ずいぶんとおれの動向に詳しいな。晋陽みたいな北の辺境から、よく見ていたものだ。それで、何が言いたい？」

「あの、古来に世龍と比肩する名将はいないんだけど、城を攻めても人はついてこないし、攻略した土地を所有もしないし、軍隊は雲のように集めても、星のようにすぐに散ってしまうけど、どうしてかわかりますか？　って」

「知るか」

世龍は吐き捨てて、息を吸った。

「攻略した土地を所有しないってのは、拠点を定めずにあちこちを叩いているからだろう？　落とした城には太守を任命して任せている。洛陽が落ちてからは、城を預けたとたんに背く太守も減った。皆無ではないが。許昌の住民だって、別に逃げ出しちゃいないだろ。そういうのを詭弁というんだ。馬鹿にしやがって。だいたい、おれの軍隊は増える一方だぞ？　いつ星のように散ったというんだ」

劉琨がここにいたら、怒って締め上げているのでは、という勢いで反論した。

「それはね、世龍には才能も実績もあるのに、ちゃんとした主君がいないからだって。赤眉《せきび》や黄巾《こうきん》は宇宙をひっくり返したけど、あっというまに敗亡したのは、大義名分もなく、乱を起こしただけだったから」

「おれを黄巾や赤眉といっしょにするか。確かに大義名分はないが、志はあるぞ。漢だの劉だの、とうに滅んだ皇室を再興して何になる！　いや、大義名分ならいま創ってやる。『六族融和』はどうだ？　もしかしたらもっと増えるかもしれんな。漢族の好きな数字で『八族融和』にしようか。いっそ十八族でも、二十八族でもいい」

根拠のない数字を並べて、世龍は大いに反論した。

「その大義名分は、ぼくも好きだな。返信するなら、書いてあげる。それから、ええと、世龍は天に選ばれた資質があるから、宇内《うだい》、これは世界とか、天下と同じ意味だけど、その威を天下に振るって、劉聡はよくないので取り除いて、徳のある人を主君と仰いで、がんばれば福が来る。悔い改めて帰順すれば、侍中、持節、車騎大将軍、領護匈奴中郎将、襄城郡公《じょうじょうぐんこう》にしてあげます」

「劉聡に徳がないのは同意するが、だからといって、劉琨がましだとも思えん。晋の時代は終わったというのに、いまさら領護匈奴中郎将なんぞ、誰が有り難がる？　襄城郡も、欲しければ自力で奪い取るさ」

「うん。世龍はそう思うよね」

「それで、あとなんて書いてある？」

文章を追う一角の視線は、まだようやく三分の一であった。

「大郡の公に封じますから、華戎《かじゅう》の称号を兼任して、さっきの官職を授かって、みんなの望みを叶えてください」

「主語がでかいな。その『みんな』に、劉聡と王浚と瑯琊王は、確実に入っていなそうだ」

「昔から戎《じゅう》人で帝王になった者はいないけど、名臣として功業を立てた者はいます」

異民族は皇帝になれないと決めつけるのは、いささか傲慢な物言いだ。

「だからなんだ。これから先はわからんぞ」

「いま天下は大乱で大変なことになっていますけど、将軍のすぐれた才能が欲しいので、帰順してください」

「おい、いまかなりすっ飛ばしただろう」

「要点だけ言えって言ったの、世龍じゃないか」

「せっかく晋の大将軍様が書いて寄越したんだ、最後まで読め」

「世龍は攻城でも野戦でも、非常に優れた機略を発揮すると聞いています。兵書を読まずといえど、孫子《そんし》と呉起《ごき》のごとき計略の持ち主とか。生まれながらにして知る者は、学んで知る者よりも上とは、将軍のためにあるような言葉ですね」

「誰が兵書を読んだことがないって？　まあ、そう思わせておくか。ちなみにいまのは論語だな？」

「ちゃんと覚えているの？」

世龍は四阿の天井を見上げて、額をトントンと叩き、朗々とした声で吟じだす。

「『子曰《いわ》く、生まれながらにしてこれを知る者は上《かみ》なり、学びてこれを知る者は次なり、くるしみてこれを学ぶは又其《そ》の次なり、くるしみて学ばざる、民これを下《げ》と為す』」

一角は目を丸くして、書簡を持ったまま手を叩いた。

「すごい、世龍の記憶力って、すごいね。地形とかたくさんいる人の顔も、とても正確に覚えているし」

「すごいのか？　書物は自分で読めないのだから、誰かが読んでくれたときに、丸覚えにするしかないだろう」

「生まれながらに知るよりも、すごい特技だよ。劉琨が聞いたら、もっとびっくりするだろうね。あと、おしまいのところ、精鋭の騎兵が五千と将軍の才能があれば、向かうところ負け知らず！　誠意を込めて。あとは張儒に話を聞いてください」

世龍は首をかしげる。誠意をこめたつもりなのだろうが、まったく感銘を覚えない。褒められているようで、貶められているような読後感だ。つまるところ、世龍をおだてて懐柔しようとすればするほど、劉琨の夷狄《いてき》に対する差別意識が、文からも筆跡からも滲《にじ》み出てしまうからであろう。見下している相手に、誠意を込めた言い回しなどできないものだ。

「返信はこう書け。『腐れ儒者にはわからんだろうが、国家に功を挙げる道はひとそれぞれだ。君は本朝に節を尽くせ。おれは異民族だから、自分の道を行く』とな。何を笑う？」

笑いをかみ殺す一角をにらみつける。

「だって、世龍になにか読んであげるの、久しぶりだなと思って」

ここ二年近く、書を読み上げるのは、ほぼ張賓か書記の仕事になっていた。だが、公的な書類や書簡ばかりで、史書や兵法書はしばらく読んでいない。夜はナランや側室と過ごすので、一角に書を読ませることは、ずいぶんと絶えてなかった。

一角は一日のほとんどを、シンの教育係として学問と乗馬を教えて過ごしていると、ナランから聞いていた。世龍は額を掻き、横を向いて言った。

「忙しかったからな。また何か読んでくれ。シンに読み聞かせている時間に行く」

一角は世龍の故郷にいたころのことを思い出し、微笑した。

世龍は使者の張儒を手厚くもてなし、劉琨の要請は謝絶しつつも、母と甥を送ってくれた礼に、名馬や珍宝などの贈り物を持たせて帰した。

世龍は母親を希少な陶器のように大切に扱い、時間があれば姿を見に行き、食事をともにした。ババルにも、母とともに居続けていてくれたことに、何度も感謝した。

とても頑健な体つきと、敏捷《びんしょう》さ、知恵の回りそうな目の輝きを見れば、母を置いてひとりで逃げることは容易《たやす》かったに違いない。だが、母とババルは互いを杖《つえ》のように支えにして、ここまで生きてきたのだという。

世龍はババルに漢名を名乗ることを勧めた。

「おまえも、石姓を名乗るならば、諱《いみな》と字《あざな》が必要だが」

ババルは顔を輝かせた。

「兄さんが世龍なら、末っ子のおれは季龍《きりゅう》だな」

「字は季龍か。悪くない。諱はババルを漢訳すると――虎だったな」

「石虎《こ》か！　諱と字で龍虎か！　かっこいいな」

素敵な宝物でも、もらったかのように季龍は喜ぶ。ずいぶんと長いこと奴隷暮らしをさせたことに、世龍は深い罪悪感を覚えた。

「苦労させたな」

劉琨のもとに留置されていたとしたら、世龍が常山や中山を攻略していたときには、山を隔ててすぐ近くにいたことになる。それがわかっていたとしても、劉琨と戦わねば母とババルは取り返せなかったであろうし、劉琨は世龍に攻められたときの切り札とするつもりで、ふたりを軟禁していたのだろう。

王弥《び》が山東を荒らし回っていたころに、ババルと母は奴隷から解放されたという。まだ十四かそこらであったババルは徴兵を免れ、他の羯人《けつ》たちと同じように、母を連れて一路并州《へい》を目指した。ようやく并州にたどり着いたときには、世龍は入れ違いに河南へ遠征し、漢室は并州を出て平陽に遷都してしまっていた。世龍のあとを追うためには馬が必要だと思い、通りすがりの晋軍に近づき、馬を物色していたところを捕縛され、劉琨の前に連れて行かれたのだという。

「劉琨は羯人を見つけると、ひとりひとり呼び出して、石勒の身内か尋問するんだ。おれは黙っていたんだけど、母さんが『石勒《ろく》なんて知らないよ。私の息子はベイラというんだ』って言っちゃってさ。一発でばれた」

ただ、それからの暮らしは悪くなかったらしい。とくに苛酷な労働もなく、ババルは自分ひとりが逃げることをしないと誓ったので、乗馬も許されていたという。ババルからは、劉琨は幽州刺史の王浚とは、不和になっていることも報された。いまになって母とババルを送ってきたのは、世龍を懐柔し、どうしても味方に引き入れたい事情があったからだろう。

だが、人質として身柄を押さえて脅すのならともかく、母を送り届けてくれた恩返しとして、世龍が晋に心を寄せ帰順するなどと、劉琨はどうして考えたのだろう。

洛陽の攻略に手を貸し、数え切れないほどの晋の王侯を殺害し、妃主の掠奪を許した世龍と、劉琨は手を結ぶ気になれるというのか。

——ああ、そうか——

世龍の動向を注意深く偵察してきた劉琨は、世龍が華南から動かない理由を正確に察したのだろう。上位の将軍であった王弥を皇帝の裁定を得ずに誅殺したために、世龍は劉漢の朝廷において、非常に難しい立場にあることを。

世龍も王弥も、屠格《とかく》種攣鞮《れんてい》氏に連なる譜第《ふだい》の臣ではない。劉淵の人柄と器量に惹かれて漢に帰順した新参者である。劉淵の息子たちに父親以上の器量を見いだせなければ、忠心が欠けてゆくのは自然な心理であるし、劉漢の朝廷に叛意の気配を絶えず警戒されていたとしても不思議はない。

世龍の独断に激怒したものの、その離反を怖れるあまり、振り上げた拳を収めて昇進させせなくてはならなかった劉聡との溝が深まるようであれば、世龍には自立の道しか残されていない。そのために、漢軍が容易に攻めて来ることのできない華南に、一時避難しているのが実情であることを、劉琨は看破していたのだ。

とはいえ、心置きなく幷州を奪い取るためには、母を帰してくれた借りは、いつかは何らかの形で返さねばと世龍は思った。

建業の瑯琊王を討つことも、南下目的のひとつとしていた世龍は、建業への中途地点にある寿春《じゅしゅん》の城を窺える葛陂《かつは》に、砦を築かせて軍事拠点とした。民政に力を入れ、船を造らせる。

軍備を整える間、温暖な南方で、ようやくそろった家族と年を越すのも悪くない。

しかし、晩秋からの長雨がいつまでも続き、冬に入っても、重たい雪はすぐにみぞれに変わる。一角が洪水の予兆を見たことから、多少の覚悟はあったものの、世龍はまったくめでたい気持ちになれない寒くてじめついた新年を迎えた。

「いつまでここにいるのか。雨がやまぬせいで、腰と膝がひどく痛む」

と母親には毎日愚痴られてしまう。医者を呼んで治療させても、腫れた膝と浮腫《むく》んだ足はすぐには快癒しない。去年の南征と同じ季節であったが、そのときはこんなにひどい長雨ではなかった。

年が明けてしばらく経っても、雨は上がらなかった。淮水は増水して荒れ、船は出せず、方々で土砂崩れが起きて通行可能な陸路も限られ、兵糧の輸送も途絶えがちとなっていた。地元に食糧の供出を迫ろうにも、長雨で秋の収穫は半減しており、徴収しすぎれば飢饉を引き起こす。

一角は増水のために崩れた山を視察しに行って、そちらの駅道から来るはずであった輜重隊が足止めされていることを確認した。土砂崩れを直すにしろ、遠回りで葛陂を目指すにしろ、どちらにしても穀物は濡れ、すぐに腐ってしまうことだろう。

このままでは全軍が飢え死にしてしまう。

世龍の命令によって繰り返される殺戮は、守護獣として聖王の大業を見守り導くという天命の遂行に、疑問を抱かせる。しかし、何万という兵馬が異郷の露と消え去るのを傍観していることは、一角には心苦しい。

「江南の長雨は、帰ることの許されない天界を懐かしむ、応龍の望郷の涙が止まらないせいだというけれど」

近隣の山神か水神に会って、水害を止めるよう、頼み込めないかと一角は思案したが、また化蛇みたいなのがわじゃわじゃ出てきて囲まれたらと思うと、恐ろしくて決心がつかない。人界に長く居すぎて忘れがちであったが、神獣と仙獣、そして霊獣の幼体にとって、危険な妖獣との境界はとても曖昧なのだ。

下手をすれば霊獣の血肉を好む妖獣の餌になりかねないし、霊格の高い神や獣はそうそう、人間も闊歩する山麓に姿を現したりはしない。

悩みつつ砦へ引き返そうとした一角の袖を、朱厭が引き戻した。

ふたりの前に、首の白い大きな一つ目の牛が現れたからだ。蹄ある生き物であるのに、麒麟の霊気をまとう一角を見ても、石塊《いしくれ》を見るように無表情であった。その理由は一つ目の中央にある瞳孔のせいだ。蹄の眷属が持つべき水平ではなく、蛇のような縦型で、そこに殺意や敵意はなく、ただ冷然と流れゆく氷河のようであった。

一角と朱厭は道の端に寄り、一つ目牛が通り過ぎるのを待った。

一つ目牛が蹄をついた地面はじゅうじゅうと蒸気が上がり、通り過ぎた後には刈れた草しか残らない。尻から垂れて揺れているのは、牛の尾ではなく蛇の尾だ。禍々《まがまが》しい妖獣の類いだが、一角にはなんの興味も示さずに通り過ぎた。その姿が見えなくなってから、一角と朱厭は詰めていた息をゆっくりと吐いた。みぞれの降る冬であるのに、額から背中まで汗をびっしょりとかいていた。

朱厭はかすれた声でささやいた。

「あれは、蜚《ひ》じゃないか。見るのは初めてだが、一つ目に蛇の尾を持つ牛は疫病の運び手だといわれている。山の気が凝《こご》った、瘴癘《しょうれい》の化身であるとも」

「どうしよう、あの妖牛、世龍の駐屯地に向かっていた！」

一角が襲いかかる不運におののく一方、世龍もまたこんなじめじめした華南に住む人間の気が知れないと思ってしまうほどであったので、砦に駐屯する将兵の士気も急降下を続けた。

砦に戻った一角は、蜚《ひ》の痕跡を探して妖気を祓《はら》おうとしたが、すでにあの禍々しい姿はどこにも見られない。

代わりに、粘り着くような湿気と、皮膚を這うような寒さのために、疫病がゆるやかに広がっていた。患者を診た医者は、流行性の感冒であると報告した。

前回の失敗を教訓として、医者の数と冬の風邪に効く薬はたっぷりと用意していたが、何万という兵士が一斉に風邪を引いてしまうのだ。あっというまに薬は在庫切れとなり、医者も罹患するありさまとなった。兵士らの多くは建物ではなく、戸外に天幕の集落を作り、密集して暮らす。冷たい雨は降り続け、大地はぬかるみ、清潔な水はない。雨水を沸かして飲もうにも、燃料とする薪は濡れてぶすぶすと燻《くすぶ》るばかりだ。

感冒はたちまち伝播した。ひとつの天幕では次々に発熱し、全員が寝込んでしまい、手当する者がいない。高熱と頭痛、咳《せき》と鼻汁、痰《たん》と嘔吐、腹痛と下痢に苦しみながら、手当を受ける間もなく、肺炎を患う。半月のうちに、自らの排泄《はいせつ》物にまみれて死ぬ者が続出した。熱が下がり、症状が去って生き延びた者は、自力で天幕から這《は》い出して、助けを求めなくてはならないほどであった。

河北から連れてきた馬も、じめつく大気とぬかるんだ土地で蹄を傷めていた。一角は日の出から日没まで、馬卒らとともに駆け回り、軍馬の群れに埋もれて蹄を洗い、病に罹《かか》らぬよう目を配っていたが、何万という数の馬を休ませることのできる、乾燥した場所などない。中枢部の軍馬を見回るだけで、精一杯であった。

蹄が腐って立てなくなった馬を殺し、その肉を食べてしまう騎兵まで出てきた。歩いて帰還することを心配する余裕もなくしていた。

これでは寿春の攻略と建業の制圧どころか、戦う前に全滅してしまう。

水害の予兆を見せられていたのに、正しく解釈せずに華南に留まったために、山神から疫病という罰を送り込まれたのだろうか。あるいは、これはまだ警告に過ぎないのだろうか。

疲れ切った一角は、人を避けて森の外れまで歩き、そこにうずくまった。自責の思いを吐き出す。

「みんなが苦しんでいるのに天候ひとつ変えられない、疫病も祓えないなんて、霊獣に生まれてきた意味が、あるのかな」

あたりに人がいないことを見計らって出てきた朱厭が、頭上の梢から話しかける。

「別に、霊獣は人間の役に立つために生まれてくるわけではなかろう」

周囲の人馬が死んでいくのが苦痛なら、一角が立ち去ればいいだけのことだ。

「一角が守ってやらずとも、世龍はそれなりに生きながらえるだろうよ。天子になれるかどうかはともかくな」

一角は頭上の朱厭を見上げた。

「そこが問題なんだ。ぼくの霊力では世龍一人しか守れない。流れ矢に当たらせないとか、世龍を憎む人間を遠ざけておくとか、なんかこう、とても地味な力で本当に役に立っているのかも疑問だ。天命なんて大げさなものとは言い難いじゃないか」

朱厭は牙を剝いて苦笑する。

「地味な加護でも、このご時世を生き延びることができているんだから、立派なもんだ。それに、守れているのは世龍だけじゃない。世龍の配下は、傭兵時代から驚くほど数が減っていないだろう？　今だって、こうしてばたばた兵士が死んでいるのに、世龍の周りは年寄りのばあさんまで元気でピンピンしているじゃないか。汲桑とやらも、世龍と行動をともにしていれば、おまえの霊力の恩恵に与れたかもしれんなぁ」

朱厭は世龍を挙兵に駆り立てた汲桑を知らないが、一角と世龍の来し方は、おおまかに聞き知っていた。細かいことは忘れてしまいがちな一角の記憶を整理して、友人として客観的な助言を添えてくれる。

「麒麟の加護がある限り、世龍が強運なのはいいことだが、一角自身は不死身ではない。できないことを嘆いて、無理はするな」

朱厭の顔を見上げ、その言葉を聞いているうちに、自身の卑小さを嘆く気持ちが消えていく。

「ここにいても、できることは何もないね。ぼくにも、世龍にも」

一角は立ち上がり、脚衣の汚れを払った。すぐにこの地を去って、北へ帰るべきだと世龍に訴えることが、最上の策であった。

世龍は短く「おまえのいうことはわかった」とだけ応え、難しい顔をして軍議の場へと戻る。

災難は続くもので、瑯琊王が石勒討伐のために江南軍を派遣したという報告が入る。絶体絶命とはこのことかもしれない。

刁膺《ちょうよう》は、瑯琊王に降伏し、晋に帰順を申し出て時間稼ぎをする案を出した。世龍は表情を険しくして嘆息する。たとえ見かけだけでも、降伏など世龍の考えには添わないらしい。次にクイアーンが、高所に逃げて水が引くのを待つ策を出した。世龍はその怯懦《きょうだ》を叱りつける。戦わぬという選択肢はないと悟ったのだろう、孔萇《こうちょう》とシージュンは、江南軍が拠城に集結し終わる前に、歩兵を小隊に分けて個別に襲撃し、城を落として敵の大将を討ち取り、その備蓄を奪うことを進言した。

世龍はようやく笑顔を見せて、両将の勇気と計略を讃え、褒美の鎧馬《がいば》を取らせた。

最後に、張賓に意見を求める。

「石将軍が晋の天子の捕獲に手を貸し、群臣とその眷属、宗室をほぼ全滅させて、十数万という晋兵を皆殺しにした罪を、瑯琊王が赦して講和に応じると思うのですか」

誰ひとり反論できずにいるところへ、張賓は淡々と説き続ける。

「高所に逃げたところで、雨の上がるのを待っている間に、包囲する時間を敵に与えるだけですし、騎兵のあなた方が馬を下り、船を使って歩兵を率いて、地勢を知り尽くした江南の将兵に勝てると、本気で考えているのですか」

戦えば勝つと評判の石勒軍であるが、それは騎馬の機動力を活かせる華北でのことだ。

「石将軍が無敵であるという評判は、まだ有効です。その証拠に、江南軍は寿春から動いていません。我々が撤退するのを待っているのです。河北へ帰りましょう」

「河北？　許昌ではなく？」

「以前から申し上げているとおり、将軍の拠って立つ所は冀州です。まず鄴《ぎょう》と襄国《じょうこく》を押さえて、河北を平定します。すべてはそこからです。雨がやまないのは、ここに留まるなという、天の警告とお考えください」

世龍は張賓の意見を採った。

豫州から兗州へと北上する途上では、石勒軍に対して門を閉ざす城邑は少なくなく、兵糧の調達も思うようにならなかった。戦って奪っても得られる量は充分ではなく、兵士らは絶えず餓えに苦しみ、夏にようやく黄河の南岸へ帰り着いたときには、軍馬の数は許昌を出立したときの半分以下になっていた。

まさに劉琨の言うとおり『雲のように集めても、星のようにすぐに散って』しまったことだと、一角は無理な遠征で無駄に死んでいった馬と兵士のために心を痛めた。

「結果的に失敗だったが、無理で無駄であったと決めつけるな」

渡河地点の棘津《きょくしん》で船出の合図を待つ間、世龍と一角は馬上で言葉を交わす。

対岸の汲郡には、胡人の支配を拒む、漢人による自治要塞の塢壁《うへき》が築かれていた。満身創痍の石勒軍が渡河するのを、好意的に見過ごしてくれるような集団ではない。

シージュンと孔萇が千の兵を率いて密かに黄河を渡り、敵の船を奪ってくるのを待って、全軍が渡河する手はずとなっていた。数千の衆を擁する城塞だ。渡河直後に一戦を交えたのち、豊富な糧食もいただく方針である。

「長雨の水害は、毎年起こるわけじゃない。河南の平定は無理でも不可能でもない。始皇帝は楚を征服したし、晋の武帝は呉を滅ぼした。時運がなかっただけだ」

「急ぎすぎたのはあるよ。張賓の言うとおり、華北が全部世龍のものになってからでないと、華南に手を出しちゃいけない。始皇帝も劉邦も、武帝もそうだったでしょ。もう一回、史記と三国志を読み直そうか」

「そうだな。三国志は、一通りしか読んでなかったな」

三国志は編纂《へんさん》されてまだ二十年かそこらで、庶民はその存在すら知らない史書であった。世龍の手元にあるのは、汲桑軍が鄴を攻め落としたときに、一角が書物庫から持ち出した数少ない写本のうち、魏志《ぎし》の二十巻あまりだ。一角一人では、六十五巻全部を持ち出すことはできなかった。

「取ってこれなかったの、まだ鄴にあるかな」

一角は鄴のある方角を眺めて言った。

晋の首都であった洛陽には、原本も写本もたくさんあったはずだが、どうなったのだろうと、世龍は思った。洛陽も長安も、度重なる攻城と掠奪で、見る影もない廃墟《はいきょ》になってしまったと、噂では聞いている。

その長安は、世龍が王弥を誅殺したころ、劉曜が攻め落としていた。しかし、晋の残党勢力の反乱に遭い、失陥して撤退したという。今年になって、漢の放棄した長安に、秦王司馬鄴《ぎょう》が入り、晋の皇太子に擁立されていた。

「だらだらと余命が続くものだな」

世龍は晋の宗室のしぶとさに感心する。親族の数が多いのは争いの種になり、八王の乱のように滅亡にも導くが、余命を繋ぐのには役に立つ。いまだに嫡子に恵まれない世龍にとっては、うらやましいことだ。

「そういえば、季龍の勉強は進んでいるのか」

急に思い出し、世龍は一角に訊ねた。一角は答える代わりに眉を寄せ、口をすぼめてみせた。世龍は嘆息した。

「初陣では、見事に失敗して帰ってきたから、兵法くらいは読んでほしいものだが」

長江から撤退するときに、世龍は時間稼ぎの陽動を季龍に命じた。江南軍の拠点である寿春のあたりで適当に姿をちらつかせて、城に釘付《くぎづ》けにしておくだけでよかったのに、敵の兵糧を見つけ、奪おうとして伏兵に襲われた。二千騎のうち五百騎を失って帰還して、処罰されなかったのは世龍の血縁だったからだ。

「兵糧があからさまに置いてあれば、罠だと気づきそうなものだが、知識も経験もなければ騙されてしまうのだな」

まだ十六で、経験がないのだから、知識だけでも身につけて欲しいと、一角に季龍の読書を助けるように頼んだのだが。

「じっとしているのが苦手なんだね。読み聞かせていると寝てしまうし、多少の文字は知っているようだから、書かせてみると半刻《はんとき》線香分も続かない。でも、勉強が嫌いというよりは、ぼくが嫌いなんだと思う」

気落ちした口調の一角に、世龍は驚いて何故そう思うのかと訊ねた。

「ぼくは一番先に世龍と再会して、ずっといっしょにいるでしょう。だから、妬《や》いているんだ」

そのような心理に疎い世龍は、信じがたくて首をかしげる。

「季龍には、気をつけた方がいいよ」

「どういう意味だ」

母を守り、支え続けてくれた甥を中傷され、世龍は不機嫌に問い詰める。

「『季龍』という漢名を選んだときも、よく張賓が反対しなかったと思う」

非難を込めた一角の口調に、世龍は鼻白んだ。ババルの字を季龍とすると伝えたとき、張賓は憂いのこもった、もの言いたげな微妙な表情をしてみせたからだ。

ババルは姉の一人息子なので、排行字は『季』ではなく『伯』とすべきであり、世龍の甥であるから、世代の異なる叔父と同じ龍という文字を諱にも字《あざな》にも使うべきではない。

つまり、季龍と名乗ることで、血縁上もっとも近い世龍の弟であると、公に認めさせたことになるのだ。

「まさか、名付けの決まり事を知らなかったの？　世龍」

「いや、しかし、実際に弟のようなものであるし、べつに構うまいと思ったが」

世龍はこの名付けのどこが問題であるか、わかっていないようだ。

季龍が故意にこの名を選んだとしたら、あの若さでたいした狡猾さを具えた人間であると、一角は不安になる。兄弟相続や末子相続が認められた北方民の習俗と、漢族の名付けの習俗の両方を利用して、石勒軍に入り込むなり嫡子のいない世龍の後継として周囲に印象づけたのだ。

「季龍は世龍が好きすぎて、抑制が利かない。世龍の一番になるためなら、なんでもやるだろう。それが戦功を挙げることに上手く向かえばいいんだけど、手柄を焦って抜け駆けや失敗をしたり、世龍が他の人を取り立てて大事にしたら、その人を妬んだりするだろう。世龍が十四のときより、周りを思いやったり、気持ちを抑えたりすることはできないみたいだから、誰かおとなの教師をつけるか、世龍がそばにいて導くかした方がいいよ」

師としておとなかどうか、という意味では、一角は石勒軍の誰よりも長老である。だが、それは世龍とジュチしか知らない秘密であった。心も体もすでに成人に達してしまった季龍を教育するのは、一角には荷の重い仕事であったかもしれない。

「季龍にとって、世龍は叔父でお父さんで、兄さんだからね。それも守ってもらうべきときに、ずっとそばにいてくれなかった庇護者だ。埋め合わせを怠ると、取り返しがつかなくなるだろう」

世龍はやれやれと嘆息した。

「しばらくは将師の誰かにつけて実戦を学ばせ、学問の方は教師を探させておく。一角は引き続きシンの世話を頼む」

「うん」

棘津には、シージュンたちが対岸から盗み出した三十艘あまりが着岸しており、桃豹らと渡河の準備を始めていた。

将兵の中で忙しく働く季龍の姿を見つけて、そちらへと去る世龍の背を眺めつつ、一角は深いため息をついた。

「季龍に気をつけるべき理由は、それだけじゃないんだけどね。残忍な気質は、子どものときから変わってないよ」

気に入らないことがあったり、鬱憤を晴らすときに、そこにいる虫をひねり潰したり、召使いを鞭《むち》で打つ無残な行為が目に余る。それを王氏やナラン、世龍には見えないところでするのだから、残酷さにずる賢さが加わっているのだ。

一角は馬の首を撫でて話しかける。

「季龍の本質は残忍。世龍にとって残忍であることは方便だけど、季龍にとっては気質そのものだ。この違い、わかる？」

馬はブルルと鼻を鳴らした。どう答えたのかは一角にしかわからない。

「ぼくも、よくわからない。ただ、季龍は聖王の光輝を持たないのは確かだ」

石勒軍が河北に戻ってきたことが知れ渡り、鄴の途上にある住民は震え上がった。鄴の太守は宮殿のある内城に立て籠もり、その配下は万単位の兵を引き連れて進んで降伏してきた。

鄴は落ちたも同然と、宮殿に立て籠もった魏郡太守を攻め落とすべく、配下の将は気炎を上げる。

しかし、張賓は先に襄国を落とすことを主張した。

「宮殿の三台は城中の城。非常に堅固で、籠城すれば万に近い兵を置き、長く応戦できます。城を落としても宮殿を攻めるのは難しいでしょう。太守劉演《りゅうえん》は、籠城して守りを固めるしか能がありません。それより、我々の拠点として邯鄲《かんたん》か襄国を取りましょう。そこに腰を落ち着けて、平陽の劉聡と連絡を取り、王浚と劉琨にあたるのです。鄴は放っておいても、当方が強勢を保っていれば、そのうち自滅します」

世龍はそれが正しいと判断して、兵を襄国に向け進軍し、占拠する。

華南で半数以上の兵を失って北上していたときには、どこの城も門を閉ざし、兵糧を得るのも一苦労であったのに、勢いがつきだすと我も我もと門を開いて石勒軍を迎え入れる。

「世の人々のわかりやすいことだ」

強くあり続けなくてはならない、負けてはならない。

最後までこの中原に立っているのは、誰であろう。

漢の劉聡、幽州の王浚、并州の劉琨、江南の司馬睿、そして冀州に世龍こと石勒。まだこの他にも、西域の涼《りょう》、その南に氐族の仇池《きゅうち》、蜀に拠った巴氐《はてい》族李氏の成《せい》といった独立勢力があり、北の塞外には鮮卑が圧迫している。

九つの独立勢力が、互いに土地を切り取り合い、その内側で内紛したり、反乱が起きたりしている。涼と仇池、成は晋の滅亡を傍観し、漢は晋の遺産を吸い上げ旭日《きよくじつ》の勢いで、幽州、并州、冀州はそれぞれが境を接した群雄たちの激戦区となっていた。

張賓が地図を指して一同に説明する。

西の三国については、当面は考慮するに及ばず。

王浚は段部鮮卑、劉琨は拓跋鮮卑、世龍は劉漢をそれぞれ同盟者として必要としている。各勢力は拮抗しており、まだ劉漢からの独立を志す時期ではない。

世龍は華南での経緯と、河北侵攻、襄国に拠点を置いたことを劉聡に上奏した。

劉聡からは、上党郡公に進封する旨と、散騎常侍《さんきじようじ》、都督冀幽并営四州雑夷《ととくきゆうへいえいししゆうざつい》征討諸軍事、冀州牧《きしゆうぼく》に任じる勅書が届いた。

「つまり、都督の諸軍事については、これまでの并州と幽州に加えて、営州と冀州での四つの州における軍事活動が承認されたということか」

「そうです」と張賓。

読めなくても、文書を目と指先で追う努力を怠らない世龍のために、張賓は一語ずつ分解して説明する手間を惜しまない。

承認されようがされまいが、攻めたいところを攻め、戦いたいところで戦ってきた世龍は、おもわず失笑しそうになった。

「幽州牧に、冀州牧が加わったと」

真顔で確認する。

「そうです」

「いままでは何公だった？」

「汲郡公です」

ちっぽけでめぼしい都市も城もない汲郡よりは、生まれ故郷に近い上党郡の方が格段にいい。劉琨を攻めるのに都合もいいだろう。封公されたからといって、実際に領有できるかどうかは運と実力次第ではあるが。

群雄が好き勝手に爵位や官位を自称し、朝廷が中身の伴わない官職を乱発する時代にあって、肩書きは壁に飾る絵画程度の意味しかもたないのが現実であった。

「大盤振る舞いだな。それにしても、雑夷征討とは」

自分たちこそかつては夷狄と呼ばれていたのに、匈奴が中原の帝国を自任するいま、鮮卑や烏桓などを雑夷と呼称するのだろうか。

どちらにしても、共通の敵が控えている限りは、王弥の件でいつまでも怒り続けているわけにはいかないことに、劉聡も気がついたのだろう。

王浚討伐の準備を進めるかたわら、世龍は季龍の教育に心を砕いた。三国志の朗読を一角にさせる場に、季龍だけではなく配下の将軍たちも招く。一巻を読み終えるごとに、内容について議論させ、軍事だけでなく、政治についても学びを得ることができるようにした。

戦乱時には、城を落とし、郡太守や県令を任じられるのは、戦功のあった将軍であった。学のない将軍の政《まつりごと》は破綻しやすいのが常であり、読み書きどころか半数は異民族で、漢語の習得さえおぼつかない石勒軍の将軍たちが、史実と前人の成功例や失敗例を学んでおくことは、とても大切であると世龍は考えたのだ。

このような目上の将軍たちの学習と議論の場に、季龍が席を並べることで、読書が退屈な机上の学問でないことを教え、知識欲と探究心を刺激する効果も、期待したのだった。

第九章　宿敵

日増しに厳しくなってゆく河北の冬ではあるが、二年続けて雨に苦しめられた華南の冬に比べれば、世龍はこちらの気候をはるかに心地よく感じていた。

城壁に登って暮れてゆく年の空気を吸い込んだ世龍は、側近に話しかけた。

「堀の改修が進んでないな。ここを攻められてはひとたまりもない」

「馬防柵でも、巡らせますか」

「そちらの方が早く築けるものなら、そうしてくれ」

側近はその命令を張賓《ひん》に伝えるために城壁を降りていった。世龍が北の方へ頭を巡らすと、一騎の伝令が疾駆してくるのが見えた。

キンと張り詰めた冬の大気に、段部《だんぶ》鮮卑《せんぴ》襲来の報が響き渡る。

このとき、広平郡《こうへい》では反乱や暴動が頻発していた。そのため、クイアーンやシージュンなどの、世龍麾下の主立った将軍たちは平定に出払っており、襄国の守りは手薄になっていた。その隙を突いて、王浚に裏国攻略を命じられた中山軍の太守と、段部五万が進軍中であるという。

「段部の指揮官は誰だ」

「段部大単于《だいぜんう》ジ・ルファンとその弟たちです」

「大単于？　ムジンはどうした」

四年前に、世龍の常山攻めを阻み、一万の兵を失う敗北の苦汁を舐めさせてくれた段部の単于ムジンの消息を訊ねる。

「昨年末ごろに死去していたようです。ジ・ルファンはムジンの長子だそうです」

裏国に拠点を置いて以来、鮮卑のようすを探らせるために北部へ放った間諜は、まだ戻っていない。王浚の動向を見張らせていた斥候が、鮮卑軍の襲来を察知しただけでも善しとすべきであった。

「ジ・ルファンは攻城具も用意しています」

「攻城具？　鮮卑が？　投石器とか、攻城塔か」

そのような大がかりな器械を運んでいては、進軍の速度が遅れてしまう。運びやすく組み立てやすいのは衝車《しょう》といった破城槌《はじょうつい》あたりであるが、神速と機動力が強さの秘《ひ》訣《けつ》である鮮卑が、攻城具に手を出すとは——と世龍は驚く。

「新しい世代は、新しい時代を運んでくるものか。機動力が強みの鮮卑が、運ぶのに手間取る攻城具とはな。しかも、攻城具は組み立てなくては使い物にならん。やつらの準備が出来る前に叩くぞ！」

世龍は諸将に命じて、ジ・ルファンの屯営地へ急襲をかけさせる。鮮卑の軍が陣を立てる前に蹴散らすつもりであったが、急襲を予期していたジ・ルファンの騎兵は、個々の戦闘力の高さで迎え撃つ。何度も突撃をかけて、すべて跳ね返された。

「強いな。ムジンの時代よりも、鮮卑はさらに強くなっている。それに攻城具が加わったら、勝ち目がないぞ」

各地に出払っている諸将が戻ってきても、難しいかもしれない。

「全軍で迎え撃ち、決戦を挑むしかない」

世龍が将帥らに覚悟を問うと、籠城を主張する者が少なくなかった。世龍は左右の参謀、孔萇《こうちょう》と張賓に意見を求める。

ふたりの参謀は視線を合わせ、孔萇が進み出て献策した。

「ジ・ルファンは、来月の上旬に北城に襲撃をかけるという報せを受けております。当方はこれまでの迎撃戦で負け続けておりますのに、一気に押し寄せかたをつけようとせず、来月まで攻略してこないのは、我らを寡弱と見て油断しているのでしょう。

ジ・ルファンは二人の弟と従弟に軍を率いさせています。中でも最強なのが、従弟のモーホウです。かれらを怖れて籠城しているふりをして、さらに油断させましょう。その間に、急いで北壁に突門《とつもん》を二十余り造らせて、敵の油断を突いて突撃をかけましょう。狙う敵はただひとり、モーホウです。不意をついてモーホウを捕らえれば、敵は自ずから崩壊し、潰走することでしょう。モーホウを討ち取れば、王浚など敵ではありません」

「私も同じ考えです」と張賓。

「モーホウを生け捕りにするのは、至難の業だぞ」

慎重派の孔萇が張賓と同じ意見であることが、世龍には愉快であった。

「よろしい、孔萇を攻戦都督に任じる」

軍議を終えた世龍が宮殿の奥へ行くと、一角とシンが不安そうに走り出てきた。息子がふたりいるみたいだなと世龍は思いつつ、ふたりのあとからついてきたナランに微笑みかけた。

「お手伝いできることは、ありますか」

「いや、特にない。北城の壁に穴を掘らせて突門を造るくらいだ」

「では、精のつく羊湯《ようとう》の配給を手伝ってきます。温かい白湯も必要ですね」

ナランは二人の側室に号令をかけて、いそいそと城下へ出て行った。

「働き者だな」

宮殿に留まった側室、程氏《ていし》のようすを見に行く。

「体調はどうだ」

世龍に声をかけられた程氏は、慌てて腰を浮かせる。世龍が手を貸すと、重たげな仕草でゆっくりと立ち上がった。

「また戦争かね」

横から声をかけたのは、世龍の母、王氏だ。程氏の部屋にいるとは思わなかったので、世龍は驚いた。

「母さん。こちらにいましたか」

王氏は糸車を回しながら、糸を縒《よ》っていた。

「ひとりでいても、つまらん。孫のそばにいたい」

程氏の膨らみ始めたお腹《なか》を愛おしげに見やって、また糸を紡ぎ始める。

外のことは心配しないよう程氏に告げて、世龍は奥の部屋を後にした。もしも突門の策がうまくいかず、段部の兵士らが城になだれ込んできたら、母も、まだ生まれてすらいない我が子も、惨殺されてしまうのだろう。

「世龍」

声をかけてきたのは一角だ。世龍は落ち着いた声で、言葉を返す。

「心配することはない」

　世龍は毎日城壁に上り、段部の襲来を待った。孔萇が事前に手に入れた情報通り、段部らは北城に陣を張り始めた。しかし、陣営を整えることもせず、攻城具を組み立てる作業も始めずに、炊煙を昇らせている。

「舐めてくれたものだな」

　孔萇を呼び出し、モーホウの陣営を探させる。

「モーホウの旗印は猪《いのしし》です。右から二番目です」

「突撃隊の有志は募ったか」

「精鋭をそろえました」

「突門の準備は」

「万全です」

「では、出撃だ。太鼓を鳴らせ」

　太鼓の音が青天に鳴り響き、続いて雷が立て続けに落ちたような轟音《ごうおん》と、大地を揺るがす衝撃が走った。

段部鮮卑らの布陣に面した北城の壁に大きな穴がいくつも開き、もうもうと立ち上る土埃の中から騎兵が躍り出て、まっすぐに猪旗の翻る陣営に突撃した。

激しい戦闘が続いたが、モーホウの騎兵もまた精鋭ぞろいで、はじめの混乱が過ぎるとみな鞍上《あんじょう》に飛び乗って応戦した。石勒軍は押され始め、突撃隊を率いていた孔萇は、他の段部が反撃に出る前に撤退を呼びかける。

突門を通って城内へ逃げ込む石勒軍を、モーホウの騎馬隊が追いかける。城壁から見ていた世龍は、モーホウの冑を視認して、その姿が吸い込まれた突門に駆けつける。

「そいつがモーホウだ。生け捕りにしろ！」

何百という兵士が待ち構えていた突門の周辺では、乱闘が始まっていた。

味方の兵がすべて城内に入った突門の上から、岩や瓦礫《がれき》、丸太に熱した油を注ぎ落とさせ、それ以上の鮮卑兵の侵入を防ぐ。

「生け捕ったぞ！」

「モーホウを生け捕った！」

内壁の下から聞こえてきた報せを、世龍は城壁を守る弓兵たちに大声で叫ばせた。

モーホウが捕獲されたことを知った段部鮮卑は統率が乱れ、撤退を始めた。

「北門を開け！　追撃！」

先に突門から突撃して帰還した孔萇の騎兵らも、ふたたび城外へ飛び出し、逃げ散る鮮卑兵を殺戮した。

「屍累々とはこのことだな」

鮮卑兵の屍で舗装されたジ・ルファンの逃走路を、城壁から地平まで見晴るかし、世龍はつぶやいた。酸鼻を極める光景であるが、世龍は死体の山など見慣れているし、高いところから見下ろせば、血臭も届かない。

鎧をまとったままの馬が数頭、所在なげに野原で草を食んでいるのも見える。訓練された軍馬は、血の臭いにも死臭にも、怯えたりはしない。

かたわらに靴音を聞き、人の気配に世龍は横を向く。

「なんで見に来るんだ。気分が悪くなるんだろう？」

真っ青な顔で、胸壁から下を見下ろす一角の背中を、世龍はさすってやった。

「だいじょうぶ、吐かないよ」

「強くなったな」

世龍が褒めると、一角は首を横に振る。

「違う、鈍くなってきたんだ」

一瞬風向きが変わり、血と汗の臭いが吹き過ぎる。一角は喉を鳴らして唾を飲み込んだ。世龍は背中をさすって「吐きたければ、吐け」と言う。一角はまた首を横に振った。世龍は一角の額に手の甲を当てた。

「熱は出てない」

「戦のときは、死者が多くてもそんなにひどくならない」

「熱を出したり、寝込んだり、それほどでもなかったり、死体の数が原因でなければ、何が基準なんだ？」

一角は答を探して首をかしげる。

「ここに死んでいるのは、みんな兵士だ。ここに暮らしている人たちを殺して命と財産を奪うために、わざわざやってきた。ぼくに熱の病をもたらすのは、世龍が罪のない人をたくさん殺したときだ」

「そういうことか」

世龍は掌を持ち上げて、目の前で広げた。痛みも痺《しび》れもない。

「無差別に殺したのは、白馬のときだけだ。あとは、みな晋の兵士だ。一角、いままで何を見てきた？　何度平定しても、反乱を赦して太守につけても、晋が滅んだ後でさえ、何度も掌を返して刃向かってくる。おれがあいつらに頼んでいることは、新しい秩序に敬意を払えということだけだ。何度赦しても、何度でも裏切って背中を刺しにくる。晋の帝室が何をもたらした？　どうしてあいつらでないといけない？　おれはあいつらの言葉を話して、あいつらの文化を尊重して、あいつらの法をおれの民にも守らせている。そのおれが晋に代わることが、どうしてそんなに嫌なんだ！」

　拳を胸壁に叩きつけて、世龍は叫んだ。

　一角は世龍の腕に手を置いて、埃のためにかすれた声でささやく。

「いつか、伝わるよ。世龍には、君主の資質があるから。ただ、人の心は、なかなか変えられない。時間をかけるしかないんだ」

　世龍は薄く笑った。

「長生きのおまえにはわからない。おれはあと何年生きられる？　二十年か。間に合うのか。劉淵みたいに、何も成し遂げられないまま、死んでしまうのではないか」

「世龍、聞いて」

　一角は世龍の腕を強く摑んで、自分のほうを向かせた。

「劉淵は何も成し遂げないままで、死んでない。劉淵の志を受け継いだのは、世龍だ。人間はひとりでは生きられないし、一代で何かを成し遂げることはできない。始皇帝が中華を統一できたのは、その前の秦王と、その前と前の秦王と、そのずっと前の秦王が積み重ねてきたことの結果に過ぎないんだ。劉邦は、始皇帝が固めた礎の上に漢を建てただけ。世龍はね、中原に起つ初めての異民族の皇帝になる。ほんとは劉淵が先だけど、かれの領土は幷州の半分と、司州の半分だけだったから、実質中原とは言いがたいし」

一角は世龍の手を引いて、南の城壁へと移動した。

落ちていた弓矢を拾い、世龍に手渡す。

何をさせるのかといぶかしむ世龍に、一角は微笑みかけた。指を唇に当て、甲高い指笛を吹いた。

東側の森がざわめき、少しして鹿の群れが走り出す。

「ほら、あの角の立派なのを狙って」

獣の死も厭う一角が、落ちついた声でうながす。

この距離で成鹿を仕留めることなど不可能であると知りつつ、世龍は言われるままに矢をつがえた。限界まで弦を引き絞り、中原を目指して走り去る牡鹿《おしか》の首を狙った。

弦音が弾ける。

矢はまっすぐに飛び、確かに牡鹿に命中した。

鹿の群れはそのまま走り続け、数里の先で牡鹿が群れから脱落し、数歩歩いて、どうと倒れた。城壁から見れば豆粒ほどの大きさであったが、そうとわかった。

この日の光景が、一角の見せた瑞兆であったと、世龍はずいぶんとあとになってから、思い出すことになる。


数日後、ジ・ルファンは講和を求めて使者を遣わし、金品と鎧馬《がいば》を贈ってきた。モーホウの弟三人を人質として差し出すので、モーホウを返してくれという。

「殺してしまえばいいじゃないですか」

真っ先にモーホウの処刑を主張したのは季龍だ。諸将もみな同意した。

「生かしておいては危険です。モーホウひとりを殺せば、鮮卑の一軍を削《そ》いだことになるのです」

モーホウとまともにやりあった孔萇が念を押した。死神としてのモーホウの形相と、鬼神のごとき戦いぶりが孔萇の目に焼き付いている。逃げるジ・ルファンを追って三十里は馬を走らせた孔萇と石勒軍は、五千頭の鎧馬を鹵獲《ろかく》して意気揚々と帰ってきた。

諸将は口々に孔萇に同意したが、世龍は首を横に振る。

「段部は遼西《りょうせい》の強国だ。おれはあいつらに恨みはないし、あいつらも王浚に使われただけのことだ。ひとりを殺して一国の恨みを買うのは賢くない。放してやれば必ず悦《よろこ》ぶだろうし、二度と王浚の手先にはならんだろう。講和を向こうの条件で受ける」

会盟の場へ送る季龍を使者とし、ジ・ルファンが贈ってきた以上の金銀と絹の贈り物を持たせ、張敬を目付役にして送り出す。

「季龍。できることなら、ジ・ルファンと義兄弟の契りを交わしてこい。そうすれば、ジ・ルファンの兄弟もおまえの兄弟になる。義理堅い兄弟がひとりでもいれば、儲《もう》けものだ」

重責を負わされた季龍は、憮然として馬上の人となった。

季龍と張敬を送り出した後、世龍はモーホウを牢から出して、賓客の礼を以てもてなした。処刑されると思っていたモーホウは、伯父のジ・ルファンが講和を申し出、世龍がそれを受けたことを知らされた。

「おれの弟三人と?」

「客人として預かる。おれとしては、貴殿らが王浚との縁を切って、攻めてこないという確約さえ得られればいい。王浚との決着がつけば、貴殿の弟たちも解放する」

モーホウは憮然として言葉を返す。

「もう話はついたんなら、おれに異存はない」

世龍は破顔した。

「そういうことなら、宴だ」

待機していた給仕が、酒や料理を運び込む。

楽人を入れ、舞姫を舞わせ、興が乗ったところへ、酒や肉のよいところをモーホウに勧めながら、遊牧の暮らしとはどういうものか訊ねた。南匈奴族は中原に定住してしまったが、かつては遊牧民であった先祖の暮らしに、少年のころから憧れていたと世龍は話す。

モーホウは酒にあまり強くなく、世龍の飾らない話術に乗せられ、遼西の都市に拠らない草原の生活について語った。

「草原といっても、中原のように青い草が膝まで深く生えているわけではなくて、岩沙漠のようなところに、羊の好む草がまばらに生えていたりする」

大地が凍り、穹廬が雪に埋もれる冬は、羊も馬も穹廬に入れて暖を取る。

世龍は華南の長江で体験した、暖かいが雨のやまぬ悲惨な冬について話した。南は年中温暖で住みやすいと、北辺の民は楽園のような印象を抱えているものだが、実はそうでもなかったことを、世龍は面白おかしく語る。

「南に生まれ育てば、河北や漠北の暮らしは、米は育たず、住みづらく厳しいものだと思うのだろうな」

モーホウは温暖という、体験したことのない土地と風土に思いを馳せる。

「貴殿は妻子はおいでか」

世龍が訊ねれば、息子がふたりいるという。

「その若さでか」

と、世龍はうらやましそうに言った。世龍にはまだ子がいないことを知り、モーホウは親子の契りを申し出た。

「来年にはようやくひとり生まれるのだが、男子とは限らぬからな」

世龍は喜び、モーホウと親子の契りを交わした。

宴を終え、賓客の間へ案内させたあと、世龍は宴の間で最後まで残って琵琶を奏でていた一角を呼び寄せた。

「どう思う？　息子として問題ないか」

「裏表のない人だし、世龍のことは好きになったようだ。今後も信頼していいよ」

一角は微笑して応じた。

反乱の制圧を終えたクイアーンとシージュンは、段部鮮卑の撤退を知って投降してきた太守をふたり、連れ帰った。かれらは王浚に言い含められて、陽動の作戦を行っていたのだと白状した。

「なるほど、段部に襲わせる前に、半数以上の将軍が襄国から離れざるを得ないように画策したわけだ。狡知とはまさに王浚のためにある言葉だ」

世龍は自分が狡知とは無縁であるかのように言い放つので、誰もが笑いをかみ殺さなくてはならなかった。

投降者はすべて石勒軍に招き入れ、才知のある者は君子営に抜擢し、幽州攻略に備える。後背に王浚の討伐を心配する必要のなくなった世龍は、鄴の攻略に取りかかった。周囲の郡県はすでに世龍の手に落ちており、段部鮮卑の撤退によって、それまで日和見であった諸勢力は世龍の傘下に集まりつつあった。

「策など要りません。まっすぐ三台へ攻め込み、落とすだけでいい」

張賓が断言したこともあり、世龍は季龍に鄴の攻略を命じた。副将は桃豹である。

「いいか、降伏する者は無駄に殺すなよ」と季龍には念を押す。

張賓の予言通り、苦もなく三台を陥落させて、季龍は意気揚々と帰ってきた。

季龍に自信と箔《はく》を付けさせるために、鄴の攻略を任せたのだが、副将につけた桃豹が気がかりな報告をした。季龍は降伏の勧告をしたのち、逃げ出そうとした者は兵士であれ使用人であれ、弾弓《だんきゅう》で撃ち殺すことをしたので、これを諌《いさ》めたところ渋々やめたという。

「弾弓なんぞ、どこで覚えたのだ」

「実は、以前から――」

桃豹は言いにくそうに続けた。

軍規に従わず、練兵に出ずに勝手に狩猟に出かけては、諫めた者を弾弓で射って大けがをさせる。さらに城下では、気ままに妓楼《ぎろう》に入り浸って、支払って欲しければ城に来いと言い放ち、放蕩者《ほうとうもの》として忌み嫌われているという。

「そのうち、落ち着くんじゃないかと思っていたわけですが」

驚いた世龍は、季龍を諫《いさ》めようとした。呼び出された季龍は、紅顔にいっぱいの笑みを浮かべ、板についた行儀作法で「叔父上」などと挨拶するので、身内に甘い世龍は、つい鄴の陥落について褒めることしかできなかった。

しかし、そのころから季龍の慢心は、世龍の耳にも入るようになってきた。

奴隷の召使いを、ささいな過ちでひどく打擲《ちょうちゃく》し、足を折ってしまっただの、捕虜や囚人を弾弓の的にして笑っていただの、城下を歩いて袖が触れ合ったという理由で庶人に暴力をふるっただのと、その内容も日々見逃しがたいものになっていく。

鄴陥落の論功行賞と官職の授与において、世龍はモーホウに持節、安北将軍、北平《ほくへい》公《こう》に任命して故郷の遼西へと帰らせた。国境まで送らせた者の報告によれば、毎日南を向いて三度拝礼するほど、世龍への感謝を示したという。

夷狄と言われるモーホウですら、数日の厚遇でこれだけ変わるというのに、季龍の残忍な気性をどうしたものかと悩んでいるところへ、手配中であった乞活《きっかつ》の首領が見つかったという報を受ける。

乞活とは、かつて并州で劉淵と東嬴《えい》公が戦ったとき、どうしても劉淵に勝てなかった東嬴公とともに、荒廃した并州を逃げ出した流民集団だ。ただの食い詰めた農民や庶人ではなく、東嬴公に仕えていた将軍や兵士も大勢いて、侮れない勢力であった。

東嬴公が汲桑《きゅうそう》軍によって鄴で殺害されて八年が経つが、乞活の勢いはなかなか衰えない。しかも、この乞活の首領は、かつて東嬴公の右衛将軍であった者で、世龍はこの人物を二年前に取り逃がしていた。

世龍はこんどこそ乞活を潰してしまおうと、自ら軍を率いて出撃した。

激しい戦闘もなく乞活を追い詰め、首領を捕らえて首を落とす。漢と世龍への帰順を拒み、各地を放浪して掠奪と反乱を繰り返す数千という流民集団は、取り除かねばならない時代の膿《うみ》だ。

世龍は掌を握ったり開いたりして、この行為が一角に苦痛を与えるのかと考えつつ、捕虜全員を坑殺するように命じた。

自分たちの運命を受け入れて、粛々と自らの墓穴を掘る人々の中に、世龍は見覚えのある人物の顔を見た。世龍は馬を飛び降り、流民たちの中へ駆け込んで、その人物の腕を掴む。

「郭殿！　あなたは郭季子《きし》殿ではありませんか」

それは、少年のベイラを援助し、逃散していたベイラに物資と食糧を送り届け、奴隷として売られていくベイラを気遣ってくれた恩人の郭敬であった。

郭敬はひどくやつれ、落ちくぼんだ目をして世龍を見返した。

「いかにもそうですが」

「おれです。ベイラです」

郭敬は驚いて、子どものように泣き出した世龍の顔をまじまじと見た。

「ベイラ、生きていたか……ずいぶんと……」

郭敬も言葉をとぎれさせ、喉を詰まらせて涙ぐむ。世龍は天に感謝し、郭敬の手を取って囚人の中から連れ出した。

「処刑は中止だ。全員自由にしてやれ、裏国へついてきたい者は連れてこい！」

配下の将兵にそう命じると、大急ぎで裏国へ郭敬を連れて帰る。道々、これまでのことを話し合った。

「どうして、訪ねてきてくれなかったのですか」

世龍は袖で顔を拭きながら問い詰める。郭敬は困ったようすで口ごもった。

「まさか、あのベイラが晋朝を覆す大物になるとは、想像もしていなかった。噂を聞いてもしやとは思ったが、名前も違うので確信もなく――」

「おれの二つ名は『羯人の奴隷将軍』ですよ。そうそういないでしょう」

世龍は泣き笑いの顔で言った。郭敬はうむうむとうなずく。

「本当のところ、こちらも、飢饉と内乱はますますひどくなり郭一族は離散して、落ちぶれてしまったし。東嬴公についていきたくはなかったのだが、軍職についていた身内の多くは東嬴公に従って鄴に移ることになったので、私も仕方なく。それに――それに、私としては、まだ晋朝の民という意識もあったのでな」

「公師藩の乱や、汲桑の乱は、どのようにして生き延びたのですか」

当時の混乱のなか、まかり間違っていれば、郭敬を手にかけていたかもしれないと思い、世龍の背筋が寒くなる。

「あのときは、東嬴公麾下《きか》の将軍について、たまたま洛陽にいたのだ。令史の仕事をしていたので」

弁州はもちろん、中原の主要な都市はみな戦乱に見舞われ、誰もが家族や財産、命を失っているこのとき、世龍はなぜか郭敬は平穏に暮らしていると思っていた。弁州では再会できなかったが、どこか争いのないところへ疎開して、静かに書を読んで暮らしているのだと。

襄国に戻ると、郭敬に衣裳と車馬と邸《やしき》を調え、将軍職の最高位で名誉職の上将軍に任じた。上将軍は本来は皇帝によって任命されるものであり、上党郡公で三品の鎮東大将軍でしかない世龍自身が、独断で一品《いっぽん》の上将軍を任命する権限などない。

だが、そんなことは世龍にとってささいな問題であった。

襄国へ送られてきた乞活の兵は、そのまま全員が郭敬の配下として命を永らえた。

王浚の力を大幅に削いだ世龍の功績に報いるため、漢皇帝劉聡は征東大将軍へと将号を進め、侍中の官職を授けた。そして、王氏に上党国太夫人、ナランに上党国夫人として、王妃と同格の章綬《しょうじゅ》首飾りを賜った。

世龍の幸運はまだまだ終わらない。ついに石家の嫡子が誕生したのだ。

　襄国は喜びにあふれ、弘《こう》と名付けられた赤ん坊はどこからどこまでも健康で、冀州は平和が続いたことで租税も取れるようになり、世龍はこれ以上はないほど満ち足りた日々を過ごす。

　問題がただひとつ。

　季龍の素行の悪さに、かれの処分を求める声が軍からも、民事の役所からも上がってきたことだ。

　世龍に叱責され、謹慎を命じられれば、少しの間はおさまるのだが、そのうち邸を抜け出して、城下の芸妓《げいぎ》のところで見つかるという具合だった。

　世龍は一角に相談した。

「以前、季龍に気をつけろ、と言ったな。それはこういうことだったのか」

　一角はためらいながらうなずく。

「凶暴で残忍なのは昔からだけど。世龍もお母さんも気がつかないんだ。シンは季龍を怖がっているよ。季龍がシンに意地悪をするからだけど。家僕の子なのに、世龍の子として扱われているのが、憎いんだろう。いまの素行が荒れているのは、鄴を落としたのは自分なのに、魏郡太守を任じられたのが副将の桃豹だったこと。それから、鄴城陥落の祝いは自分が主役なのに、郭さんが格別の扱いを受けたのが評判になって、しかも世龍には嫡子が生まれたから、自分の戦功がかすんでしまったと思いこんでいるせいだ。素行の悪い自分は、もういらないのだろう、って。まるで子どもだね。しかも乱暴で危険だ」

一角が他者を悪し様《あざま》に言うのを初めて聞いたのでは、と世龍は驚いた。

「季龍は、危険か」

一角はうつむく。

「とても危険。季龍には、世龍の志を理解できない。何もかも壊してしまうかもしれない。弘の誕生を祝いに来たときの、季龍の表情を見た？　ぼくは怖いと思ったよ」

「どうかな、ふつうに笑っていたと思うが」

「ああ、うん。世龍にはいい顔しか見せないからね」

世龍の悩みは晴れず、考えに考えた末、母親に相談した。

「季龍は問題ばかり起こし、しかも非常に残忍な罪を犯します。大業の災いになる前に殺してしまった方が、よいのではないかと思うのですが」

王氏は驚きと怒りで言葉も出てこなかったが、やがて声を絞り出すようにして息子を諭した。

「あの子がいなかったら、私は生きておまえに再会できませんでしたよ。あの子が乱暴なのは、心身が育つ大事なときに奴隷に売られ、その気性をいさめる父親もなく、私が甘やかしたせいです。殺すのなら私を殺してからにしなさい」

「母さん！」

王氏は断固として続ける。

「足の速い牛は、仔牛《こうし》のときはやたらと車を壊すものです。あなたが我慢して、導いてやりなさい」

季龍を殺してしまえば、母親も憂憤で後を追ってしまうかもしれないと、世龍はもう少しようすを見ることにした。

平穏な日々が続き、世龍はかねてからの念願であった、人材を育成するための太学設立に取りかかる。学問に明るい書吏《しょり》を教授に任じ、将佐の子弟から選ばれた三百人の子弟たちを教育するための機関だ。

季龍を入学させるべきかと桃豹に相談したが、難しい顔をされた。張賓に問えば、顔を背けられる。一角に至っては、

「羊の群れに虎を放すの？　季龍より優れた学生は、みんな食い殺されてしまうだろうね」

と辛辣な皮肉を言った。

数少ない血縁の男子を、自分以外の人間がそこまで悪し様に言うのを、世龍はつらく感じる。

「実の子でもない放蕩息子に、頭を悩ませることになるとは――」

天を仰いで悩んでいるうちに、王氏が世を去った。再会してから、たった二年をともに過ごしただけだった。臨終前に、季龍を頼むと遺言され、世龍はもはや季龍に手を下すこともできなくなった。

世龍は、季龍とジュチとシンとで母の亡骸を運び、一角に先導させて深い山の奥へ分け入っていく。半日かけて枝振りの良い大木を見つけると、縄をかけて高い枝に上る。季龍とジュチと三人で、母親の柩を具合のいい枝の上に固定した。

羯族の風葬を初めて見たシンは、ただ驚いて樹上の柩を見上げている。

「季龍よ、この大樹を覚えておいてくれ。おれが死んだら、ここに連れてきてくれ。おれの命が終わったら、できなかった親孝行をやりなおすために」

祖母であり、育ての母であった王氏の死に、季龍は何度も涙を流していたが、世龍の頼みを聞いて耐えきれなくなり、吠《ほ》えるようにして号泣した。

裏国に戻った世龍は、王氏のために九命の礼を以て漢風の葬式を執り行い、裏国の南側に虚《うつ》ろな墓を築いた。

羯族の風葬は、山神の結界に生きる獣たちの葬送と似ていると一角は思った。

季龍の素行はそのころから改まり、乱暴は影を潜め、年長者の言うことを聞くようになった。世龍は安心して、季龍を鄴の城主、魏郡太守に任命した。一角はこのことについて、何も言わなかった。

王浚討伐の準備をしつつも、なんとはない虚《むな》しさを感じ始めた世龍は、将軍のひとりで仏教徒の郭黒略に、人は死んだらどうなるかと訊ねた。郭黒略はかねてより交際のあった仏僧の仏図澄《ぶっとちょう》を紹介した。

世龍は仏図澄の説く仏法を理解できたという気はしなかった。

西国出身の仏図澄が求める五戒については、第一の不殺生戒からして無理であると笑い飛ばし、他の四戒はおおむね守れていると弁じた。

「国が定まらないので、戦争や盗賊が絶えない。自衛のために、戦うしかない。生きるために、盗むしかない。不要な殺生や盗み、人を騙し騙されなくてすむ国を創りたいと思って兵を挙げたのだ。だが、そのために国を滅ぼし、殺戮を繰り返している。おれの生き方は矛盾しているな」

仏図澄は己の罪を自覚しているだけでも、救済はあると説いた。

心に沿うものがあったので、鄴と襄国における寺院の建立と、冀州での布教を許し、法話を聴きに行くときは季龍も伴う。王氏が他界したばかりだったこともあり、季龍は仏図澄の話に耳を傾けた。

襄国に落ち着いて二度目の冬。

「そろそろ、王浚討伐の好機ではないかと思われます」

そのように意見したのは参謀の孔萇である。段部鮮卑を撃退し懐柔してから、王浚討伐の準備にもっとも熱心な腹心である。

この年の始め、平陽で奴僕《ぬぼく》の扱いを受けていた晋の懐帝が処刑された。享年三十という若さであった。

晋が事実上滅び、王浚は誰はばかることなく帝位の僭称《せんしょう》をするようになった。反対する者は粛清、弾圧されたことで人心は離れ、段部鮮卑と烏桓が世龍に靡いたことから、王浚の勢いはだんだんと衰えていった。

「そこへ、今年は蝗害《こうがい》が発生しました。去年は旱魃でしたので、飢饉の怖れもあるのですが、王浚は穀倉を固く閉じて、民衆に配給しようとしません」

「なにやら、国家を衰亡させたくて、やるべきことをすべて試しているような成り行きだな」

世龍は肘かけに肘をついて孔萇に応じた。

「故に、攻める好機です」

「どのようにして？」

「まず使者を送って、王公の動向を観察させます。羊陸の交わりの例にならって、交《こう》誼《ぎ》を深めるふりをして、距離を詰めて参ります」

「羊陸の交わりとは、晋の羊祜《ようこ》と呉の陸抗《りくこう》が、仕える国は敵同士でも国境を挟んで政治抜きの交誼を結んだという、あれか？　病気の陸抗に羊祜が塩を贈ったという？」

「塩でなくて薬です」

「わかってる。君を試しただけだ」

晋の武将から贈られた薬を、呉の将軍は周りの反対を無視して服用し、呉の武将が返礼に贈った酒を、晋の将軍は毒味することなく飲み干したという。

「だが、おれは王浚の才能は認めてはいるが、向こうがそうなのかは知らんな」

「ですから、方便です」

「なんか、しっくりこんなぁ。少し考えさせてくれ」

張賓は風邪で軍議を休んでいたので、見舞いがてらに果物を持って相談に行く。

「療養中におしかけてわるいな」

「いえ、ゴホン。すみません」

咳をして白湯を飲んだ張賓は「王浚の件ですな」と切り出した。軍議の成り行きを聞いて、かぶりを振った。

「だめです。羊祜と陸抗は、年齢も近く、もともと双方の立場と志が等しかったので、交誼が結べました。たとえ方便だとしても、そもそも王浚は、誰とも対等な立場で向かい合うつもりなど、ございません。百官の配置を自ら行い、南面して称制しております。懐帝亡き後、勝手に自分が政務を執っている気でいるのです。そこへ今や威勢も盛んな、親子ほど年の離れた石将軍が、対等な顔をして使者を遣わして効果があると思われますか」

世龍はそのような状況を想像して「ないな」と首を横に振った。

「では、韓信のように、王浚の股を潜るのか。おれは別に構わんが」

張賓は口元に笑みを浮かべた。世龍はそれが最善の策だと言われれば、本当に実行するだろう。三度咳《せ》き込《こ》んでから話を続ける。

「そこまでする必要はありません。が、相手を立てて皇帝に推戴することに異論がないことは、表明するのがいいでしょう」

「劉琨が気を悪くするだろうな。母と季龍を送ってくれた上に、将軍位や官職までくれようとしたのに断ってしまった。寄越した書簡には、『いにしえより胡戎《こじゅう》が名臣になった例はあっても、皇帝になった者はいない、だから潔く我が軍門に降れ』と書いてあった」

面白くない、といった口調の世龍に、張賓はまたも小さく笑う。

「その文面は使えます。晋朝に忠節を尽くす劉琨が、切羽詰まった状況で石将軍に手を差しのべようとして、そのような傲慢な文を書いたくらいです。自ら皇帝を詐称する王浚ならば、そのように考えて当然でしょう。下書きを用意しますので、あとで届けさせます」

その後、張賓から届けられた書簡を、世龍は一角に見せに行った。一角は一読して声を出して笑い出す。涙を滲ませて笑い転げるありさまだ。

「そんなに面白いことが書いてあるのか。早く読んでくれ」

「書き出しからして笑えるよ。『勒《ろく》は卑小な胡であり、戎狄《てき》の生まれです』って。卑小な胡って、このくらい？」

一角は両手を精一杯広げてみせた。それから世龍の涙なしには語れない過去の苦労を説き、晋が滅んだあとは中原には新しい主人が必要で、帝王として相応しいのは王浚しかいないので、早く皇帝の位に登るように、と切々と訴えていた。

『勒は明公を天地のように、父母のように、奉戴いたします。明公にお願い申し上げます。勒の微小な心をお察しください。公の子のようにご慈愛くださいますように』微小な心って、このくらい？」

一角は立ち上がって、うんと胸を張って両手を広げた。

「大きな子だなぁ」

と、まだ笑い続ける。それから、もう一枚を斜め読みして、また笑う。

「ここ、劉琨の手紙にあった部分だよね。胡人の名臣はいても、君主になった例はない、って」

「劉琨がそう考えているのなら、王浚はまったく疑わないだろうさ。度しがたい傲慢さだ」

その後、書簡は宮殿と張賓の邸を何往復かして、ようやく納得のいく上奏文ができあがった。世龍は口の上手い王子春《おうししゅん》という官吏を使者に抜擢し、よくよく言い含めて、王浚を天子に推戴したいとする旨の上奏文と、側近に渡す賄賂、そして金銀珍宝の贈り物を持たせて、王浚のいる薊《けい》城へと送り出した。

この当時段部のジ・ルファンが王浚に対して反乱を起こしていた。そのため、他の鮮卑や烏桓も、王浚の陣営から離反していた。そのようなときに、王浚は世龍からの申し出を受け取ったので、喜ぶべきか、疑うべきかひどく悩んだ。

「石公は時代を代表する武の英雄だ。趙の古都に拠り、鼎立《ていりつ》の勢いを成しているというのに、なにゆえ私に称藩しようというのか。信じがたい」

と用心深く訊ねる。王子春は、打ち合わせ通りに受け答えする。

「確かに、石将軍は世に優れた英才でありますが――」

王浚を褒めまくり、世龍と王浚では月と太陽、黄河長江と海ほどにも違う、と持ち上げる。さらに「いにしえより胡人に名臣はいても――」と続け、胡人の世龍が帝王の座を取ることは天が許さないと言えば、王浚はまったくそのとおりだと思った。

王子春には褒美を出して列侯に封じ、世龍には返礼と幽州の珍品産物を贈る。世龍はさらに、王浚の配下が帰順を願って遣わした使者の首を刎ね、王浚に送りつけた。配下の裏切りに驚いた王浚だが、世龍の誠を信じるようになった。

王子春は王浚の使者と贈り物とともに襄国へ戻ると、世龍は城の兵士らを隠し、貧弱な軍だけが使者に見えるようにした。建物も貧窮したように見せかけ、天子に対するように北面して使者を拝し、王浚の書を受け取る。

贈り物を受け取るのも扱うのも、天子からの下賜品のように恭しく拝する。そして使者に、自ら幽州に参って竜顔を拝したいと告げ、いっぽうでは賄賂を贈っておいた王浚の側近に、望みの封国と爵位を伝えておいた。

使者を幽州に送り返した世龍は、王子春を召して、薊城のようすを訊ねる。

王子春によると――

幽州は水害で庶民は食べるに困っているが、王浚は備蓄の粟《あわ》を支給せず、刑罰と賦役は厳しく、庶民の暮らしは限界に達していること、賢良の士大夫は粛清され、諫言《かんげん》の士は誅殺され、流民は増加の一方、奸臣《かんしん》が我がもの顔でのさばり、兵士の士気はこれ以上ないほど低く消沈している。

王浚は台閣を立てて百官を配し、漢の劉邦も魏の曹操も自分に比べれば劣ると放言している。北部では高官を中傷する戯《ざ》れ歌《うた》が流行り、また子どもたちが不気味な謡を口ずさむようになり、狐《きつね》や雉《きじ》が、自在に役所を出入りするなどの怪異が起きているという。

「国はこうして滅ぶの見本市だな。王浚を捕らえる時が来たようだ」

幽州に帰還した使者は、世龍が見せた窮乏ぶりと惶懼《こうく》した態度を報告して、さらに王浚を安心させた。

「人は追い詰められると、自分の信じたいものしか信じられなくなるのだろうか」

あまりにもとんとん拍子に事が運ぶので、世龍はなんとはなしに不安になって、一角に訊ねた。

「人間はそういうところがあるね。王浚は私生児で、父親は晋の重臣で他に息子がいなかったにもかかわらず、死ぬまでかれを認知しなかったというから、他者に認められたい、評価されたいという願望が、とても強いのかもしれない。だから、いま華北で一番勢いのある世龍に認められ、仰がれるってことは、とても嬉しくて、喜ぶことなのかもね」

「そういうものか」

世に出たい、認められたいという願望の強さに関しては、世龍自身もなかなかのものではないかという自覚がある。その思いが出生によって左右されるとは、にわかには信じられなかった。

「王浚には追い詰められている自覚はないけど、もとは賢いから、鮮卑族が離れていって、足下が危ないことはわかっているはず。だから、救いの手が差し伸べられると、怪しいとわかっていても、飛びついちゃうんだ。自分は賢いから、騙されるはずがない、利用するのはこの俺様の方だ、ってね。あと、六十歳を超えた焦りもあると思う。人間って、年を取ると考える力が弱っていくよね。そうじゃないお年寄りもたくさんいるけど、晋の武帝がふぬけになっていったのも、そのくらいじゃなかった？ そういえば、世龍は最近はよくお寺に通っているそうじゃないか。徳の高いお坊さんが、心の休まる話をしてくれるんだろ？ そういうの、信じてるわけ？」

世龍はどきりとして一歩引いた。

「修行を積んで五戒を守る仏僧に救いを求めるのと、心を迷わせて詐欺にかかるのとを、一緒にするのは違うのではないか」

「違わないよ。心が落ち着くことを、誰かに言ってもらったり、してもらったりしたいということだろ。人間は心が虚しくなると、救いを求めるんだ。お腹がすいたら、食べ物が欲しくなるようにね」

一角の言うことが、わかるようでわからない。

「救いとは、なんだ」

一角が目を丸くする番であった。

「自分で言ったのに、わからないの？ でも、わからないから、何度も仏僧の話を聞きに行くんだね。でもごめん。ぼくにも救いがなんなのか、わからない。ぼくは、人間じゃないから」

「では、おまえは何を信じている？」

一角は考え込んでしまう。そんなことは、考えたこともなかった。

「何も。信じるものは何もない。ぼくはただ、この天地に狭間に在るものだから。空を漂う、雲のようなものだから」

「では、いつかおれが年を取り、正気を失って王淩のようになったら、おまえはおれを止められるか」

「そのために、ここにいる。でも、うまくできるかどうかは、わからない。世龍よりも、先に死ぬかもしれないし」

一角ははかなげに微笑んだ。

世龍は自室に戻ると、自分は正気だろうかと考え直した。

まだ、志は胸の内に在るだろうか。六族が融和する道を探しているだろうか。独善的な正義に陥ってはいないだろうか。感情の赴くままに、人を罰し、血を求めてはいないだろうか。

一角に寺通いのことを指摘されたのは、どきりとした。

少し前、モーホウの弟たちが逃亡した。世龍は激怒して、脱走を看過した監視官をみな死刑にしてしまった。王浚討伐を前に、段部の人質を逃がしてしまうなんて、ありえない。賄賂を受け取ったのだと思い、あるいは王浚の間諜であったのかと疑い、さらに段部の工作があったのかと疑心暗鬼になった。

疑いだけで、殺してしまわなかったか。もっと調べさせるべきではなかったか。ただの過失だった可能性は？

いや、それ以前に、短気で暴力的であった父親に、だんだんと似てきていないか？

近頃、感情を爆発させることが増えているのではないか。

他罰的になってはいないか。

仏図澄に会って話を聞いているうちに、心が凪《な》いでくる。救いとは、あの穏やかな気持ちになれる束《つか》の間《ま》の至福のことだろうか。そんなものにすがりたくなるとは、自分もずいぶんと弱くなったものだ。

昔は、どうやって不安や怒りを紛らわしていたのだろう。

世龍は空を見上げて考え、そして思い出した。厩舎《きゆうしや》へ行き、気に入りの馬を引き手綱をとり、鞍を置いて城外へ出る。風を切って走る。風が顔に当たる。馬の汗の臭い。獣の臭い。馬を休ませるために、速度をゆるめて歩かせていると、愛馬のではない蹄の音が聞こえて振り返る。

「ナラン！」

「よかった、追いつけて。一角が心配していたから。何かありましたの？」

世龍は自然と微笑みが浮かんでくる。

「少し、むしゃくしゃしただけだ。最近、おれは怒りっぽくなっていないか？」

ナランは声を上げて笑う。

「もう、そんな父みたいなことをおっしゃるの？　年を取ると、怒りっぽくなるんですって。物に当たり散らして壊すようになったら、長く生きられないそうですよ。弘がまだ赤ん坊なのに、そんなことでは困ります」

ふたたび笑い声を上げて、ナランは世龍の馬を追い越した。

「怒りたくなったら遠駆け。とてもいいことだと思います。ご一緒させてください」

しかし、城に帰ったふたりは、護衛も連れずに城から見えなくなるまで遠駆けをしないようにと、側近一同から注意された。

世龍は王浚を斃すため薊城を攻める日を、つい先延ばしにしている。モーホウの弟たちが逃亡したことで、段部が王浚に寝返らないという保証がなくなった。また、幷州の劉琨も、世龍を斃すために王浚と結託するかもしれず、未だに帰順してこない烏桓なども、この機会に背後を突いてくるかもしれない。

腰の重い世龍を、病の治った張賓が叱咤しに参内した。

「幷州が心配ですか」

「わかるか」

「劉琨は王浚とは組みません。あのふたりの間には遺恨があります。劉琨はいまでも晋の復興に望みをかけていますから、皇帝位を僭称する王浚とは不倶戴天の敵でもあります。それでも心配なら、人質を送って講和を結び、朝敵である王浚を斃すことを誓えば、喜んで傍観してくれるでしょう。鮮卑、烏桓のことは気になさらずに。薊城行軍は片道十日。建業や蜀へ遠征にいくわけではありません。その気になればすぐに引き返せます。そして、王浚を斃してしまえば、かれらも兵を出す理由がなくなります」

世龍はにこりと笑う。不安が急に取り除かれたからだ。これも救いだろうか。言って欲しいことを言ってくれる人間は、仏僧や詐欺師でなくてもいい。

「だが、人質はどうしたらいいのだ。おれには赤ん坊しかいないぞ。季龍は危なくてやれない」

劉琨とやり合って、差し違えそうな危険があった。そこで、族子のジュチ、シン、一角を呼んで状況を話す。

「誰かが人質にならないといけないということだね」

一角が言えば、他の二人が目配せし、そして目を逸らした。

「ぼくがいくよ」

名乗り出たのは一角だ。だが、一角では世龍の血族には見えない。

シンが一角の袖を摑んだ。

「わ、わたし、行けます。石家のためなら」

家僕の孤児なのに、実子同然の待遇で引き取られたシンは、養われているだけで何の役にも立てないことを気に病んでいた。まだ成人にはほど遠く、少年と子どもの間なのだ。役に立ちようがないのだが、最も血の近い季龍でさえ、何年も劉琨に抑留されていたことを思えば、次は自分がその役目を負うべきだとシンは考えたのだ。

名乗り出るのは、とても勇気の要ることであったが。

「じゃあ、一緒に行こう」

一角がにこりと微笑んで言う。

世龍が「行けるか」と少し安心したような声をかける。

「何かあったら、シンを連れて逃げる。シンくらいの大きさなら、担いで逃げられるよ。よく朱厭を担いで綱渡りをしたからね」

一角は懐かしそうに目を細めて昔の話をした。世龍は「そうだったな」と相槌を打つ。

「王浚を斃したら、ぼくの名を呼んで。すぐにシンを連れて帰る」

「わかった」

世龍はうなずき、シンと一角に講和を要請する書簡を持たせて幷州へ送り出した。王子春を呼び出し、薊城の造りについて確認し、襲撃の手順を組み立てる。五日後、劉琨から同意の返信を受け取り、世龍は間を置かずに幽州の薊城へと軍勢を率いて進発した。

途中の易水《えきすい》を渡ったときは、盟約の使節とは信じがたい数の軍勢を目にした王浚の都護《とご》が、驚き慌てて薊城に急報を出したが、すでに世龍に寝返っていた部下に阻まれて防戦の軍を動かすことができなかった。薊城の将兵は石勒の来寇に迎撃の用意にかかろうとしたが、逆に城主の王浚に世龍を歓迎するように命じられる。

「石公は我を奉戴しに来たのだぞ！　それを攻撃する者は斬る！」

そうまで言われては、城の兵士たちは自分の逃げ場を探すしかない。

城門が開け放たれるなり、牛と羊の群れが駆け込んできて、兵士と住民を混乱に陥れた。

「伏兵は、いなかったようだな。王浚は本当におれが帰順すると信じていたのか」

「石将軍を城に誘い込んで罠に嵌め、八つ裂きにするつもりだったと、おれは信じてました」

世龍の拍子抜けした言い草に、側近のクイアーンが鼻をこすりながら揶揄の笑いを浮かべる。世龍は兵士たちに掠奪の許可を出した。

「ただし庶人には手を出すな。殺していいのは武器を持っている連中。掠奪していいのは役所の倉庫と宮殿だけだ」

城下の騒ぎを聞きつけた王浚は、ようやくこれが表敬訪問ではないことに気がついた。座っては立ち上がり、かつては狡知の塊といわれた頭脳は、まったく機能しなくなっていた。狼狽《ろうばい》の極に達すると慌てて奥へ走り、妻の手を取って逃亡を図る。

その間にも、応戦の許可が出されない薊城の兵士たちは、石勒兵に斬り倒されていく。世龍は迷うことなく政庁の建物へと向かい、庁堂に足を踏み入れて兵士らを宮殿に放ち、王浚を捕らえさせて引きずり出した。

王浚は暴れ錯乱し、世龍を目にするなり、「胡人の奴隷ごときが！」と、汚い言葉で罵り始めた。

世龍は悠然と構え、王浚の罪を並べ立てた。

「君の衣冠は尊く、爵位は上公に列し、驍悍《ぎょうかん》の国、幽都に拠《よ》り、突騎の郷、燕《えん》の全土にまたがり、手には強兵を握りながら、洛陽長安の陥落を座して眺め、天子を救おうともせず、自らを尊貴と為し、専《もっぱ》ら暴虐に任せ、忠良の士を殺害し、情欲を恣《ほしいまま》にし、燕の土に毒を撒《ま》いた。このような目に遭うのは自業自得であろう」

薊城には二日留まり、幽州の官吏を整理刷新した。王浚を護送して帰る途中、易水にさしかかると、かの都護が襲撃してきた。王浚を奪還しようとしてのことであったが、応戦してこれを討ち、なんとか逃げ延びた。

襄国で王浚を公開処刑し、その首を処理して戦捷報告とともに平陽に送った。

一方、一角はシンの付き添いとして、劉琨の待つ晋陽城に乗り込んだ。

劉琨は世龍の族子としてシンと一角を丁重に迎え入れ、もてなした。

一角が劉琨に抱いた印象は、荀晞に少し似ているということだった。どちらも晋の忠実な臣下で、戦上手な将軍であり、治政に優れた行政家であるという共通点があるせいだろう。しかし、性格は異なるようであった。

実は、一角は彼自身のある決意を抱えて、自ら人質を名乗り出たのだ。

劉琨が和睦に応じたのち、一角は十日を数えてから劉琨に面会を申し込み、かつて葛陂まで世龍の母と甥を送り届けてくれたことに真心からの礼を述べた。

齢四十三を迎える劉琨は、円熟した政治家でもある。朱厭の言によれば人間年齢三十余歳に過ぎない一角には、荷が勝ちすぎているかもしれないが、見た目の青臭さで相手を油断させることには利があるかもしれないのだ。

劉琨は一角の丁寧な謝辞に、かすかな驚きを瞳に浮かべたが、すぐに鷹揚と謹厳の調和した将軍の顔に戻る。

「南方の風土に不慣れな石将軍が、河北に戻る道を必要としていたと思ったのだが、余計なお世話であったようだ」

「義父《ちち》は、劉将軍の差し出した条件に、心を動かされたことは確かです。ですが、すでに東海王以下晋国の重臣と精鋭を全滅させ、洛陽の陥落に手を貸した事実は、消えることはありません。晋朝の復興を掲げたところで、誰が義父を信じるでしょう？それよりも、今回のように、義父世龍は王浚将軍よりも劉将軍を恃みとしています。母と甥を匿い返していただいた恩があるというだけではなく、劉将軍の晋に対する忠心と、領民に向けられる仁政は、王浚将軍とは比べものになりません。義父世龍は、劉将軍の才能と人柄を、とても惜しんでおり、できれば君子営の一員に迎えたいと考えているのです」

劉琨は、人質としてきたはずの一角の申し出に、文字通り目を丸くした。一人前の交渉を始めた十三、四の少年を見つめ返す。そのとき初めて、一角の金瞳に気がついたらしく、はっとして目を逸らした。

「わたしの目の色を、不吉とお思いですか」

「いや、そのようなことは」

劉琨は咳払いして、ためらいつつ否定する。

「劉将軍は、古来胡人が皇帝になったためしはないと、世龍へ送った書簡に記されましたが、古来に例がないからといって、未来に可能性がないという理由には、ならないとは思われませんか」

劉琨はそうした話題すら考えたくないというふうに、かぶりを振った。一角は相手に反論を考えさせる余裕を与えず、話を続けた。

「前例がないといえば、紂王《ちゅうおう》が討たれるまで、殷《いん》の王子でない者が中原の王になった例はなく、周の幽王《ゆうおう》が討たれるまで、中原の王といえば、周の王しかいませんでした。それが戦乱の世にはあちこちに王が立ち、当時は中原の民からはむしろ異端の民と見做されていた秦の王嬴政《えいせい》が、それまで誰も可能だとは考えなかった中原統一を成し遂げ、誰も名乗ったことのない皇帝という号を創り出し、自らに冠したのです。前例は常に書き換えられてきたのです」

劉琨は自分の息子よりも年若い少年に反論できず、むっつりと黙り込む。

一角は劉琨をじっと見つめ、声と視線に持ちうる限りの霊力を込めて、断言した。

「世龍は、中原に立つ最初の胡人の皇帝になります。これは、天命です」

大きな金属の打楽器を打ったように、一角の声は一種の波動を伴って、室内に木霊した。劉琨は、こめかみを押さえ、ぶるりと肩をふるわせる。

「世龍は、劉将軍の人柄と才能を、とても惜しんでいます。あの荀晞将軍でさえ、左司馬の官職を以てお迎えしたほどです。残念ながら、荀晞将軍は帰順した他の将軍たちと結束して世龍を害しようとしたので、排除するほかありませんでしたが。本当に、惜しい人材でした」

「一角殿、と仰せだったな。石将軍とは、どういう縁で？」

劉琨はひきつった笑みを浮かべて、話題を逸らそうとした。

「盗賊に囚われ、見世物にされているところを救ってもらいました。この目と髪の色が異形であると、珍しがられたので」

一角はちらと頭巾の端をめくって、赤金色の髪を見せた。

「世龍は、相手の見た目や出自を、いっさい気にしません。敵か、味方か。それだけです。そして、味方に立った者が有能であれば取り立てて活躍の場を与え、充分に報います。そしてなんの取り柄がなくても、正直で忠実な友でさえあれば、気にかけ、面倒を見てくれます。石勒軍と君子営の半分は漢人です。胡人と漢人が融和し、互いに差別したり、侮辱したりすることのない国造りが、世龍の志です。劉将軍はご存じですか。いまや、河北の人口の半分以上が、胡人であるということを」

劉琨はすっかり一角の弁舌に乗せられてしまったことを自覚していたが、そこから下りて反撃する機会を摑めない。相手はほんの少年であり、向きになって論破するのも憚《はばか》られる。劉琨は咳払いで喉を落ち着かせ、恫喝を込めて問いただす。

「だが、それは晋国への帰順を前提とした和睦の条件とは異なる。そのような不誠実な交渉は、一角殿ご自分の身を危うくしていることにお気づきか」

一角は穏やかに微笑みを返した。

「ええ、講和の条件とは別に、劉将軍をお招きしたのは、わたしの独断です。拾われ、養われた恩を石将軍に返す機会だと思いましたので」

劉琨は一角に手玉に取られたことへの不機嫌を隠さず、会談を終わらせて、ふたりの少年を居室に送り返させた。

それから数日が過ぎた。劉琨は一角ともシンとも会おうとはせず、ゆるやかに軟禁されたふたりの少年は、ゆったりした時を過ごす。シンは絶えず、一角が劉琨を説得していたときの落ち着きを褒め、自分もああした論客になりたいとコツをねだる。

「まあ、勉強するしかないかな。でも、ぼくも初めてだから、すごく緊張した。うまくいったかどうかわからないけど、劉琨を動揺させることができただけでも、収穫だと思わなくちゃね」

晋の遺臣として、絶望的な復興の戦いに残りの生涯を費やすより、新しい国造りに参画する未来を、一角は劉琨に示した。

それだけでも、劉琨の今後の活動に、大きな影響を与えるのではないか。数日前までは存在しなかった選択肢が、絶えず劉琨の頭の中で囁《ささや》き続けるのだ。

――もっと楽な生き方があるのだぞ――、と。

日が暮れてあたりが暗くなってから、世龍は小声で一角を呼び戻した。

赤い鱗に覆われた鬣のある獣が、シンを背中に乗せて帰ってきたのは明け方だった。晋陽と襄国は、麒麟体の一角にとって、世龍が呼べば一刻で駆け抜けてこられるような距離である。それが一晩もかけて戻ったのは、人間であるシンが耐えられる速さで駆け戻ってきたからであろう。

「それで、劉琨は脈がありそうか」

世龍の期待に満ちた問いに、一角は肩をすくめて応えを返す。

「いい返事はもらえなかった。交渉事は初めてだから、失敗したかもね。でも、充分に揺さぶりはかけられたと思うよ」

シンは、人質生活について、女たちから質問攻めに遭ったが、本人は脱出行の話に夢中であった。

ある夜、シンはいきなり『脱出するよ』と一角に背負われ、しっかり紐で結わえられた。さらに『昔、ぼくは曲芸師だったんだよ』と笑いながら、一角は軟禁されていた部屋の窓から塀へ飛び移り、見張りの兵の目に留まらぬ速さで楼閣を跳び越えて、晋陽の城壁から飛び降りた。

シンは城壁の高さに驚愕し、一角が宙を舞った瞬間に気を失って、あとは何も覚えていないとナランたちに語った。

気がつけば朝になっていて、裏国の自分の部屋で目を覚ましたのだ。

「一角が一晩中背負って走ってくれたのだ。感謝しろよ」

と世龍は笑いながら言った。

劉聡からは、王浚の討伐と幽州の平定を賞して、大都督陝東《せんとう》諸軍事、驃騎《ひょうき》大将軍、東単于に任じられ、幽州と冀州の牧はこれまで通りであった。

「東単于か。いままでに授けられた称号では、こいつが一番嬉しい」

それぞれ伯・子・侯に封じた歴年の十一騎将と家族を集めて、宴を開く。

「一角、覚えているか。おまえはしがない傭兵暮らしのおれに、中原の天子にはなれても、匈奴の単于にはなれないと言ったことを」

ご機嫌な笑顔で意地悪く問う。一角は苦笑いで応じる。

「覚えています。ぼくが間違っていました。大単于閣下」

「東単于だ」

「石将軍はそんな昔から、野心を抱いていたのですか」

参謀の孔萇が驚き顔で訊ね、一角は微笑みつつ応じる。

「世龍は劉淵に憧れていたんです。北方の民なら誰でも、一度は単于になれたら、って思うのではないですか。でも、匈奴では屠各種の血統でなければ、単于にも左右の賢王にもなれはしない。でも中原の皇帝は、誰でもなれるって話をしただけです。劉邦のように、ね」

「だなぁ」

桃豹が感慨深げに息を吐いた。

「劉邦は誰でもなかったんだ。おれたちと同じような、庶民でさ。しかも、挙兵したときは四十を超えていたんだっけか」

「そしたらうちの大将はまだまだこれからですね。中華皇帝になりますか」

幸福な酒は回りやすい。しかし、世龍はまだまだ自分は正気でいたいと思う。

「なれるか、なれないかは、天が決めることだ。まだたった二州しか獲ってないし、領内の平定も終わってない。気の早いことを言っていると、足下の石に蹴躓《けつまず》くぞ」

そのように宴もたけなわのころ、幽州の統治を委ねられた薊城の城主が石勒から離反し、段部鮮卑のピーダンに寝返ったという報が舞い込んできた。

ピーダンは世龍と講和を結んだジ・ルファンの弟で、義親子の契りを交わしたモーホウの伯父である。ピーダンは段部の王族でも王浚寄りであった。講和に反対し、モーホウのことは見捨てるべしと主張していたという。いま薊城に乗り込んで、幽州の乗っ取りに取りかかったもようである。

他にも幽州の太守で離反する者が出てきて、王浚討伐で前進したと思われた二州の平定は、ふりだしに戻ったかのようだ。

世龍は手にした杯を床にたたきつけ、怒りを抑えた。

乞活の兵士を皆殺しにしようとして、郭敬を見つけて再会した。危うく大恩のある郭敬を生き埋めにするところだった恐怖に、その後は投降してきた相手には努めて寛大になっていた世龍であったが、とんだ間違いであったのか。

世龍の顔色を窺う一角の表情が視界の隅に入り、ますます苛立《いらだ》ちが募る。

「いつになったら終わる!?」

「まだ、終わっちゃ面白くないですよ」

世龍のつぶやきに、季龍が反論した。

「次はどこを攻めますか」

と桃豹。

「一角、劉琨の城と晋陽の防衛はちゃんと探ってきたんだろうな？」

とクイアーン。

その横では、さほど興味もなさそうに、得意の琵琶に似た楽器の調弦を始めるシージュンと、数珠を繰って殺戮の祈りを先払いしている郭黒略。

「次は并州か」

すでに兵站《へいたん》の計画を思い描く胡王陽。

「こんどは気候のいいときに南征しませんか」

寒さが苦手な郭敖《かくごう》。

「それが、太行山脈に正体不明の山胡の流民集団が跋扈して、掃討の要請を邢台《けいだい》の太守から受けています」

と、言い出すのはいつもは控えめなルーミンであった。

血の赤と鉄の香りに酔う宴は、まだまだ終わらない。

第十章　滅亡

晋国将軍の劉琨《こん》が、世龍の申し出た和睦に応じて人質を受け入れ、王浚《しゅん》の討伐を静観することにしたのは、累年の咎を悔い、将来に善を求めたいという世龍の口上を信じたからであった。

だが、人質は脱走した。世龍は漢の皇帝劉聡《そう》に戦捷を報告し、王浚の首を平陽へ送り、幽州平定の勲功として授けられた叙爵と昇進、そして二郡の封増を受け入れた。

策に嵌められたことを知った劉琨は、当然ながら激怒し、配下の将や郡太守に命じて、世龍側の郡県を攻撃させた。

劉琨の甥の劉演《えん》はシージュンを敗走させ、その勢いで配下の将を世龍側の頓丘《とんきゅう》郡に送り込み、太守を討ち取った。さらに、双方配下の将や太守が各地で攻防を繰り広げ、一進一退の小競り合いが続く。

晋末の華北には、六つの州に晋の刺史が八人いた。すでに七人が世龍に滅ぼされ、残っているのは劉琨だけである。

その劉琨が晋の余勢を保ち、世龍や劉漢に対抗できているのは、陰山《いんざん》山脈とその北の蒙古高原以北、西は涼州、東は渤海に至るまでの広大な領土を持つ、拓跋《たくばつ》鮮卑の大《たい》人《じん》イールーとの間に結ばれた盟約のお蔭であった。晋の領土の一部を割譲したことで、劉琨は鮮卑の精鋭騎兵隊を、無尽蔵に借り出すことができた。

イールーはこの年、代《だい》という鮮卑の国を建て、代王の称号を手にしていた。

ここ数年、劉琨は晋の将軍として、たったひとりで西の長安を守護し、東の鄴に救援を送り、劉漢の首都平陽の侵攻について、代国の王と検討してきた。

懐《かい》帝が劉聡によって処刑されたのち、長安で即位した晋の愍帝《びんてい》に、劉琨は大将軍、都督并州諸軍事、散騎常侍、仮節を授けられた。

大将軍は、将軍位ではもっとも高位の一品で、この上はない。常設ではない名誉職の上将軍が等しくあるだけだ。だが、従う将軍たちの層は、貧窮者がわずかな小麦粉で作る焼餅と同じくらいに薄い。乾かせば風に飛ばされそうに、持ち上げて見れば向こうが透けて見えるほどに薄い。

諸軍事も、并州のほんの一部を占拠しているだけで、他の官位や称号など、中身のない虫食いの実だ。

それでも、劉琨は晋の復興をあきらめなかった。東の世龍、西南には漢の軍勢を相手に、一歩も譲らない。

一方の世龍は、北には幽州の州都薊《けい》を奪った段部鮮卑のピーダンと戦い、南には東晋にすり寄って、漢からの離反を謀ろうとする青州刺史の曹嶷《そうぎょく》を警戒し、西からは絶えず抗戦を仕掛けてくる劉琨に煩わされている。さらに、度重なる飢饉のために丁零《ていれい》のような少数民族が暴れ出し、渤海《ぼっかい》の沿岸でも騒擾《そうじょう》が頻発して、周囲から流民がなだれ込む。この民の綏撫《すいぶ》と救済に、時間と資源を奪われていた。

なかでも世龍の手を患わせたのは、王浚によって楽陵《がくりょう》太守を任じられた邵続《しょうぞく》であった。その息子邵乂《しょうがい》は、王浚が捕縛されたときは薊城で督護を務めていた。薊城を落とした世龍は邵乂を捕らえて人質とし、邵続を招聘した。邵続は降伏し、世龍は親子ともどもそのままの地位を安堵した。しかし、段部鮮卑のピーダンが薊城を奪還すると、邵続は東晋の元帝に帰順を決意し、世龍から離反した。

世龍は人質として手元に仕えさせていた邵乂を殺し、邵続討伐のために出陣した。

行軍の途中、一角は処刑のようすを思い出すたびに、胸が刺されるように痛む。

——ますます人間がわからなくなってきた。あの人のお父さんは、息子よりも晋国の復興の方が大切だったの？——

一角には、邵乂に反乱の意思がないことはわかっていた。世龍にもそれを伝えた。晩年の王浚は皇位を僭称し、佞臣を蔓延《はびこ》らせて忠臣を粛清し、有徳の士を追放したことから、若き邵乂は義憤を覚えていた。世龍に降伏したときはその寛容さに感服し、自ら父親に帰順を勧める役を申し出たのだ。

世龍が一角の判断を疑うことはできない。しかし、親が裏切れば殺されるための人質である以上、誰にも邵乂を救うことはできない。それが人間界の掟なのだ。

長い間嫡子に恵まれなかった世龍こそ、邵続の選択は理解し難かったであろうし、邵乂に死を命じることに、葛藤があったのではないか。一角はそんな気がした。

時代が変わり、新しい国造りを受け入れた息子が殺され、滅んだ国への忠義を貫く父親が生き残る。

──本当に、太平の世なんて、実現するんだろうか──

一角は嘆息し、初夏の空を見上げた。劉淵の守護鳥であった鳳凰の雛を思い出す。

──青鸞《せいらん》、いまごろどうしているんだろう──

劉淵が崩御したときには、一角は平陽にいなかったので、青鸞がその後どうなったのか知る機会がなかった。

楽陵に着き、城を包囲して攻城戦の準備が始まる。世龍はわずか八千騎しか率いてこなかったので、攻城具も大がかりなものではない。

そこへ、北部に出していた偵察隊から、段部鮮卑の大軍が楽陵へ向かっているとの報せが届いた。

「邵続め。はじめから鮮卑と組んで、挟み討ちにするつもりだったか」

背後を鮮卑に突かれ、城から打って出られては形勢が逆転してしまう。世龍は即断して撤退の命令を出した。

多くの河川が渤海へ注ぐ冀《き》州の海側は、湿地が多く馬を走らせるのには向かない。薊城から内陸を移動する経路は限られており、世龍配下の城主の警戒網にかかって、すぐに警報が発せられるはずであった。だが、鮮卑軍は予想外の速さで撤退する石勒軍を補捉した。

冀州をほぼ平定したとはいえ、幽州の薊城を段部鮮卑が占領し、冀州の東では邵続が東晋に寝返ったことで、鮮卑軍の通り道にある郡の太守の中には、邵続や段部のピーダンの誘いに乗って、そちらについた者もいるのだろう。邵続ならば、東晋に寝返る前に、そうした根回しをしていたことは考えられる。

「うかつだったな」

世龍は馬を励ましながら自嘲する。鮮卑の援軍を待たずに城を打って出た邵続は、周辺の衆を動員して石勒軍の退路を封じる。そうして足止めを喰らっては、戦闘を強いられているうちに、剽悍な鮮卑の大軍に追いつかれた。

世龍より少し遅れて馬を走らせていた一角は、このままでは包囲されてしまうと直感した。大軍に囲まれても、自分の霊力は世龍を守りきれるのか、試してみたいと一瞬考えた一角だが、自分が傷つき倒れれば加護もできない。そして何より、多くの兵馬が犠牲となることには、どうしても心が痛む。

一角はこの窮地を脱するために、少しずつ速度を落とし、石勒軍から後退していった。騎手を失った空馬に見せるため、鞍から体をずらし、馬の腹帯にしがみつく。

追討軍の騎兵は、騎手もなく同じ速さで駆ける一角の馬を見て、あとで鹵獲《ろかく》してやろうと思い、併走するままにさせた。そうして鮮卑軍と邵続軍の中間地点まで下がった一角は、地面に飛び降りて麒麟体へと変じ、騎馬の群れの中を走り出した。

突如現れた大柄な赤い馬――馬にしては目も口も大きく、額に角があり、毛並みの代わりに金属の光沢を放つ艶やかな鱗に覆われているように見える――が、先を行く騎馬隊を瞬く間に追い越して行く。鮮卑軍の先鋒を走っていた段部の将は、いきなり後ろから追い上げ、視界に入ってきた異形の赤馬を横目にしてぎょっとした。

鮮卑軍の先頭に躍り出た一角麒は、南へと方向を転じた。鮮卑軍も邵続の騎馬兵も、赤金色の長い鬣と尾を靡かせて疾走する一角麒について方向転換する。騎兵らは、手綱を引いても、腹を蹴っても、声をかけて鞭で打っても、馬が従わない事態に焦った。

野生馬が群れを率いる牡馬に従うように、何万という馬が勝手に一角麒について行ってしまうのだ。騎兵の一人が思い出したように弓を構え、矢を番えて赤い麒麟へと放った。矢は輝く鱗に跳ね返され、奔馬の群れの中へ消えた。

五十里くらい石勒軍から引き離してから、人の姿に戻って馬の群れに紛れ込むつもりであった一角だが、だんだんと疲れてきた。額の上に見えていた角が薄れてゆく。世龍から離れすぎると霊力が弱まってしまうようだ。人間体のときよりも前後に広い視界には、背後の鮮卑兵が弓を構え、あるいは輪にした縄で一角麒を捕獲しようとしているのが見える。

逃げ切れそうにないかと覚悟する一角麒の耳に、一角の姿が消えたことに気づき、焦る世龍の声が響いた。

「一角！　炎駒！　どこだ！　帰ってこい！」

その瞬間、世龍に預けてあった霊力が、距離を超えて一角麒の額に流れ込む。消えかかっていた額の角が輪郭を取り戻し、螺旋状の模様もはっきりと浮かび上がる。一角麒は高く跳躍し、空中で体を捻った。長く伸びた角が行くべき方角を指し示す。一角麒は東へ向かって宙を蹴り、竜巻の速さで疾駆する。鮮卑の騎馬軍は、そのまま南へと走り続ける隊、列を乱して勝手な方向へ走り出す隊で混乱を極めた。

数十里先で、姿を消した一角を探す世龍を一瞬で見分けた一角麒は、速度を落として石勒軍の軍馬の群れに走り込み、駆け抜けた。騎馬は一角麒の疾走につられて、速度を増した。中には泡を噴きながら走り続ける馬もいる。一角麒はしばらく世龍の騎馬と併走したのち、そのまま前方へ走り去った。

そこから二十里余り走った後、世龍は道ばたに座り込んでいる一角を見つけた。

世龍が馬を下りて一角の肩に手をかけたが、起き上がる余力もないようである。

「敵軍を撒いてくれたのか。助かった。ありがとう」

「でも、ついてこれなかった官吏が、捕らわれたみたい」

一角はぐったりして応える。

「そのうち、取り返すさ。まったく、邵続め。捕まえたら八つ裂きにしてやる」

世龍は毒づき、空馬を探させて一角を乗せた。

しかし、この邵続は劉琨と連携を取り、鮮卑と手を組んで、その後もしつこく世龍と石勒軍を悩ますことになる。

季龍やシージュン、ルーミンに劉勉、程遐《ていか》といった世龍の諸将が、各地で乞活や邵続、劉琨の諸将と戦い、負けては勝つを繰り返すこと二年。季龍がついに劉琨の甥、劉演を打ち破り、その親族である劉啓を捕獲した。劉演は段部鮮卑を頼って逃亡したが、劉啓は襄国へ護送された。世龍は劉啓に田宅を下賜して、師をつけて学問をさせた。劉琨が母と季龍を庇護してくれた恩は、このような形で返すことにしたのだ。一角には、『これこそ、【羊祜と陸抗の交わり】だね』と冷やかされたが、反論はしなかった。劉琨本人と戦うときは、一切の手加減をしないのが、暗黙の掟になっていたからだ。

秋の終わりに并州へ侵攻し、楽平郡の太守が守る城を攻めた。劉琨は即座に二万の援軍を寄越し、自らも出馬して、世龍に苦戦を強いた。

「溝を掘り、塁を築き、相手の疲れを待つべき」と進言した者に激怒した世龍は、臆病を罪としてその者を斬り捨てた。

そして三軍に分けた一軍を前鋒として孔萇に指揮させ、退く者は斬ると脅して、二軍を伏兵として各所に配置した。軽騎兵を率いて自ら囮《おとり》となり、もっとも精強な敵の一軍を誘い込み、左右の伏兵にこれを挟撃させた。

「どうして何度も同じ手にかかるのだろうな」

誘い込まれた劉琨配下の一万の軍は、鎧馬をすべて鹵獲され、殲滅された。

いまや漢の国公であり、二品の驃騎大将軍である世龍は、鎧も着けずに革の胴着に弓矢だけという装備で、晋の大将軍とその配下を翻弄し続けたのだ。

劉琨軍の敗北で、并州の太守には世龍に寝返る者が増え、劉琨は幽州へ逃げて薊城に拠する段部鮮卑のピーダンの庇護下に入った。

「逃げられた！」

あと一歩で決着がつくところであったのに、と世龍は切歯扼腕《せっしやくわん》して悔しがったが、段部であろうと、拓跋部であろうと、鮮卑の領域に手を出すことは自滅の願望でもない限り、控えておくべきであった。


襄国の宮殿は、平和なものだ。

世龍の世子弘《こう》はすくすくと育ち、程氏は三人目を懐妊していた。程氏の兄、程遐は右司馬となり、寧朔《ねいさく》将軍、監冀州七郡諸軍事となり、外戚として力を伸ばし始める。

世龍は冀州の諸県を巡回し、背く者がいればこれを征討した。

世子弘が五歳の祝いを挙げたころ、建業で即位した元帝司馬睿《えい》が東晋を建て、都の名を建康とあらためた。晋の亡命政権は北伐の動きを活発にしていく。

「懲りないなぁ、人間って。それとも、華南は雨が降りすぎるから、こっちに帰ってきたいのかな」

一角は世子弘を背負って城壁に上り、父親が南征している方角を指し示す。すっかり文官の資質が明らかになってきたシンが、城壁から世子が落ちないようについて回った。

「ねえ、シン、弘、知ってる？」

「何をですか」

シンが問い返す。

「江南で雨が降り続ける理由」

問いの答を知っているシンは、誇らしげに微笑んだ。

「長江の上流には、龍が住んでいるんですよね。それで、龍が天に帰りたいと思うと涙があふれて、それが大気に溶けて雨を呼ぶのです」

「どうして龍は天に帰れないのかな」

「罪を犯したからですよ。天は清浄な場所ですから、血の汚れや魂の穢れがあると、入れないのだとか」

「シン、よく勉強しているねぇ」

「でも、ただの言い伝えですよね。龍なんて、実在しない」

「そう思う？　うちには荒ぶる龍がふたりもいるけどね」

「雨は降らせてくれませんけども」

シンと一角は性格も見た目も違うけれど、よい友達だ。昔よく遊び一緒に旅をした山の獣を思い出す。あと百年は生きると言っていたから、いまの仕事が終われば、槐《かい》江《こう》山に帰って英招君に挨拶し、それから朱厭に会いに行こう。

空を飛べるようになったら、朱厭を背中に乗せてあげると、約束したのだ。

「あれ、なんだ」

シンが怯えた声で叫んだ。西の空が暗くなっている。大地が唸《うな》るような、大気が震えるような音。一角は大声で叫んだ。

「飛蝗《ばった》だ。飛蝗の群れだ」

シンが警鐘楼へ駆け上がる。一角は世子を抱えて宮殿へ駆け戻った。シンが必死で鳴らす警鐘が、町中に響き渡る。一角が宮殿に戻ると、程氏がうろたえながら手を伸ばして、息子を抱き留めた。

裏国の女《おんなあるじ》主ナランは、窓という窓、扉という扉を閉じるように指図している。花壇や畑に筵《むしろ》をかぶせ、空が蝗《いなご》の群れで暗くなる前に屋内に避難する。

毎年ではないが、短い間隔で襲来する蝗害は、鮮卑よりもじわじわと北上してくる晋の大軍よりも、恐ろしい敵だった。

「ああ、また当分、蝗の炒《いた》め物と蝗の焼き物ですかね」

薄闇のどこかで、召使いの誰かがぼやく。

「青臭いのに慣れないのよね」

「よく乾かして、炒《い》って、それから擂《す》り潰《つぶ》して小麦粉に混ぜて焼いたらどうかしら」

「小麦粉を節約できるものね」

交わされる逞《たくま》しい会話に、一角の頰に笑みが浮かぶ。

このごろ、少しずつ人間が愛おしいと思えるのだ。


崩御する少し前、劉聡は世龍を大将軍、録尚書事に命じて、平陽に赴き、漢朝廷の補政を任ずる遺勅を出したが、世龍は固辞した。

世龍の治める領土は、すでに劉漢のそれを凌駕していた。世龍が劉漢の地を侵さず、臣下の礼をとり続けているのは、ひとえに高祖劉淵に対する敬意からである。

漢の皇帝たちが、天子の品位を保ち、公正に領土の経営に当たるのであれば、世龍はかれらの領土になんの興味もない。

だが、父の後を継いで皇帝に即位した劉粲《さん》は即位後まもなく、外戚の大将軍靳準《きんじゅん》に皇太子ともども殺されてしまった。その上、靳準は平陽にいた漢の皇族を皆殺しにし、宗室の墓を辱めて廟を焼き払った。

劉淵の業績と志が、このように汚されることを、どこかで青鸞が見守っているのだろうと思うと、一角は、胸の痛みに耐えられない。

世龍は第一報が届くやいなや平陽にかけつけ、長安の劉曜《よう》とともに、靳準を挟撃する。

劉曜は第五代皇帝に即位し、世龍を大司馬、大将軍に任じ、九錫《きゅうしゃく》を与え、爵位は趙公に進んだ。

春秋の昔、冀州、幷州、幽州の一部にまたがる、趙という王国があった、そのあたりの漠然とした支配権が、世龍に委ねられたのだ。

世龍は平陽で靳準を討伐し、劉淵と劉聡の墓を修復し、皆殺しにされた劉一族の埋葬を済ませた。

翌年には、趙公から趙王へ、太宰、領大将軍へと登り詰める速さは加速していく。

「冕冠《べんかん》までもらってしまったぞ」

世龍は十二本の旒《りゅう》が顔の前に垂れ下がる冠を持ち上げて、ナランと子どもたちに見せびらかした。ただ、その表情は少し寂しげだ。六頭の馬で牽引《けんいん》する馬車を与えられ、ナランは王后に、世子は王太子になった。

かつて群盗から始めた仲間たちは、みな列侯に封じられた。

「劉曜は、どういうつもりだ？」

冕冠も、六頭立ての金根車も、天子だけに許されたものだ。

世龍は趙王の冕冠とガサガサした絹の衣裳を床に広げて眺めただけで、そのままかたづけさせた。窓を開け放ち、骨に沁みる寒風に目を細め、雪の舞うのを眺めながら、しんみりとした声でつぶやく。

「元海に会いたいなぁ」

劉淵を字で呼び、柱に背をもたせかける。

「どうして。そんな年寄り臭いこと」

ナランもまた、寂しげな笑みを浮かべて世龍の側に寄り添った。

「高祖とはほとんど、会話らしい会話も、しなかった」

目を潤ませる。

「張部大たちを連れて帰順したときの高祖の笑顔は、まだ目蓋に焼き付いている。男はあでなくちゃと思った。この人のために働こうと、心から、思った。それからずっと、そうして生きてきた。高祖にとっては、おれなんぞ数多《あまた》いる武将のひとりに過ぎなかったんだが」

ナランは世龍の腕に自分の腕を回し、少しだけ体重を預ける。聞いていますよ、というしるしに。

「劉曜には、志はあるのか。腹を割って話し合えたら、なんとかなるのか」

それからしばらく黙って外を見つめ、ぽつりとつぶやいた。

「おれは、劉淵の血族とは、戦いたくない」

趙国の皇帝への道は、すでに開かれているのに、世龍はその道から目を逸らしているように見える。

数日後、劉曜のもとに送っていた使者の、刎ねられた首だけが送り返されてきた。世龍の権勢を怖れる臣下の讒《ざん》言を、劉曜が真に受けたのだ。副使は命からがら逃げ帰り、ことの次第を報告する。

世でっちあげの中傷が、鮮卑や東晋の間諜によってなされた離間工作ですらなく、世龍から劉曜に乗り換えたい一舎人によって為されたものであることが、いっそう世龍を激怒させた。舎人の三族を処刑するほどの、怒りだった。

太宰の任命も流れ、このままでは憤死してしまうのではと、周囲が心配するほどであった。

「誰のおかげで！」

震える声で憤懣《ふんまん》をぶちまける。

「おれたちは命がけで、劉家のために戦ってきた。おれたちがいなければ、あいつらは天子を名乗れたか？　南面して、朕だなどと、自称できたか？　用済みになれば、殺して煮て食うというわけか！　舜《しゅん》が父への義を全《まっと》うして生きたように、いままで通り、劉曜を令主として支えていくつもりだった。それを、奉誠の使いを讒言のために殺してしまっただと？」

息が切れ、呼吸を整える。

「帝王が起こるのに、何が正しいとか、正しくないとか、決まりがあるのか？　趙王、趙帝の称号は、自分で決める！　自分で勝ち取る！　称号の大小を、他人に決められてたまるか！」

世龍は怒りにまかせて劉曜と絶交した。

皇帝に関する役職や御府の令を置いて、参軍に命じて正陽門を建てさせたり、貨幣を鋳造したり、小学や太学の設備を整えたり、忙しく官職や設備、機構を整えていったが、世龍自身は一向に趙王にも趙帝にも即位する気配がなかった。

張賓と季龍、重臣以下百官が帝位につくように催促しても、周の文王《ぶんおう》や斉《せい》の桓公《かんこう》などの、朝廷を凌《しの》ぐ力を持ちながら、臣下の節を全うした故事を引っ張り出して拒絶した。同じことを口にしたら死刑にするとまで断言して、この話を終わらせてしまう。

夕食に家族があつまると、六歳になる世子弘を膝に乗せて機嫌良くしているが、日が暮れても寝室にいかず、一角に書を読ませる時間が長くなる。みな、それで居間から下がりづらくなってしまう。

みなの視線が刺さるのを感じつつ、一角は言えば死刑になる話題を持ち出す。

「世龍が帝号を拒否するのは、正陽門が倒壊したことで、建造を監督した参軍を怒りにまかせて斬り殺してしまったの、まだ引きずってるから？」

世龍は不機嫌に「うん？」と唸っただけだ。

「というか、ぼくのせい？　参軍を斬ったことで、嫌みを言ったから」

「ああ、怒りっぽくなって、残忍で、親父さまや子どものときの季龍みたいだなって、あれか。別に、本当のことだ。腹が立ったからといって、目下の者を手打ちにするなど、使者の首を刎ねた劉曜とどう違う？」

　参軍を斬り殺したあと、怒りが冷めた世龍は、すぐに後悔して参軍を丁重に弔い、追贈もした。もちろん、家族にも補償した。

「急がせて造らせたのはおれなんだからな。ささいなことや、過ちの所在がはっきりする前に処罰されてしまうような、そんな皇帝の治める国は、いやだろう？」

　ナランでさえ、何を言えば慰めになるのか、怒らせずにすむのかわからないので、つい黙ってしまう。正妃のナランが口を開かなければ、誰も意見を言えない。空気の重さに、六歳の弘さえ、声を出すのを我慢している。

　なぜ一角だけが損な役回りを引き受けているのかというと、家庭の面々のなかでは世龍とは付き合いが一番長いからだ。

「ナラン」

　名指しされ、ナランは飛び上がって「はい」と答える。

「元海も、晩年は怒りっぽかったか」

　ナランは小首をかしげて、過去へ目をやる。

「どうでしたかしら。声の大きなお方でしたけど。怒鳴るところはあまり。男性ばかりの朝議では、高祖を怖れている大臣は少なくなかったと思います。でも、世龍さまは、まだ晩年というほどでも」

「そうか」

世龍は腰を上げて、居間を出て行った。眠る前に戸外を散歩するのは、宮殿にあるときの習慣であった。

居間に残された女たちと少年、そして一角は、なんとも重たい気持ちで詰めていた息を吐いた。

「毎晩これではたまらないわね」

ナランと女たちは、なんとか改善策を見つけようと意見を出し合った。

劉曜は、平陽を捨てて長安に遷都し、国号を『漢』から『趙』へと革めた。世龍を趙国の王に封じておいて、自らの国号を『趙』と定める劉曜の真意は測りがたい。

一方、王号も帝号も称さないまま、世龍は律令《りつりょう》などを整えていく。

そこへ、ふたたび百官がずらりとそろって、一斉に帝位に就くことを要求した。百人まとめて殺せるものなら殺してみろという、百人分の気迫を背負って、季龍、張賓、張敬らが、長々と演説をする。

何度も拒否して、帝位ではなく王位に就くことで双方妥協することができた。

趙王石勒。

称号が変わっただけなのに、仕事が山のように押し寄せてきた。大赦に始まり、紀年を定め、即位祝賀にともなう租税の減額、庶民への下賜品、社稷と宗廟《そうびょう》の建立、宮殿の造営、州郡の巡幸。農業養蚕の励行、朝議や儀式の体裁づけ。

官職の整備もこまごまとした変更や整理、異動などが続き、混乱気味であった。

胡人を胡人と呼ぶことを禁じ、国人と呼ばせるなど、とくに胡人に対する差別を禁じ、また胡人が漢人を侮辱することも禁じた。人口比はすでに、胡人が漢人を上回っていたこと、支配者が胡人の世龍であったことから、問題がおきたときは漢人が犠牲になっていることの方が多くなっていた。

忙しい中、世龍は一角を捜して宮殿の奥まで入ってきた。

「一角、国ができたら、やらねばならないことがあったな？」

「どれ？　いっぱいあるけど」

「国史の編纂だ！　一角も手伝え」

そうして一角は宮殿から引きずり出された。見た目は十五歳くらいに見えるので、きちんと帽子をかぶせて正装させれば、それほど不自然ではない。背丈も標準の十五歳よりは高く、学問所に放り込んでもさほど違和感はなかった。

「やあ、君が趙王殿下の秘蔵《ひぞ》っ子《こ》の一角？」

太学では、数百という胡漢の若者が学問に励み、交流を楽しんでいる。いまは重臣や二品の将軍となった十八騎の子弟たちも、太学に通っている。郭黒略の息子がとくに、一角を見つけては方々連れ回した。

「新しい仏寺を建てるんだ。いっしょに見に行かないか」

「まだ建ってないのに？」

「礎石を置くところからなんて、そうそう見ることはないんだよ。趙王が仏教を保護してくれるから、この教えが広まると思うと、自分がその礎石と同じ役割を果たすんだなって、感慨も湧いてくる」

郭黒略の仏教精神を受け継ぐ少年は、父親が流してきた血の川と、築き上げた屍の山を知ることはないのだろう。

世龍が帝位につけばここを去るのに、未練が残るな、と一角はぼやきながらも、少年たちとの交流が深まることは楽しんでいた。

それに、史書から自分が存在した痕跡を消すことも、最後の仕事だったので、むしろちょうど良い。

世龍は内政に力を入れ、東晋とは境を決めてこれを侵さずとした。

殖産興業と教育事業の推進に努め、誰が見ても幸せそうに内政に励む世龍の日々が、ゆるゆると過ぎていく。

東西の趙国、そして漢族の亡命地となっている東晋が鼎立していくことに、世龍は満足しているようである。

一角は、これが天命の目指すところであったのかと、町を歩き、田畑を巡り、学校をのぞいては嬉しくなった。一角が一人で馬を駆けさせても、盗賊は出ないし乞食も見かけない。孤児は捨てられておらず、赤ん坊の死骸も溝の流れを堰《せ》き止《と》めることはない。

「うん。うん。やっぱり世龍でよかったんだ」

だが、それは世龍が出陣しなくなったというだけで、季龍を始め熟練、中堅の将軍たちは、忙しく反乱の制圧、流民の誘導、鮮卑や氐族との紛争に駆り出されていた。

世龍の嫡子、趙国の世子弘は十五歳になっていた。

そして、西の趙の皇帝劉曜との対決の日が近づいていた。

はじめは州境における小競り合いであった。

駐屯している小隊がぶつかりあい、やられてはやり返しての末、ついに季龍と劉曜が洛陽の近くで戦闘となった。敗れた季龍が洛陽に立て籠もると、周辺の太守は劉曜に降った。

世龍は自ら兵を率いて季龍の救援に駆けつけようとして、劉曜が優勢だと判断した重臣たちに止められた。

世龍は怒り散らし、全員を追い出してしまった。

「劉曜は十万の兵を以てして、百日経ってもたったひとつの城も落とせないでいる。兵糧も士気も底をついてきたはずだ。いま攻めなくてどうする！　洛陽が陥落すれば、劉曜は勢いに乗って冀州まで攻めてくるぞ。そうなれば河南の領土をうしなってしまう」

世龍は軍師を集め、状況を分析させた。洛陽を春夏秋と包囲している劉曜が無策であることを明らかにする。

「諫《かん》言する者は斬る」

黄河にいたると流氷は融《と》けて去り、これこそ天の与えた利であると四万の軍が河を渡り終えたところ、しばらくして赤い鱗の魚とともに、大量の氷が流れてきた。

まさに神霊の助けだと誰もが思い、意気揚々と進軍する。

「劉曜の軍が洛陽の西に布陣しているなら楽勝だが、洛水《らくすい》で阻まれたら中策だ。こちらの進軍を察知して、成皐関《せいこうかん》に兵を集めていたら、苦労するぞ」

成皐には劉曜の守備軍はおらず、世龍はますます天運は自分の側にあると確信した。馬に枚《ばい》を銜《ふく》ませて、軽装備となって抜け道を高速で進み、洛陽に向かった。劉曜は洛陽の西に南北に長く布陣しており、もはや勝利確定と世龍ははやる心を抑える。

世龍は歩兵と騎兵合わせて四万を率いて宣陽門から洛陽に入城し、長い籠城に耐えぬいた季龍は歩兵三万で城の北から西へ移動した。残りの軍は精鋭の騎兵八千で、城の西から北へ回り込んで劉曜軍を攻めた。

世龍は甲冑を着て、洛陽の西城門から飛び出し、三方から劉曜軍を挟撃してこれを潰走せしめた。死体は谷にあふれ、首級は五万を超え、劉曜は落馬して動けなくなったところを生け捕りにされて、世龍の前に連行された。

劉曜の生け捕りに成功した世龍は、戦闘をやめるように呼びかけ、武器をおさめ、生き残った兵士には帰順するか帰宅するかを選択させた。

世龍と顔を合わせた劉曜は、かつて重門の盟で交わした誓いを忘れたことを詰《なじ》り、世龍は「天が定めたことだ」とだけ伝えさせた。

世龍は遅れて来た一角を伴って洛陽の城壁に上り、荒廃した城下と死体にあふれた西城の外を眺めやる。

「気分はどうだ」

一角は青ざめた顔で微笑む。

「大丈夫。悪くない」

「渡河の間、黄河の氷を堰き止めておいてくれて助かった。礼を言う」

「ぼくじゃなくて、河伯が龍魚を出してくれただけ。とうぶんは黄河に死体を流さない、って約束で」

「話をつけてくれたのは、一角だ」

しばらくは黙って、並んで城壁の上を歩く。

「あ、あそこ。雑技一座のあった場所だ」

一角の指差す彼方を、世龍は目を細めて眺める。それから、一角へと視線を戻して、頭からつま先まで見つめた。一角の外見は、すでに少年期を脱している。

「こうしてみると、一角も成長したな。もうひとりで旅をしても、うかつに攫われたりはせんだろう。おれが百まで生きたら、二十歳のおまえに会えるのだろうか」

「そうだね。世龍が百まで生きたら、また会いに来るよ」

一角は胸壁の上に立ち、両手を広げて微笑んだ。

「もう、行くのか。おれはまだ皇帝になっていないぞ」

「天下はすでに定まったから、ぼくみたいなものは、いつまでも人界にいられない。でも世龍の仕事は、まだまだこれからだからね。ああ、その前に、角を返してくれる？」

一角の伸ばした右手を、世龍は握り返す。赤い光が手の甲に透けて見えたかと思うと、一角の腕に吸い込まれていく。赤い光が通過したところから、一角の皮膚は赤く煌《きら》めく鱗へと変わり、握っていた手は柔らかな蹄へと変わった。

霊名を呼んだときに、一瞬だけ目にしてきた赤い麒麟とは、少しようすが違うと世龍は思った。鬣の色と、角の形が変化しているのだ。

馬よりも高い位置から見下ろしてくる炎駒を、世龍はまぶしげに見上げた。

鬣は赤金一色ではなく、陽光に五彩の煌めきを跳ね返している。額の角は、記憶にあるよりも太く、螺旋状の複雑な文様が刻まれている。

顔は龍の如くと喩えられる麒麟の頭部は、あどけない一角の顔とは似ても似つかない。しかし、心に響く一角の声は同じであった。

——じゃあね——

一角麒はそう言って首を振ると、ひょいと胸壁を蹴って宙に飛び上がった。

突風が吹き、赤い光が西へ流れていく。

「あっさりとしたものだな」

世龍は苦笑してつぶやき、赤い光跡を見つめて、長いこと洛陽の城壁に立ち尽くしていた。

石勒の自立による前趙と後趙の分裂(319年)と東晋

終章　飛翔

劉氏の趙を併呑した石勒は、五十六歳で趙の皇帝に即位した。
劉曜の号した趙と区別するため、石趙とも通称され、後世では後趙と称される。
即位より三年後に崩御。享年五十九。
華北を征し、中原に覇を唱えた、最初の胡人の皇帝であった。

季龍を先頭に、皇太子の弘、宗室次男の宏《こう》、そして族子のジュチとシンは、世龍の遺体を納めた柩を担いで、深い山の中へと進んでいく。半日の時をかけて、いつか、王氏を葬った木の墓所にたどり着いた。

季龍の指図で、世龍の柩は高い枝の上に引っ張り上げられ、幾重にもからみつく蔦に守られた王氏の朽ちた柩に近い枝に固定され、結わえ付けられる。季龍は王氏の柩も、朽ちたところを避けてふたたび縄を巻き直した。

季龍とジュチ、弘は樹上の作業を終えて地面におり、哀哭の儀を続ける。

一角は一番上の枝に腰かけ、世龍の柩越しに樹下の光景を眺めていた。

風葬の儀を終えた石家の男子らは、列を作って山を降りていく。

一角は息を潜めてかれらの後ろ姿を見送る。

シンが振り返った。不思議そうな表情は、なにか忘れ物をしたのに、何を忘れたかを思い出せず、気になってならないといった風情だ。何度も何度も振り返る。

あまりに足が遅いために、季龍に怒鳴られて慌てて追いかけ、木の枝に足をとられてつまずき、派手に転ぶ。

「ああ、気をつけて。シン」

一角は小さく手を振りながら、教え子の背中に話しかける。

「挨拶しないのか」

朱厭が一本下の枝から問いかけた。

「もう、みんな、ぼくのことは忘れてしまったからね」

「なんだかなぁ。ずっと一緒にいたのに。薄情なもんだ」

「どっちが？　記憶を消した方が？　消されて忘れてしまった方が？」

一角は幹をするすると下りて、世龍の柩を軽く叩いた。

「お疲れさん。世龍にはもう少し生きて欲しかったなぁ」

「これからどうする？」

朱厭の問いに、一角は樹《き》の枝を透かして空を見上げた。

「青鸞が、赤龍を見つけたそうだ。ずっと西の方だけど、訪ねてみないかって誘われている。朱厭も来るなら、乗せていってあげるよ」

「あんまり速く飛ぶなよ」

「うん。じゃ、落ちないようにしっかりつかまって」

石趙の初代皇帝が崩御して数日後、太行山脈の上空に赤い光跡が西へ延びてゆくのを、冀州の民と并州の民はどういう天象であるかと、不思議に思ったという。


（「獲麟の書」了。次巻は二〇二二年刊行予定）

後趙石勒の華北制覇(329年)

地図製作／アトリエ・プラン

本書は文庫書下ろし作品です。

|著者|篠原悠希　島根県松江市出身。ニュージーランド在住。神田外語学院卒業。2013年「天涯の果て 波濤の彼方をゆく翼」で第4回野性時代フロンティア文学賞を受賞。同作を改題・改稿した『天涯の楽土』で小説家デビュー。中華ファンタジー「金椛国春秋」シリーズ（全10巻）が人気を博す。著書には他に「親王殿下のパティシエール」シリーズ『マッサゲタイの戦女王』『狩猟家族』などがある。

霊獣紀《れいじゅうき》　獲麟《かくりん》の書《しょ》(下)

篠原悠希《しのはらゆうき》

講談社文庫
定価はカバーに
表示してあります

2021年12月15日第1刷発行

発行者――鈴木章一
発行所――株式会社　講談社
東京都文京区音羽2-12-21　〒112-8001
電話　出版（03）5395-3510
　　　販売（03）5395-5817
　　　業務（03）5395-3615

KODANSHA

Printed in Japan

デザイン―菊地信義
本文データ制作―講談社デジタル製作
印刷―――大日本印刷株式会社
製本―――大日本印刷株式会社

ISBN978-4-06-525706-7

講談社文庫刊行の辞

二十一世紀の到来を目睫に望みながら、われわれはいま、人類史上かつて例を見ない巨大な転換期をむかえようとしている。

世界も、日本も、激動の予兆に対する期待とおののきを内に蔵して、未知の時代に歩み入ろうとしている。このときにあたり、創業の人野間清治の「ナショナル・エデュケイター」への志を現代に甦らせようと意図して、われわれはここに古今の文芸作品はいうまでもなく、ひろく人文・社会・自然の諸科学から東西の名著を網羅する、新しい綜合文庫の発刊を決意した。

激動の転換期はまた断絶の時代である。われわれは戦後二十五年間の出版文化のありかたへの深い反省をこめて、この断絶の時代にあえて人間的な持続を求めようとする。いたずらに浮薄な商業主義のあだ花を追い求めることなく、長期にわたって良書に生命をあたえようとつとめるところにしか、今後の出版文化の真の繁栄はあり得ないと信じるからである。

同時にわれわれはこの綜合文庫の刊行を通じて、人文・社会・自然の諸科学が、結局人間の学にほかならないことを立証しようと願っている。かつて知識とは、「汝自身を知る」ことにつきていた。現代社会の瑣末な情報の氾濫のなかから、力強い知識の源泉を掘り起し、技術文明のただなかに、生きた人間の姿を復活させること。それこそわれわれの切なる希求である。

われわれは権威に盲従せず、俗流に媚びることなく、渾然一体となって日本の「草の根」をかたちづくる若く新しい世代の人々に、心をこめてこの新しい綜合文庫をおくり届けたい。それは知識の泉であるとともに感受性のふるさとであり、もっとも有機的に組織され、社会に開かれた万人のための大学をめざしている。大方の支援と協力を衷心より切望してやまない。

一九七一年七月

野間省一

講談社文庫 最新刊

神永学
青の呪い
〈心霊探偵八雲〉
累計700万部突破「心霊探偵八雲」の高校時代が明かされる。触れれば切れそうな青春の物語。

麻見和史
邪神の天秤
〈警視庁公安分析班〉
現場に残る矛盾をヒントに、猟奇犯を捕まえろ！　来年初頭ドラマ化原作シリーズ第一弾！

橘もも
脚本 三木聡
大怪獣のあとしまつ
〈映画ノベライズ〉
残された大怪獣の死体はどのように始末するのか？　難題を巡る空想特撮映画の小説版。

篠原悠希
霊獣紀
〈獲麟《かくりん》の書(下)〉
戦《いく》さに明け暮れるベイラ＝世龍。一角麒《いっかくき》は戦乱続く中原で天命を遂げることができるのか？

森博嗣
追懐のコヨーテ
〈The cream of the notes 10〉
人気作家の静かな生活と確かな観察。大好評書下ろしエッセイシリーズ、ついに10巻目！

町田康
猫のエルは
猫の眼で、世界はこんなふうに見えています。ヒグチユウコ氏の絵と共に贈る、五つの物語。

講談社文芸文庫

古井由吉

東京物語考

徳田秋聲、正宗白鳥、葛西善藏、宇野浩二、嘉村礒多、永井荷風、谷崎潤一郎ら先人たちが描いた「東京物語」の系譜を訪ね、現代人の出自をたどる名篇エッセイ。

解説＝松浦寿輝　年譜＝著者、編集部

978-4-06-523134-0
ふA13

古井由吉／佐伯一麦

往復書簡

『遠くからの声』『言葉の兆し』

二十世紀末、時代の相について語り合った二人の作家が、東日本大震災後にふたたび歴史、自然、記憶をめぐって言葉を交わす。魔術的とさえいえる書簡のやりとり。

解説＝富岡幸一郎

978-4-06-526358-7
ふA14

講談社文庫　目録

芥川龍之介　藪の中
有吉佐和子　新装版 和宮様御留
阿刀田　高　ナポレオン狂
阿刀田　高　新装版 ブラック・ジョーク大全
相沢忠洋　「岩宿」の発見〈幻の旧石器を求めて〉
鮎川哲也　りら荘事件
赤川次郎　偶像崇拝殺人事件
赤川次郎　人間消失殺人事件
赤川次郎　三姉妹探偵団
赤川次郎　三姉妹探偵団2〈キャンパス篇〉
赤川次郎　三姉妹探偵団3〈珠美・初恋篇〉
赤川次郎　三姉妹探偵団4〈怪奇篇〉
赤川次郎　三姉妹探偵団5〈復讐篇〉
赤川次郎　三姉妹探偵団6〈危機一髪篇〉
赤川次郎　三姉妹探偵団7〈駈け落ち篇〉
赤川次郎　三姉妹探偵団8〈人質篇〉
赤川次郎　三姉妹探偵団9〈青ひげ篇〉
赤川次郎　三姉妹探偵団10〈父恋し篇〉
赤川次郎　死が小径をやってくる〈三姉妹探偵団11〉
赤川次郎　死神のお気に入り〈三姉妹探偵団12〉
赤川次郎　次女と野獣〈三姉妹探偵団13〉
赤川次郎　心地よい悪夢〈三姉妹探偵団14〉
赤川次郎　ふるえて眠れ、三姉妹〈三姉妹探偵団15〉
赤川次郎　三姉妹、呪いの道行〈三姉妹探偵団16〉
赤川次郎　三姉妹、初めてのおつかい〈三姉妹探偵団17〉
赤川次郎　恋の花咲く三姉妹〈三姉妹探偵団18〉
赤川次郎　月もおぼろに三姉妹〈三姉妹探偵団19〉
赤川次郎　三姉妹、ふしぎな旅日記〈三姉妹探偵団20〉
赤川次郎　三姉妹、清く貧しく美しく〈三姉妹探偵団21〉
赤川次郎　三姉妹と忘れじの面影〈三姉妹探偵団22〉
赤川次郎　三姉妹、舞踏会への招待〈三姉妹探偵団23〉
赤川次郎　三人姉妹殺人事件〈三姉妹探偵団24〉
赤川次郎　三姉妹、さびしい入江の歌〈三姉妹探偵団25〉
赤川次郎　静かな町の夕暮に
赤川次郎　キネマの天使〈レンズの奥の殺人者〉
泡坂妻夫　花火と銃声
新井素子　グリーン・レクイエム〈新装版〉
安能務 訳　封神演義 全三冊
安西水丸　東京美女散歩
綾辻行人　殺人方程式〈切断された死体の問題〉
綾辻行人　鳴風荘事件 殺人方程式II
綾辻行人　十角館の殺人〈新装改訂版〉
綾辻行人　水車館の殺人〈新装改訂版〉
綾辻行人　迷路館の殺人〈新装改訂版〉
綾辻行人　人形館の殺人〈新装改訂版〉
綾辻行人　時計館の殺人〈新装改訂版〉
綾辻行人　黒猫館の殺人〈新装改訂版〉
綾辻行人　暗黒館の殺人 全四冊
綾辻行人　びっくり館の殺人
綾辻行人　奇面館の殺人(上)(下)
綾辻行人　どんどん橋、落ちた〈新装改訂版〉
綾辻行人　緋色の囁き〈新装改訂版〉
綾辻行人　暗闇の囁き〈新装改訂版〉
綾辻行人　黄昏の囁き〈新装改訂版〉
綾辻行人ほか　7人の名探偵
我孫子武丸　探偵映画
我孫子武丸　新装版 8の殺人

講談社文庫　目録

2021年 9月15日現在